978 3850981316
D1937839

Kirchen und Kapellen, religiöse Gedenksäulen und Wegzeichen in Baden bei Wien

Ein Beitrag zur
Geschichte, Heimatkunde und Kunstgeschichte

Von Johannes Ressel

Verlag G. Grasl, Baden

Alle Rechte vorbehalten

Copyright © 1981 by Verlag G. Grasl, Baden bei Wien

Gesamtherstellung: Druckerei G. Grasl, 2500 Baden, Wassergasse 1

Zum Geleit

Als Bürgermeister der Stadt Baden richte ich einen herzlichen Gruß an dieses Buch. Es ist ein Nachtrag zum Jubiläumsjahr und schließt eine Lücke: im Sachlichen, weil es den kirchlichen Bereich kunsthistorisch abdeckt, im zeitlichen Umfang, weil es eine Gesamtdarstellung bis in die Gegenwart bringt, und im Inhalt, weil es den Anforderungen der Geschichtsforschung entspricht, die Grenze des Beweisbaren aufzuzeigen.

Der Dank dafür gilt dem Verfasser Monsignore Johannes Ressel. Als Rektor der Frauenkirche und wesentlich Beteiligter am Umbau dieses Gotteshauses und des gesamten Augustinerklosterkomplexes zählt er zu den besten Kennern in der Gegenwart und besitzt vor allem persönliche Bezüge zu dem Dargestellten. Dieses ist aus einer Vortragsreihe an der Volkshochschule während des Jubiläumsjahres 1980 hervorgegangen und bietet sich in erweiterter Form als Buch allen an, die über das kirchliche Baden etwas wissen wollen.

Zu danken ist ebenso der Druckerei Grasl, die sich als Verleger betätigt. Sie besitzt in fachlicher und handwerklicher Beziehung einen hervorragenden Ruf in Niederösterreich und hat sich viele Verdienste durch Veröffentlichungen, die Niederösterreich und Baden betreffen, erworben. Als Herausgeber der „Badener Zeitung“ trägt dieses Institut einen Hauptteil der Dokumentation über unsere Stadt in den letzten 100 Jahren. Es freut mich besonders, daß dieses Buch im Jubiläumsjahr der Druckerei erscheint, in dem das 75jährige Bestehen des Betriebes gefeiert wird.

Ich fasse das Buch als eine kleine Dankesabstattung für die Beiträge der kirchlichen Einrichtungen zur Entwicklung unserer Stadt auf, die nicht nur in der Vergangenheit gewirkt und Bauwerke hinterlassen haben, sondern vor allem an der geistigen Entwicklung unserer Stadt entscheidend Anteil haben und auch die Gegenwart mitgestalten. Das aufzuzeigen und die Gegenwart mit der Vergangenheit zu verbinden, ist eine Aufgabe dieses Bandes, dem ich dafür alles Gute wünsche.

Professor Viktor Wallner
Bürgermeister der Stadt Baden

Vorwort

Die Stadt Baden ist reich an Kirchen, Kapellen, religiösen Gedenksäulen und Wegzeichen, deren Entstehung in sehr verschiedene Perioden der Geschichte fällt. Manche von ihnen haben große geschichtliche oder kunsthistorische Bedeutung. Anläßlich der 500-Jahr-Feier der Stadterhebung Badens hielt der Verfasser über dieses Thema einen Zyklus von Lichtbildervorträgen, die ein bemerkenswertes Interesse fanden. Selbstverständlich konnte aber in diesem Rahmen auf die einzelnen Objekte nur kurz eingegangen werden. So reifte der Entschluß zur Herausgabe dieses Buches, in dem das Ergebnis langjähriger und eingehender Forschung vorgelegt wird.

Da sich in der einschlägigen Literatur eine Reihe von Irrtümern eingeschlichen hat, mußte auf Grund des Quellenstudiums manche Korrektur an gängigen Auffassungen vorgenommen werden. Bei einigen Objekten war es unmöglich, Genaueres über Entstehungszeit, bzw. Herkunft ausfindig zu machen. Wo sich historische Unsicherheiten ergaben, wurde dies nicht verschwiegen. Die Kapellen Badens, die heute nicht mehr bestehen, bzw. nicht mehr gottesdienstlichen Zwecken dienen, wurden ebenfalls berücksichtigt. Bei einzelnen Objekten konnte das endgültige Aussehen noch nicht beschrieben werden, da sie sich zur Zeit in Veränderung befinden. Im Anhang werden umfangreiche Quellenangaben zur wissenschaftlichen Untermauerung gebracht. Der Verlag stellte Platz für zahlreiche, zum Teil noch nicht veröffentlichte, Abbildungen zur Verfügung.

Allen, die am Zustandekommen dieses Buches mitgeholfen haben, sei herzlich gedankt. Besonderer Dank gilt der Stadtgemeinde Baden und vor allem Herrn Bürgermeister LAbg. Prof. Viktor Wallner, welche die Herausgabe dieses Buches wesentlich gefördert haben. Gedankt sei auch dem Verlag für das besondere Engagement bei der Herausgabe und Drucklegung.

Johannes Ressel
Rektor der Frauenkirche in Baden

Inhaltsverzeichnis

Das ehemalige Kloster der Augustiner-Eremiten in Baden und seine Kirchen

Die älteste urkundliche Erwähnung einer Kirche in Baden erfolgte um das Jahr 1260[1]. In diesem, im Heiligenkreuzer Archiv aufbewahrten Schriftstück heißt es: ... *cuidam viro nomine Heinrico in Paden iuxta ecclesiam beate Marie virginis residenti* ... Ein gewisser, nicht näher bekannter Heinrich von Baden wird damit als Nachbar einer Marienkirche bezeichnet. Frauenkirche und Frauengasse in Baden haben zweifellos von diesem uralten Heiligtum zu Ehren *Unserer Lieben Frau* ihren Namen. Allerdings gab es früher zwei Marienkirchen in unmittelbarer Nähe voneinander, und wir können heute nicht mehr feststellen, welche von den beiden in der Urkunde von ca. 1260 gemeint ist.

Die Existenz dieser beiden Kirchen wurde in der Literatur nicht immer entsprechend festgehalten, und so kam es nicht selten zu Verwechslungen. Die eine dieser Marienkirchen war die ehemalige Klosterkirche der Augustiner-Eremiten in der Frauengasse, identisch mit der heutigen Frauenkirche, die allerdings diesen Namen erst nach 1918 erhielt. Die andere Marienkirche lag am Ende der Frauengasse; an sie war das Frauenbad angebaut, das seinen Namen von der Kirche bekam. In der Geschichte trug diese Kirche beim Bad den Namen *Frauenkirche* bis zu ihrer Demolierung im Jahre 1811. Unmittelbar daneben erhob sich das *Frauentor,* das 1813 mit dem Abbruch der Stadtbefestigungsanlagen zur Abtragung kam. Beide Marienkirchen waren Eigentum des ehemaligen Augustinerklosters. Um diese beiden Kirchen deutlich auseinanderzuhalten, sollen sie nun voneinander getrennt behandelt werden, zunächst die heute noch bestehende Kirche, dann die ehemalige.

A. Die ehemalige Augustiner-Klosterkirche, später Hofkirche, heutige Frauenkirche und das Gebäude des ehemaligen Klosters

(Frauengasse 3)

Am 9. Juni 1285 stifteten Leutold von Chreusbach, seine Gattin Offemia (Euphemia) und seine Söhne Wernhart, Heinrich, Friedrich, Engeldich und Leutold die auf ihrem Grund und Boden in Baden errichtete Kirche zu Ehren Unserer Lieben Frau samt dem angrenzenden Hof den Eremiten nach der Regel des hl. Augustinus zu einem Kloster unter der damals üblichen Bedingung, daß diese Brüdergemeinschaft für das Seelenheil der Stifter betet und einen ständigen Gottesdienst feiert. Zum Lebensunterhalt für diesen neuen Konvent schenkten die Stifter gleichzeitig 7 Weingärten in der Badener Gegend und ein Haus in Wiener Neustadt. Das Original der Stiftungsurkunde ist leider derzeit verschollen, Wortlaut und Aussehen dieser Urkunde sind genau bekannt[2]. Am 11. August 1285 fand die Stiftung ihre Bestätigung durch den Passauer Bischof Bernhard von Prambach[3] und mit 1. Feber 1287 durch Papst Honorius IV[4].

Wer waren nun die Stifter des Badener Augustinerklosters und der Kirche? In der Nähe von Wilhelmsburg an der Traisen befindet sich noch heute eine kleine Ortschaft mit einem ehemaligen Schloß namens Kreisbach. Dieser Namen hängt ohne Zweifel mit dem alten österreichischen Rittergeschlecht der Chreusbacher zusammen[5]. In der Literatur wird der heutige Maierhof von Kreisbach als ihr Stammsitz bezeichnet[6]. Der bedeutende Fachmann für österreichische Siedlungsgeschichte, Hochschulprofessor Dr. Adalbert Klaar, lokalisiert allerdings die mittelalterliche Burg der Chreusbacher auf einem Bergrücken südlich des in der Talsohle gelegenen Hofes von Kreisbach. Dieser wurde 1323 an Stephan von Hohenberg verkauft, kam später an die Jörger und schließlich an das Stift Lilienfeld. In der Mitte der 19. Jhdts. wurde dieses ehemalige Schloß baulich stark verändert. Das Renaissance-Tor mit dem Abtwappen trägt die Jahrzahl 1625.

Der Name Kreisbach — Chreusbach — Chrewspech kommt von Chrebizbach — Krebsbach[7]. Im Familienwappen der Chreusbacher erscheint zunächst eine Krebsschere, später ein ganzer Krebs. Mitglieder dieses Rittergeschlechts finden Erwähnung in verschiedenen Urkunden des Stiftes Lilienfeld. Leutold von Chreusbach, der Stifter des Badener Klosters, scheint in Heiligenkreuzer Urkunden um 1268, 1275, 1279, 1286 auf[8], letztmalig am 24. Feber 1299 in einer Urkunde des Deutschen Ritterordens[9].

1299 wird allgemein als Todesjahr Leutolds von Chreusbach angenommen. Er fand mit seiner Gattin Offemia in der von ihm gestifteten Klosterkirche der Augustiner in Baden seine letzte Ruhestätte. Die Grabplatte des Stifterehepaares, vermutlich ein Tumbadeckel, ist uns in der heutigen Frauenkirche, in die Wand der linken Seitennische eingelassen, erhalten *(Abb. 1)*. Die graue Sandsteinplatte (96 × 197 cm) stellt Ritter Leutold in einfachem Waffenrock, barhäuptig, mit Schwert und Schild (darauf das Wappen mit der Krebsschere) und neben ihm Offemia in langem Kleid, von weitem Mantel umhüllt, dar. Diese Grabplatte gilt als eines der ältesten Werke dieser Art in Österreich und wird mit Anfang des 14. Jhdts. datiert[10].

Der Orden der Augustiner-Eremiten, mit dessen Mitgliedern das Badener Kloster besiedelt wurde, war erst einige Jahrzehnte vorher durch Zusammenschluß verschiedener Eremitengemeinschaften unter der gemeinsamen Regel nach Augustinus entstanden. Den entscheidenden Akt für die Ordensgründung setzte Papst Alexander IV. mit der Bulle *Licet ecclesiae catholicae* vom 4. Mai 1256. Dieser Papst befreite den neuen Orden von der Jurisdiktion der Bischöfe. Seit dem 16. Jhdt. wurden die Augustiner-Eremiten zu den großen, im Mittelalter entstandenen sogenannten Bettelorden gezählt. Aufgabe dieses Ordens war neben der persönlichen Heiligung der Brüder die Seelsorge unter dem einfachen Volk, dann aber auch als Lehrer und Wissenschaftler an den Hohen Schulen und bereits seit dem ausgehenden 14. Jhdt. darüber hinaus die Wirksamkeit in Missionsgebieten. Augustiner-Eremiten-Klöster finden wir in Städten und Märkten. An der Spitze jeder örtlichen Brüdergemeinschaft steht ein Prior, der alle 3 Jahre vom Kapitel der übergeordneten Provinz neben dem Provinz-Prior und seinen Beiräten gewählt wird. Ursprünglich gehörte der Badener Konvent zur bayrischen Provinz. Die Gesamtleitung des Ordens liegt in den Händen des General-Priors und seines Beirates von sogenannten Definitoren die alle 6 Jahre auf dem Generalkapitel gewählt werden. Die Tracht der Augustiner-Eremiten besteht aus einem schwarzen Habit mit rückwärts unten spitz zulaufender Kapuze und einem ledernen Gürtel; dazu werden ein Radmantel und bei feierlichen Anlässen weite Ärmel getragen, was die Bezeichnung *de larga manica* einbrachte.

Aus diesem Orden, der sich schließlich in der ganzen Weltkirche ausbreitete, gingen zahlreiche Heilige und Selige hervor, aber auch berühmte

Prediger, Lehrer und Wissenschaftler. Drei bekannte Namen von Augustinermönchen seien hier genannt: der Reformator Martin Luther, der Wiener Hofprediger Abraham a Sancta Clara und Abt Johann Gregor Mendel von Brünn, der Begründer der modernen Erblehre[11].

Nun erhebt sich die Frage: Wie sahen das ursprüngliche Augustinerkloster und seine Kirche in Baden aus? Verläßliches läßt sich darüber kaum sagen. Nach den erhaltenen Bauteilen muß man annehmen, daß das Klostergebäude anfänglich recht klein gewesen sein muß, was auch der ursprünglich strengen Ordensregel entspricht. Noch schwieriger ist es, genauere Angaben über das Aussehen der Klosterkirche zu machen. Die Frage läßt sich kaum beantworten, ob dieses Gotteshaus zu Ehren der Muttergottes bei der Gründung des Klosters als Eigenkirche der Chreusbacher bereits bestand oder ob es erst zugleich mit dem Kloster errichtet wurde. Der Wortlaut der Stiftungsurkunde scheint dafür zu sprechen, daß die Kirche zwar von den Chreusbachern erbaut wurde, aber bei der Klostergründung schon bestand. Dann könnte man wohl die Identität dieser Kirche mit der um 1260 urkundlich genannten Marienkirche annehmen. Haan vertritt in seinem Manuskript die Ansicht, der noch in Resten erhaltene gotische Chorbau sei nichts anderes als die erste Chreusbach-Kirche. In seinem Manuskript finden sich die naturgetreue Abbildung der gotischen Chorruine nach dem großen Stadtbrand des Jahres 1812 *(Abb. 2)* und eine aufschlußreiche Rekonstruktion des Chorbaues[12]. Im Hof des Hauses Wassergasse 2 kann man noch heute gotische Mauerteile mit Strebepfeilern und zugemauerten Fenstern deutlich erkennen. Im Jahre 1979 wurde hier die spätere Putzschicht teilweise abgeschlagen, wodurch das ursprüngliche Stein-Mauerwerk sichtbar geworden ist. Außer Zweifel steht, daß das Kloster südlich an die Kirche angebaut wurde. Weniger wahrscheinlich ist hingegen, daß der gesamte Komplex zwischen Hauptplatz—Wassergasse—Breyerstraße—Frauengasse von Anfang an zum Kloster gehörte.

Über die frühe Geschichte des Badener Augustinerklosters ergeben sich von 2 Seiten her Aufschlüsse, nämlich aus den noch erhaltenen Urkunden und aus dem vorhandenen Baubestand.

Die erhaltenen Urkunden zeigen uns vor allem, wie der Badener Augustinerkonvent seinen Besitzstand durch Schenkungen und Käufe nach und nach erweiterte, da die wachsende Brüdergemeinschaft mit dem anfänglichen Stiftungsgut einfach nicht mehr das Auslangen fand. Schon sehr früh, nämlich vor 1315, mußten die österreichischen Augustinerklöster Wien, Baden und Marchegg in Regensburg hohe Anleihen aufnehmen[13].

Die meisten der noch erhaltenen Urkunden der Badener Augustiner befinden sich jetzt im Stadtarchiv Baden und sind uns im Original als Pergament-Handschriften erhalten geblieben. Friedrich v. Leber hat in seinem Buch *Die Ritterburgen Rauheneck, Scharfeneck und Rauhenstein* 1844 dazu Regesten veröffentlicht.

Das älteste Stück dieser wertvollen Urkundensammlung stammt vom 6. Mai 1291 und ist noch in lateinischer Sprache verfaßt. Daraus erfahren wir, daß Friedrich von Erlach im Einverständnis mit seiner Gattin Alheidis und seinen Kindern dem Badener Augustinerkonvent eine Wiese bei *Rör* verkaufte.

Eine besonders schöne Originalurkunde, die älteste der Sammlung in deutscher Sprache, trägt die Datierung vom Frauentag in der Fasten (d. i. Mariä Verkündigung) 1308: Friedrich von Veikesdorf (Weikersdorf) und seine Gattin Tvet verkaufen den Badener Augustinern eine Wiese bei *Drumau* und die Herren von Rohr, deren Lehen diese Besitzung gewesen, erklären sich damit einverstanden. In dieser und vielen anderen Urkunden der Sammlung im Badener Stadtarchiv scheinen bekannte Persönlichkeiten und Namen von Herrschaften im Gebiet von Baden auf. Teilweise sind auch deren Siegel erhalten geblieben. Die meisten dieser Urkunden stammen aus dem 14. Jhdt. und sind in deutscher Sprache abgefaßt.

Bereits 1299 ist uns aus einer schon erwähnten Urkunde im Besitz des Deutschen Ritterordens[15] zum ersten Male ein Siegel des Badener Augustinerkonvents und der Name des ehemaligen Priors Berchtold bekannt.

Von den zahlreichen erhaltenen Klosterurkunden aus dem 14. Jhdt. bietet aber nur eine einzige eine Andeutung von Bautätigkeit. In diesem Kaufvertrag vom 18. Oktober 1357 wird die Leistung eines jährlichen Zinses an die Badener Augustiner *zu unserer Frauen Bau daselbst* erwähnt, woraus geschlossen werden kann, daß um diese Zeit an einer der beiden Marienkirchen der Augustiner gebaut wurde[16].

Was ergibt sich nun aus dem vorhandenen Baubestand? — Der Fachmann Donin spricht sich in seinem Buch *Die Bettelordenskirchen in Österreich*[17] dahingehend aus, daß der mitteralterliche Bau der Augustiner-Klosterkirche in Baden dem Typus der Bettelordenskirchen mit einem einschiffigen Mönchschor und einer mehrschiffigen Volkskirche entsprach. Ob der in Resten noch erhaltene gotische Chorbau mit der ursprünglichen

Chreusbacher Kirche gleichzusetzen ist oder — wie Donin meint — erst einer Bauperiode des 14. Jhdts. angehört, läßt sich kaum mit Sicherheit sagen. Die nördlichen und südlichen Außenmauern der heutigen Frauenkirche sind eindeutig mittelalterlichen Ursprunges und bildeten offensichtlich die seitliche Ummauerung einer dreischiffigen Volkskirche, die westlich an den einschiffigen Mönchschor anschloß. Aus einer bischöflichen Weiheurkunde von Altären in der Klosterkirche aus dem Jahre 1516 entnehmen wir[18], daß die Kirche Säulen besaß. Dies wird auch durch die einzige, wenn auch dürftige Beschreibung der Klosterkirche vom 7. April 1545 bestätigt, wo es heißt: ... *item in der Vorkhirchen ... durchauß gewölbet mit 6 gemauerten Pfaillern, auch mit 6 stainern altärn ...*[19]. Nach allem kann man Donin nur recht geben und zumindest den Bau einer dreischiffigen Westhalle im 14. Jhdt. annehmen. Die heute über die Dachhaut sichtbar herausragenden seitlichen Pfeiler der Frauenkirche liegen innerhalb der mittelalterlichen Steinmauern und sind erst dem frühbarocken Umbau der Kirche zuzuordnen; mit gotischen Strebepfeilern haben sie kaum etwas Gemeinsames.

Möglicherweise noch aus dem ausgehenden 13. Jhdt., spätestens aber aus dem Anfang des 14. Jhdts. stammen zwei interessante gotische Objekte im letzten, gegen Nordosten gelegenen, ebenerdigen Raum des heutigen Gymnasiums, dem ehemaligen Klostergebäude der Augustiner. Es handelt sich um eine in die Nordwand versenkte, spitzbogige Ausgußnische und ein kleines Portal aus Stein in der Südostecke dieses Raumes *(Abb. 3)*, der jetzt als Musikarchiv dient. Diese gotischen Bauteile wurden erst während der Restaurierungsarbeiten zwischen 1956 und 1964 freigelegt. Das genannte Portal bildet den Zugang zum südlich angrenzenden Einsäulenraum. Von diesem führten früher mehrere Steinstufen zu dem Portal empor, denn das ursprüngliche Fußbodenniveau des heutigen Musikarchivs lag etwa 70 cm höher als das des Einsäulenraumes. Bei den Umbauarbeiten wurde der Raum auf das gleiche Niveau mit dem Einsäulenraum abgegraben, wobei man auch die beiden genannten gotischen Objekte entsprechend tiefer versetzte. Die Stufen zum Portal entfernte man. An der reichausgestalteten, zum Musikarchiv gewandten Sichtseite zeigt das Portal noch deutliche Spuren einer Fassung in mehreren Farbtönen. Dieser Raum des heutigen Musikarchivs grenzt im Norden an einen eingebauten südlichen Strebepfeiler des gotischen Chores der ehemaligen Klosterkirche; er besaß natürlich früher sicher eine andere Decke. Allem Anschein nach gehört er zum frühen Bestand des Klosters.

Zum ältesten Bestand des Badener Augustinerklosters muß wohl auch ein Brunnen gehört haben. Einen solchen suchte man bei den umfangreichen Grabungsarbeiten vergebens im inneren Klosterhof, wo man ihn vermuten konnte. Merkwürdigerweise stieß man 1958/59 auf eine Brunnenöffnung mit 90 cm Durchmesser zwischen zwei gotischen Strebepfeilern an der Südseite des ehemaligen Chorbaues der Klosterkirche, nur etwa 40 cm von der Außenmauer entfernt liegend. Der Brunnen selber war zugeschüttet. Heute befindet sich an dieser Stelle eine Waschküche für die Bewohner des Hauses Wassergasse 2.

Um die Mitte des 14. Jhdts. erlebte der Badener Konvent zugleich mit dem gesamten Augustiner-Eremitenorden eine Blütezeit. Dafür legt vor allem die Gründung des Klosters in Korneuburg Zeugnis ab. Aus der Stiftungsurkunde vom 19. November 1338[20] ergeben sich folgende Tatsachen: Das von Otto dem Fröhlichen im Einverständnis mit seinem Bruder Albrecht und dem Passauer Bischof Albert gestiftete Korneuburger Augustinerkloster ist eine Tochtergründung von Baden. Herzog Otto bezeichnet sich auch als besonderer Gönner des Badener Klosters. So liegt es auf der Hand, daß die herzogliche Gunst eine Erweiterung und Ausgestaltung von Kloster und Kirche der Badener Augustiner ermöglichte.

Um diese Zeit dürfte der einheitlich gotisch gestaltete und als solcher erhaltene Raum mit quadratischem Grundriß, einer Mittelsäule und vier Kreuzrippengewölben im Osttrakt des Klosters *(Einsäulenraum)* entstanden sein *(Abb. 4)*. Die einfachen Formen der Dienste und Schlußsteine sowie die Profile der Gewölberippen deuten auf eine Entstehung in der 1. Hälfte des 14. Jhdts. hin. Die Restaurierung dieses Raumes im Rahmen der Generalsanierung des Gebäudes zwischen 1956 und 1964 erfolgte unter nicht geringen baulichen Erschwernissen mit besonderer Sorgfalt durch das Bundesdenkmalamt. Dieses Juwel gotischer Baukunst gehört zum schönsten, was in Baden aus dem Mittelalter herübergerettet werden konnte.

Etwas jüngeren Ursprungs, etwa Mitte des 14. Jhdts., ist der ebenfalls mustergültig restaurierte Osttrakt des Kreuzganges *(Abb. 5)*. Neun fast quadratische Joche mit Kreuzrippengewölben liegen in einer Front. An der Westseite, zum Binnenhof hin, laufen die Rippen auf Halbsäulen aus, die in etwa 85 cm Höhe über dem Fußboden von einer durchlaufenden Konsole gekreuzt werden; diese erstreckt sich über die ganze Länge der von Fenstern durchbrochenen Joche. An der Ostwand sind Gurte und Rippen abgekröpft. Rippen- und Gurtenprofile zeigen sich stärker ausgeformt als beim Einsäulenraum. Gegen Westen, zum Binnenhof hin, öffnen sich sieben breite spitzbogige Fenster mit abgetrepptem und gekehltem Profil. An der Außenseite im Hof finden wir sechs schlichte gotische Strebepfeiler.

Die Ostwand dieses Kreuzgangtraktes gehört zweifellos zum frühen Bestand des Klostergebäudes. An ihr entdeckte man bei den Freilegungsarbeiten im mittleren Joch Reste alter Fresken, u. a. mit einer Darstellung des Gekreuzigten. Ihre Datierung durch Fachleute steht noch aus. Die ziemlich weiche Linienführung scheint für den Stil des ausgehenden 14. Jhdts. zu sprechen.

Spuren einer Bemalung fanden sich weiters an verschiedenen anderen Stellen der Ostwand, die vermutlich in ihrer ganzen Fläche farbigen Schmuck getragen hat. Ein kleines Stück dieser Wandbemalung ließ man unter einer Konsole im Putz ausgespart.

Bei den Restaurierungsarbeiten stieß man an dieser Kreuzgang-Ostwand auch auf eine interessante Gruppe von Wandöffnungen, die man freilegte: ein spitzbogiges Portal sowie links und rechts davon je ein rechteckiges gotisches Fenster mit zweiteiligem Maßwerk und sehr flacher Profilierung der Steinumrahmung. Portal und Fenster münden vom östlichen Kreuzgangtrakt in den östlich davon gelegenen sogenannten *Zweisäulenraum.* Die Führung des Spitzbogens beim Portal zeigt sich ziemlich schlank. Trotzdem rechnen die Fachleute dieses gotische Portal noch dem 14. Jhdt. zu. Die Datierung der beiden rechteckigen Fenster ist umstritten. Vermutlich gehören sie einer späten gotischen Stilperiode an. Auffallen muß, daß sich diese Gruppe der Wandöffnungen überhaupt nicht in die Symmetrie der Kreuzgangjoche einfügt.

Einer späteren Periode der Gotik sind wohl auch die wesentlich schmäleren Spitzbogenfenster des nördlichen Kreuzgangtraktes zum Binnenhof hin zuzurechnen *(Abb. 6)*. Ihre Freilegung — verbunden mit umfangreichen Ergänzungen an den Steingewänden — kam erst 1976 zum Abschluß. Eine Öffnung stellte sich bei den Freilegungsarbeiten als kleines rechteckiges Steinportal heraus, das man zu einem rechteckigen Fenster umgestaltete.

Ein anderer Beweis für die Blüte des Badener Augustinerklosters im 14. Jhdt. ergibt sich aus der Tatsache, daß gleich drei Mitglieder dieses Konvents später zu bischöflichen Würden gelangten.

Der aus der Gegend von Baden stammende *Bruder Nyclas der Fuchs,* 1343 urkundlich als Lektor im Badener Konvent bezeugt, wurde 1371 Bischof von Trebinje im Süden der Herzogowina und später General-

1 Grabplatte des Leutold und der Offemia von Chreusbach
in der Frauenkirche

2 Chor der ehemaligen Augustinerkirche nach dem Brand 1812
Feder-Lithographie von C. Pschor

3 Gotisches Portal mit Blick zum Einsäulenraum des ehemaligen Augustinerklosters — restauriert 1964

4 Gotischer Einsäulenraum des ehemaligen Augustinerklosters — restauriert 1964

5 Osttrakt des ehemaligen Kreuzganges im früheren Augustinerkloster — restauriert 1964

6 Nordostecke des ehemaligen Klosterhofes der Augustiner

7 Grabplatte des Friedrich von Chreusbach in der Frauenkirche

8 Grabplatte einer gewissen Barbara H. (1511) in der Frauenkirche

Wir Ferdinand der Ander von Gottes gnaden

9 Konfirmationsbrief Ferdinand II. (1628) — Augustinerurkunden im Stadtarchiv Baden

10 Grabmal des Franz Anton von Quarient und Raal († 1713)
in der Frauenkirche

11 Ansicht von Baden um 1700 — kolorierter Stich von Peter Schenk im Rollettmuseum Baden

vikar von Freising in Bayern. Seine letzte Ruhestätte fand er 1402 im Kloster Heiligenkreuz bei Baden[21].

Der 1327 als Prior in Baden urkundlich nachgewiesene Petrus von Waidhofen wurde 1359 zum Passauer Hilfsbischof mit dem Titel *Episcopus Marcopolensis* und der Badener Prior des Jahres 1373 Simon wurde 1380 ebenfalls zum Passauer Suffragan mit dem Titel *Episcopus Castoriensis* ernannt[22].

Um die Mitte des 14. Jhdts. spielt in der Geschichte Österreichs ein Sohn des Stifters des Badener Augustinerklosters, Friedrich von Chreusbach, eine bedeutende Rolle. Der zeitgenössische Dichter des Wiener Hofes Peter Suchenwirt besingt in seiner 14. Ehrenrede die Kriegstaten dieses Mannes, der den bezeichnenden Namen *der Landfahrer* erhalten hat. Herzog Rudolf IV. belehnte Friedrich von Chreusbach mit der erblichen Würde eines Obersten Jägermeisters von Österreich[23].

Dieser Haudegen starb 1360 und fand in der Badener Klosterkirche seine letzte Ruhestätte. Das Grabmal an der rechten Seitenwand der heutigen Frauenkirche stammt, den Stilformen nach zu schließen, etwa aus der Zeit um 1400 *(Abb. 7)*. Die rote Marmorplatte (106 × 207 cm) weist an einigen Stellen Beschädigungen auf. Im oberen Teil trägt sie eine fünfzeilige gotische Minuskelinschrift: *anno dni mccclx obiit strenu(u)s ac nobilis miles dns frideric(us) crewspech di(c)tus la(n)tfar hic sep(ultus)* — zu deutsch: *Im Jahre des Herrn 1360 starb der wackere und edle Ritter Herr Friedrich Crewspech, genannt der Landfahrer, hier begraben.* — Im unteren Teil zeigt die Platte zwei Turnierschilde mit Wappen, rechts das der Familie Chreusbach, nämlich einen aufgerichteten Krebs, links das Amtswappen der österreichischen Erbjägermeister, nämlich eine durch einen Ring zusammengeschlossene, dreifache Kette, darüber zwei reich zimierte Turnierhelme, in deren Schmuck das Wappenmotiv wiederkehrt: rechts ein abwärts gerichteter Krebs, links ein gekrönter Hundskopf am Kettenband[24].

1393 ließ Wilhelm von Chreusbach, der Sohn Friedrichs und Nachfolger im Amt des Oberstjägermeisters von Österreich, eine Seitenkapelle der Badener Klosterkirche als Begräbnisstätte der Familie errichten. Er starb 1415 und wurde in seiner Stiftung bestattet. Mit ihm erlosch das Rittergeschlecht der Chreusbacher. Die Kapelle führte den Namen *Gottsleichnamskapelle* oder einfach *Chreusbachkapelle*. Sie lag an der Nordseite des gotischen Chores. In der Barockzeit wurde sie in eine *Lorettokapelle* umgestaltet. Über das Aussehen dieser in späteren Nachrichten mehrmals erwähnten Kapelle wissen wir leider nichts. Nach Lage und Baubefund handelt es sich bei dem heute an dieser Stelle noch befindlichen Keller vermutlich um die ursprüngliche Gruft der Chreusbacher. Nach Augenzeugenberichten wurde dieser Teil der Klosterkirche beim großen Stadtbrand vom 26. Juli 1812 besonders arg mitgenommen und dann völlig abgetragen[25].

Eine bemerkenswerte Urkunde stammt vom 19. Jänner 1416. Herzog Albrecht V. von Österreich, Steyr, Kärnten und Krain, Graf von Tirol, verleiht das bisherige herzogliche Lehen an die Chreusbacher, nämlich den Weingarten *Unbescheiden* nun dem Gotteshaus der Augustiner zu Baden als Eigengut[26]. Im übrigen ist der Urkundenbestand aus dem 15. Jhdt. im Vergleich zum vorausgehenden Zeitraum sehr spärlich.

Ein wichtiges Ereignis fand im Herbst des Jahres 1437 im Badener Kloster statt: das Provinzialkapitel der bayrischen Ordensprovinz der Augustiner-Eremiten, bei dem der bedeutende mittelalterliche Theologe Berthold Puchhauser von Regensburg den Vorsitz führte und Georg von Schönthal zum neuen Provinzial gewählt wurde[27]. Ein Jahr später präsidierte Petrus von Leitomischl ein für die bayrische Ordensprovinz wichtiges Kapitel, das ebenfalls in Baden stattfand[28].

Eine bescheidene Urkunde aus dem Jahr 1472 führt uns in die bewegte und für Baden bedeutungsvolle Regierungszeit Friedrichs III., der den Maut- und Amtsleuten Anweisung erteilte, den Augustinern zu Baden Salz und anderes mautfrei durchzulassen[29].

Nachdem Baden bereits im Jahr 1462 in den Kämpfen zwischen Friedrich und seinem Bruder Albrecht VI. arg mitgenommen worden war, wurde es 1476/1477 durch die Scharen des ungarischen Königs Matthias Corvinus schwerstens heimgesucht und nach der Erhebung zur Stadt mit 5. Juli 1480 neuerlich im Jahre 1482 von Corvinus eingenommen sowie 1484 wieder von kaiserlichen Truppen überfallen. Endgültig kaiserlich wurde die Stadt erst 1490 nach dem Tode des Matthias Corvinus[30].

Aus der Zeit des Wiederaufbaues nach diesen Zerstörungen, die sicher auch das Augustinerkloster in Mitleidenschaft zogen, stammen vermutlich die breiten und flach gewölbten Fenster des südlichen Kreuzgangtraktes zum Binnenhof, welche die Stilformen der ausklingenden Gotik aufweisen.

Die Jahrzahl 1511 trägt die interessante Grabplatte aus rotem Marmor (75 × 170 cm) an der linken Seitenwand der heutigen Frauenkirche *(Abb. 8)*. Im oberen Teil findet sich die dreizeilige Inschrift: *Warbara W Hamerl (oder Hamert oder Hainert oder Haimerl) conjunck hic sepulta anno 1511* und über die ganze untere Fläche ein großes Andreaskreuz mit den Buchstaben E—RDD—E. Der Familienname der Verstorbenen ist nicht eindeutig zu entziffern. Leber und Rollett meinen, es könte sich um die Gattin eines gewissen Hieronymus Hainerl oder Hamerl handeln, dem angeblich Kaiser Maximilian I. im Jahre 1516 gestattete, Wein nach Wien zu führen. Gustav Calliano weist dagegen auf die Möglichkeit hin, daß es sich um die Gattin des Wolfgang Hamerl handeln könnte, der als Pfleger der ehemaligen Burg Baden und später der Herrschaft Rauhenstein angeblich 1509 urkundlich Erwähnung findet; allerdings bleibt Calliano leider eine Quellenangabe schuldig. Auch die Symbolik des Schrägkreuzes und der fünf Buchstaben gibt ein Rätsel auf, das bisher noch keine sichere Lösung gefunden hat. Manche ordnen die Buchstaben folgendermaßen: REDDE und deuten: *Gib zurück!,* nämlich deine Seele in Gottes Hand[31].

Am 10. September 1516 weihte der Hilfsbischof Bernhard im Auftrag des Passauer Oberhirten Wigeleus Fröschl von Marzoll zwei neuerrichtete Altäre in der Badener Klosterkirche der Augustiner und verlieh verschiedene Ablässe an Besucher und Wohltäter des Gotteshauses. Aus der noch im Original erhaltenen Urkunde[32] ergeben sich folgende Tatsachen: Im Westteil der Kirche befanden sich Säulen bzw. Pfeiler, was klar für eine dreischiffige gotische Halle oder Staffelkirche spricht. Besondere Verehrung genossen damals der erst 1485 heiliggesprochene österreichische Landespatron Leopold, der Ordensheilige der Augustiner-Eremiten Nikolaus von Tolentino und andere volkstümliche Schutzpatrone. Da es sich um eine bischöfliche Weihe der Altäre handelte, ergibt sich die Existenz von konsekrierten Steinaltären in der Klosterkirche.

Mit 24. März 1528 verlieh Ferdinand I. dem Badener Kloster einen Schutz- und Schirmbrief, der dann im Türkenkrieg vernichtet, aber mit 21. Juli 1533 bestätigt wurde[33].

Über die Verwüstungen in der Stadt Baden durch die Türken im Jahr 1529 fehlen zwar genaue Nachrichten, doch ergibt sich aus späteren Urkunden, daß die Stadt und damit auch das Augustinerkloster und seine Kirchen schwer heimgesucht worden waren. 1532 dürfte Baden neuerlich in Mitleidenschaft gezogen worden sein, als die Türken, Wien südlich umgehend, bis weit nach Westen in Österreich vordrangen und erst im September d. J. durch Teile des Reichsheeres bei Leobersdorf und Enzesfeld endgültig geschlagen werden konnten[34].

Interessanterweise trägt das später verwendete Siegel des Badener Augustinerkonvents mit dem Bild der Muttergottes die Jahrzahl 1530.

In einer Verkaufsurkunde vom 29. September 1539 wird u. a. die *Chreuzpeckh- oder Gottsleichnamskapelle* der Klosterkirche wieder ausdrücklich genannt[35].

Möglicherweise stammt der sogenannte *Zweisäulenraum* im heutigen Gymnasium und ehemaligen Klostergebäude aus der Zeit nach 1529.

Bald nach 1529 scheint der Streit zwischen der Stadt Baden und dem hiesigen Augustinerkonvent begonnen zu haben, den man wohl auch auf dem geschichtlichen Hintergrund des umsichgreifenden Luthertums sehen muß. Der bedrückende Mangel an Nachwuchs in den Klöstern verschärfte die Situation. 1545 kam es schließlich zur vorübergehenden Auflösung des Badener Konvents. Der gesamte Klosterbesitz wurde dem Magistrat der Stadt Baden zugunsten ihres Bürgerspitals übertragen, das Gerowich Auer von Herrnkirchen 1542 gegründet hatte. Als Auflage trug man der Stadt Baden die Sorge für die Erhaltung der Baulichkeiten der Augustiner in Baden auf. Nach den vorliegenden Berichten war aber der Zustand des Klosters bei der Übergabe bereits sehr schlecht[36]. Auf die einzige vorliegende, aber sehr ungenaue Baubeschreibung der Klosterkirche vom 7. April 1545 wurde schon verwiesen. In ihr unterscheidet man deutlich zwischen dem Chor und der *Vorkirche* — in einer Lesart auch *Langhaus* genannt — mit sechs Säulen. Der Kreuzgang wird darin als an drei Seiten gewölbt und mit einer anschließenden Kapelle zu Ehren des hl. Leonhard geschildert, wobei die Lage dieser Kapelle leider völlig unbekannt ist[19].

Zwischen 1573 und 1584 liefen dann Verhandlungen, die schließlich zur Rückgabe der Baulichkeiten und des Besitzes an den Augustinerorden führten. Das wiederbesiedelte Kloster konnte sich freilich nur sehr langsam erholen. Ein Inventarium aus dem Jahre 1602 enthält keinen Hinweis auf den Bauzustand[37].

In einem Ansuchen des Priors Augustinus Lombardus an die nö. Regierung vom 15. Jänner 1615 wird die Ordensniederlassung in Baden als *armes zerfallenes Klösterl* bezeichnet[38]. Ab 1624 legen Stiftungen und Kaufverträge Zeugnis ab von einem offensichtlichen Aufschwung. Aber noch 1635 beklagte sich der päpstliche Nuntius Malatesta Baleonis über den Zustand des Klosters, so daß sogar der Weihetag der Kirche des Klosters, die Mariä Verkündigung geweiht war, in Vergessenheit geraten sei. Der 2. Sonntag nach Ostern wurde nun als jährliches Kirchweihfest angeordnet[39].

Auf Bitten des Konvents bestätigte Ferdinand II. mit 24. August 1628 dem Badener Kloster die seinerzeit verliehenen Privilegien in einer großen

Papierurkunde, deren Original mit kaiserlichem Siegel im Badener Stadtarchiv erhalten ist[40] *(Abb. 9)*.

Im Herbst des Jahres 1638 tagte im Badener Konvent die Kapitelversammlung der österreichischen Provinz der Augustiner-Eremiten und wurde Baden als einziges Noviziat der Provinz bestimmt, was auf einen merklichen Aufschwung des Klosters in Baden schließen läßt[41]. Um 1640 hatte der Orden in Österreich nach Überwindung der Glaubensspaltung wieder zahlreichen Nachwuchs[42].

Wie an anderen Orten stand damals auch in Baden das Prozessionswesen unter der Führung der hiesigen Augustinermönche in hoher Blüte. 1646 kam es zur Gründung der Gürtelbruderschaft vom hl. Augustinus und der hl. Monika, die in Baden eine reiche religiöse und karitative Tätigkeit entfaltete[43]. Die zahlreichen schriftlichen Nachrichten aus der Mitte des 17. Jhdts. enthalten leider keinerlei Hinweise auf den Bauzustand des Klosters und seiner Kirche.

Im Frühjahr 1646 tagte wieder das österreichische Provinzkapitel der Augustiner-Eremiten in Baden[44]. 1653 erfolgte dann der für die Entwicklung des Ordens in Österreich bedeutungsvolle Zusammenschluß der bisher selbständigen steiermärkisch-kärntnerischen Augustinerprovinz mit der österreichischen[45].

Der zweitälteste erhaltene Plan von Baden, nämlich der des Burgfriedens der Stadt mit Umgebung um 1670, stellt auch die beiden Kirchen der Augustiner in Baden dar[46], ebenso der Kupferstich in Vischers Topographie aus dem Jahre 1672[47]. Diese Darstellungen deuten die Klosterkirche mit einem kleinen Turm bzw. zwei kleinen Türmen als Dachreiter an und lassen — bei aller Ungenauigkeit im Detail — außer dem Ostchor auch einen westlichen Bauteil an dieser Kirche erkennen.

Am 15. Juli 1683 überfielen die Türken Baden und brandschatzten die Stadt. Kloster und Kirchen der Augustiner erlitten schweren Schaden. Die meisten Einwohner Badens flüchteten; manche von ihnen wurden auf der Flucht niedergemetzelt, darunter auch Angehörige des Augustinerklosters. Bei seiner Rückkehr am 27. September traf der geflohene Prior das Kloster in einem jammervollen Zustand an. Die Augustinerpatres mußten dann bis 1685 die verwaiste Pfarre Baden seelsorglich betreuen[48].

Langsam begann man mit dem Wiederaufbau und führte vermutlich zwischen 1692 und 1700 einen frühbarocken Umbau der Klosterkirche durch. Der Chor blieb in seinem gotischen Baubestand erhalten, die ehemalige Chreusbachkapelle wurde zu einer Lorettokapelle umgestaltet, und das Langhaus dürfte damals seine heutige Grundform erhalten haben. Eine Rekonstruktion in Haans Manuskript zeigt das wahrscheinliche Aussehen der Westfassade[49].

Im heutigen Gymnasium, dem ehemaligen Klostergebäude, stammen aus dieser Zeit vermutlich wesentliche Bauteile, z. B. der sogenannte Zweisäulenraum in seinem heutigen Bestand als rechteckiger, zweischiffiger, Raum mit sechs gratigen Kreuzgewölben, aufruhend auf zwei massigen Rundsäulen, ferner die zwei flachen, gratigen Kreuzgewölbe mit gemauerten Kreuzzierden am Scheitel im heutigen Musikarchiv, dann die flachen, gratigen Kreuzgewölbe im nördlichen Kreuzgangtrakt u. a. m.

Im nö. Landesarchiv ist uns aus der Zeit um 1700 ein Plan des Klosters erhalten, der die Kirche aber nur sehr ungenau und schematisch darstellt[50].

1696 nahm Kaiser Leopold I. mit Gefolge an einem Gottesdienst in der Lorettokapelle der Klosterkirche teil[51], und 1697 wohnte die Königinwitwe Maria von Polen mit ihren Angehörigen eine Zeitlang im Augustinerkloster, um die Kur in Baden zu gebrauchen[52]. Schließlich spielte das Badener Kloster auch eine Rolle bei der Konversion des Kurfürsten Friedrich August von Sachsen zum Katholizismus[53].

Der am 7. April 1713 verstorbene Franz Anton, Edler von Quarient und Raal, fand in der Klosterkirche der Badener Augustiner seine letzte Ruhestätte. Sein großes, barockes Grabmonument aus verschiedenfarbigem Marmor befindet sich an der Ostwand der rechten Seitennische der heutigen Frauenkirche *(Abb. 10)*. Es hat eine Gesamthöhe von ungefähr 420 cm, eine Sockelhöhe von 143 cm und eine Sockelbreite von 174 cm; die Frauengestalt ist fast lebensgroß. Auf dem hohen Sockel sehen wir in der Mite eine Inschrifttafel (57,5 × 104,5 cm), auf die sich eine trauernde Frau stützt, hinter der Tafel einen schräggestellten Sarkophag. Im Hintergrund ragt als Symbol des Todes eine geborstene Pyramide auf, die rechts oben eine kleine Wappenkartusche trägt. Das vierteilige Wappen zeigt im 1. und 4. Feld einen schrägen Balken und oben einen Mohrenkopf, im 2. Feld einen Pferdekopf, im 3. Feld drei Stufen und im Herzschild 2 Vögel, die mit ihren Schnäbeln gemeinsam einen Siegelring halten.

Die 28zeilige Inschrift mit Chronogramm 1713 in den Zeilen 5 und 6 lautet: *D.O.M.S. quid habet amplius homo pro labore suo ? eccles 3 cap ecce hic iacet FranC: anton: nobIL: DoMinVs a gVarlent et raaL quem evexit doctrina et prudentia in S.C.M. regimis inferioris austriae consiliarium, archi=grammateum, referendarium intimum et tandem provinciae pro=mareschallum probavere integritatem tres augusti iuris prudentiam respublica. Conciliavit pietas coeli favores fides et iustitia proximi amorem liberalitas pauperum pia vota. Agens annum L.IX. ipse legū vivus codex solutus lege naturae anno M.D.C.C.XIII. die VII. aprilis quiescit. Nam justorum animae in manu dei sunt et non tanget illos tormentū mortis, visi sunt oculis insipientium mori illi autem sunt in pace. sapient: cap 3.*

Franz Anton von Quarient (oder Guarient) und Raal war ein Sohn des oberösterreichischen Landessekretärs Anton von Quarient und der Anna, geb. von Chumitz. Seit 1689 bekleidete er das Amt eines Landessekretärs von Niederösterreich, seit 1710 das eines nö. Landes-Untermarschalls und Regimentsrates. Seit 1692 gehörten ihm die Herrschaften Weikersdorf, Rauhenstein, Rauheneck und Veste Rohr. Der im 59. Lebensjahr Verstorbene gilt als fleißiger Sammler und Herausgeber der ersten Bände des rechts-historisch bemerkenswerten Quellenwerkes *Codex Austriacus*[54].

Eine Restaurierung dieses als hervorragendes Werk geltenden Grabmals erfolgte 1963 im Auftrag des Bundesdenkmalamtes durch den Badener Bildhauer Josef Dobner.

Bei dem großen Stadtbrand vom 24. Feber 1714 wurden in Baden fast 100 Häuser zerstört, darunter auch das Augustinerkloster samt Kirche[55]. Wie groß diese Zerstörungen durch den Brand an Kirche und Klostergebäude waren, ist nicht bekannt.

Eine Wiederherstellung in den folgenden Jahren läßt sich aus den zahlreichen Stiftungen und aus sonstigen Eintragungen in den beiden Augustinerprotokollen im Stadtarchiv Baden erschließen.

1729 wurde Baden dem Bistum Passau, dem es bisher angehörte, ausgegliedert und kam zum Erzbistum Wien[56].

Ein Stich von Johann Matthias Steidlin in dem vermutlich zwischen 1726 und 1734 vom Generalassistenten der Augustiner-Eremiten für Deutschland Angelus Höggmayer herausgebrachten Werk *Monasteria Romana Ordinis nostri et per Germaniam* zeigt auch das Badener Kloster mit seinen beiden Kirchen. Die Darstellung der Klosterkirche muß wohl als ein fantasievolles Projekt angesehen werden; die Westfassade besaß niemals zwei ausgebaute Türme[57]. Dieser Stich Steidlins bildete die Vorlage für das sehr frei gestaltete Mosaik an der Ostwand der Eingangshalle des heutigen Gymnasiums in der Frauengasse.

Der Abschluß einer zweiten barocken Bauperiode unter Prior Godfried Claa (1740—1743) mit einer westseitigen Erweiterung des Klosters wird allgemein angenommen. Damals kam es auch zur Errichtung einer Kapelle zu Ehren des hl. Kreuzes an der Südseite der Klosterkirche, über deren

Aussehen wir leider nichts wissen. Ein Ölbild, signiert vom Maler Friedrich Gedon 1767, im Städtischen Rollet-Museum in Baden stellt Prior Gottfried Claa mit einem Buch in der Hand dar.

Im Manuskript Haans finden wir eine Rekonstruktion des barocken Bauzustandes der Klosterkirche im 18. Jhdt. unter der Bezeichnung *Dritte Bauperiode*, welche die Westfassade mit Nischenfiguren (Mariä Verkündigung) zeigt.

Aus dem 18. Jhdt. stammen wesentliche Bauteile des Westtraktes des ehemaligen Klostergebäudes, so die Tonnengewölbe mit Stichkappen in verschiedenen ebenerdigen Räumen. Typisch barocke Flachgewölbe mit einfacher Deckenstukkatur finden wir noch in fünf Jochen des ehemaligen westlichen Kreuzganges: zwei südlich gelegene im heutigen ebenerdigen Gang der Schule, drei nördlich der heutigen Einfahrt gelegene mit später eingezogenen Zwischenwänden in jetzigen Wohnräumen.

Teile der barocken Einrichtung der Badener Klosterkirche kamen nach der Aufhebung des Konvents in die Pfarrkirche von Schönau an der Triesting, so der dortige Hochaltar (mit einem anderen Altarblatt), ein Seitenaltar, die Kanzel und ein Bild.

Ein großer Ankleideschrank mit eingelegtem Bandlwerk und Goldbronzebeschlägen, ebenfalls aus dem Augustinerkloster stammend, befindet sich heute in der Sakristei der Stadtpfarrkirche St. Stephan in Baden; er trägt an den kleinen Ladentüren eingelegte Initialen und eine Jahrzahl: A — M, P — R, A — D, 17 — 43.

Mehrfach besuchte Kaiserin Maria Theresia mit ihrem Gatten Franz Stephan Baden und nahm am Gottesdienst in der Augustiner-Klosterkirche teil, so 1747 und 1750[58]. Das Kloster erlebte wieder eine Blütezeit, wovon u. a. zahlreiche Stiftungen Zeugnis geben, und zählte 1752 17 Priester, 1 Klerikerkandidaten und 5 Laienbrüder[59]. Im April 1758 fand im Badener Konvent ein Provinzialkapitel der österreichischen Augustiner-Eremiten statt, oftmals aber eine sogenannte Intermedienversammlung[60]. 1766 wohnte die Gattin Josefs II., Maria Josefa, zum Bädergebrauch im Kloster[61].

Aber schon kündigte das Gesetz *Wie dem übermäßigen Anwachs der Klöster vorzubeugen sey* vom 27. März 1767 eine neue Ära an und brachte eine einschneidende Beschränkung der Kandidatenaufnahme bei den Orden[62]. Weitere Maßnahmen folgten. Mit dem Tod von Maria Theresia am 29. November 1780 und dem Beginn der Alleinregierung ihres Sohnes Josefs II. kamen die Ideen der Aufklärung voll zum Durchbruch.

Für die österreichische Provinz der Augustiner-Eremiten bildeten folgende Maßnahmen besonders harte Eingriffe: Im März 1781 wurde die Einholung des kaiserlichen Placets für alle kirchlichen Erlässe und Maßnahmen Roms verlangt und die völlige Loslösung aller Ordensgemeinschaften von ausländischen Oberen angeordnet[63].

Vom Klosteraufhebungsdekret Josefs II. des Jahres 1781, publiziert mit 12. Jänner 1782, wurde das Badener Augustinerkloster nicht betroffen, da seine Konventualen auch Dienste in der pfarrlichen Seelsorge leisteten. Einige Priester aus dem Kloster kamen als Kooperatoren an die Pfarre St. Stephan in Baden. Die damalige Anzahl der Klosterangehörigen durfte aber durch Aufnahme von Novizen nicht vermehrt werden. Damit wurde der Ordensnachwuchs fast gänzlich unterbunden[64].

Mehrfach bemühte sich die Badener Bürgerschaft um die Errichtung einer zweiten Pfarre in der Stadt bei den Augustinern, was aber im August 1784 endgültig abgeschlagen wurde[65].

1796 verbrachte Kaiser Franz I. mit Gemahlin einen längeren Kuraufenthalt in Baden. Dies geschah dann in den folgenden Jahren fast regelmäßig. Dabei logierte die kaiserliche Familie bis 1812 zumeist im Augustinerkloster, in dem auch andere Kurgäste im Sommer aufgenommen wurden[66].

Im Jahre 1800 sank die Zahl der Augustinerpriester im Badener Kloster auf fünf, wovon zwei alt und krank waren und P. Quodvultdeus Rollett nicht bloß Kooperatorendienst an der Stadtpfarre leistete, sondern vorübergehend sogar die Funktion eines Pfarrprovisors ausüben mußte[67].

1807 umfaßte der Personalstand nur mehr vier Ordenspriester der Augustiner in Baden, davon zwei Pfarrkooperatoren[68].

Im August 1811 war die Zahl der Augustinerpatres von Baden auf vier abgesunken, davon drei alt und gebrechlich, und der einzige Rüstige versah in der Pfarre Dienst. Erstmalig zog man eine Auflösung des Klosters in Erwägung[69].

Am 20. August 1811 starb nach langer Kankheit P. Quodvultdeus Rollett, der durch viele Jahre eifrig in der Pfarrseelsorge tätig gewesen[70]. Ein Grabdenkmal für diesen befindet sich an der südlichen Stirnmauer des Langhauses außen an der Stadtpfarrkirche von St. Stephan in Baden. Es besteht aus einem Sandsteinsarkophag mit applizierten Relieffiguren (links: Kronos mit einem Kind — rechts: eine trauernde Frauengestalt) und einer flachgiebeligen Ädikula mit Inschrifttafel. Dort heißt es: *Dem rastlos thätigen Priester, dem unvergesslichen Freunde weihen dankbar Bürger und*

Brüder dieses Denkmal. Über dem Sarkophag erhebt sich ein Obelisk, der mit einer Flammenvase bekrönt ist. Früher befanden sich an diesem Obelisken ein Porträtmedaillon und ein Kelch aus vergoldetem Kupfer. Diese wurden von unbekannter Hand nach 1945 entfernt. Die dunklen Stellen am Stein zeigen jetzt noch die Spuren der Metallapplikationen. An dem Obelisken findet sich eine Inschrifttafel mit den Worten: *Quodvultdeus Rollett Kurat 18 Jahre in der Stadtpfarre Baden Gebor. d. 12. Sept. 1757 Gest. d. 20. Aug. 1811*[71].

Ab November 1811 trug man sich dann mit dem Gedanken, auch das Wiener Augustinerkloster aufzuheben[72].

Nach längeren Verhandlungen setzte Kaiser Franz am 27. Feber 1812 seine Unterschrift unter den Akt, mit dem die Aufhebung der beiden letzten Augustinereremitenklöster in Österreich, nämlich in Wien-Landstraße und in Baden, in die Wege geleitet wurde[73]. Diese Klosteraufhebung mangels Ordensnachwuchses muß als eine Spätfolge der Josefinischen Maßnahmen angesehen werden.

Genau am selben Tag starb einer der beiden übriggebliebenen Augustinerpatres in Baden, so daß eigentlich nur mehr der letzte Prior Josef Legerer von der Aufhebung betroffen wurde[74].

Die Auflösungsdekrete der beiden Augustinerklöster und andere notwendige Aktengänge folgten in den nächsten Monaten[75]. Damit ging die über 500jährige Geschichte der Augustinereremiten in Baden zu Ende.

Der äußere Bauzustand der Klosterkirche im 18. Jhdt. und am Anfang des 19. Jhdts. bis zur Aufhebung läßt sich aus zeitgenössischen Stadtansichten recht gut erkennen. Dies sind folgende:

1. ein Kupferstich von Peter Schenk von 1700 aus Amsterdam mit niederländischer und lateinischer Legende[76] *(Abb. 11),*

2. ein Ölgemälde in vergoldetem Rahmen *Votivbild der Badener Bürgerschaft* für den Mariahilfberg bei Gutenstein, mit Pestszenen des Jahres 1713, im Hintergrund die Stadt Baden vom Süden her[77],

3. ein spätbarockes vergoldetes Holzrelief in der Stadtpfarrkirche St. Stephan in Baden, datiert 1760, ebenfalls mit Pestszenen des Jahres 1713, im Hintergrund wieder die Stadt Baden vom Süden her[78],

4. ein Kupferstich von Voetter und Kilian Ponheimer um 1790 *Ansicht der landesfürstlichen Stadt Baden,* ebenfalls vom Süden her gesehen[69],

5. eine kolorierte Umrißradierung von V. Grim und V. Grüner, um 1802, *Ansicht von Baaden in Österreich,* von Norden her[80].

Noch war die Durchführung der Klosteraufhebung im Gange, da kam eine furchtbare Katastrophe über Baden. Am 26. Juli 1812 brach um etwa 1/2 1 Uhr mittag beim Bäckermeister Hirschhofer am Hauptplatz ein Feuer aus, das rasch um sich griff. Um 3 Uhr nachmittag stand bereits das Augustinerkloster an mehreren Stellen in Flammen. Insgesamt 130 Häuser — fast die ganze Altstadt — wurden von Feuer erfaßt.

Der Augenzeugenbericht bei der Kommissionierung durch das Kreisamt Traiskirchen am 27. Juli schildert den Zustand folgendermaßen: *Die sämtliche Dachung des Klosters und der Kirche ist verbrannt, der Kirchturm* (gemeint ist der Dachreiter über dem gotischen Chor) *ist eingestürzt, die Glocken sind zerschmolzen. Bei Vornahme des Augenscheins wütet das Feuer noch in der Gruft und droht der Sakristei, unter welcher sich die Gruft befindet, der Einsturz.* Andererseits heißt es im selben Bericht: *Zu ebener Erde im Kloster und auch in der Kirche ist keine Spur einer Verwüstung vorhanden.* Aus einem anderen Bericht vom 18. September 1812 geht hervor, daß die ehemalige Lorettokapelle durch den Brand baufällig und vom Einsturz bedroht sei[81].

Verschiedene Einrichtungsgegenstände und Paramente der Klosterkirche wurden in der vom Brand verschont gebliebenen Stadtpfarrkirche geborgen; sie gelangten später zur Verteilung an verschiedene Kirchen[82]. Die Orgel kam nach Wien in die Kirche St. Johann in der Praterstraße[81].

Am 27. Oktober 1812 wurden die Klostergebäude öffentlich versteigert, wobei allerdings niemand auf den Ausrufungspreis einging[81].

Den zeitgenössischen Berichten nach zu schließen, hatten die Zerstörungen des Brandes an der Klosterkirche folgendes Ausmaß: Das gesamte Dach samt Dachreiter zerstört, teilweise eingestürzt und nur mehr abzutragen der westliche Teil des einschiffigen gotischen Chores samt Seitenkapelle (Lorettokapelle). Der heutige Baubestand zeigt, daß sogar die nördliche Hauptmauer dieses Teiles des Chores nicht mehr vorhanden ist. Erhalten blieben: die Westfassade, die Seitenmauern des Gläubigenraumes samt den vier Nischen mit Altären, vermutlich auch die Gewölbe des barocken Gläubigenraumes, ferner der Ostteil des gotischen Chores mit der Apsis. Letzterer ist in profaniertem Zustand in seiner Grundsubstanz noch erhalten.

1813 gelangten zwei Altäre, die Kanzel und ein Bild aus der ehemaligen Badener Klosterkirche an die Kirche von Schönau an der Triesting, wo sie sich heute noch befinden[83].

Bei seiner Aufstellung am neuen Platz wurde der dortige Hochaltar etwas verändert und das Altarblatt gegen das des Kirchenpatrones von Schönau ausgetauscht. Die vergoldeten Holzstatuen links und rechts vom Altarbild stellen Heilige aus dem Augustinerorden dar, die links außen den hl. Apostel Jakobus mit Pilgerstab, die rechts außen nach einer vermutlichen Veränderung nunmehr die hl. Barbara mit Kelch.

Auch die Kanzel mußte dem neuen Aufstellungsort angepaßt werden. Sie zeigt auf dem Scheitel des Daches den hl. Augustinus, von dessen Rechten Blitze als Symbol der mutigen Verkündigung ausgehen, am Rand des Daches, rechterhand vom Beschauer, sitzend den Irrlehrer Pelagius mit Buch und linkerhand den herabstürzenden Satan. Die übrigen drei großen lateinischen Kirchenlehrer zieren sitzend den Kanzelkorb, jeder mit aufgeschlagenem Buch in der Hand: Zur Wand hin — vom Beschauer linkerhand — der hl. Ambrosius im Bischofsornat, auf dessen Buch der aufgeschlagene Text lautet: *Hic verbum medicina est. St. Amb. in Ps. 45,* in der Mitte der hl. Papst Gregor, dessen Buchseite nicht mehr leserlich ist, und rechterhand vom Beschauer der hl. Hieronymus als Einsiedler, dessen Buchschrift lautet: *Speculum est foeda ostendens et corrigi docens.*

Der Antoniusaltar trägt das Bild in reichverziertem Barockrahmen mit der Darstellung des hl. Antonius von Padua mit Buch und Lilie in einer Versammlung von Mönchen; das Bild zeigt die Signatur *F. J. Wagner 1708.* Interessanterweise fand man bei der Restaurierung des Bildes an der Rückseite Brandspuren, die vom Jahre 1812 herrühren könnten.

Das Ölbild in ovalem, vergoldetem Holzrahmen mit der Darstellung des hl. Johannes Nepomuk — derzeit im Oratorium der Schönauer Kirche — stammt ebenfalls aus der Klosterkirche der Augustiner zu Baden.

Nach einer im Dezember 1812 durchgeführten amtlichen Schätzung erfolgte am 10. April 1813 eine neuerliche öffentliche Versteigerung der Gebäude des ehemaligen Augustinerklosters in Baden. Sie wurden vom Meistbieter Josef Turnau um 28.150 Gulden erstanden. Ein nachträglich eingereichtes höheres Angebot des Freiherrn Friedrich von Haan mußte abgelehnt werden[84].

Da Kaiser Franz mit dem Brand und dann dem Verkauf des Klostergebäudes seinen Sommerwohnsitz in Baden verloren hatte, erwarb er im April 1813 das bisher dem Baron Arnstein gehörige Haus am Hauptplatz für die kaiserliche Familie durch das Hofärar. Dieser schlichte Bau führt bis heute den Namen *Kaiserhaus*[85].

Seit dem Frühjahr 1814 liefen Bemühungen um die Wiederherstellung der ehemaligen Klosterkirche, die offensichtlich von der Badener Bürgerschaft ausgingen, wogegen der damalige Stadtpfarrer beträchtliche Einwände erhob[86]. Mit 21. Feber 1815 entschied der Kaiser folgendermaßen: Da die Wiedereröffnung der ehemaligen Klosterkirche in Baden für den Gottesdienst in der Stadt entbehrlich erscheint, so hat man von einem Wiederankauf durch den Religionsfonds Abstand zu nehmen. Wenn jedoch die Badener Bürgerschaft die Wiederherstellung dieser Kirche wünscht, so kann sie dies auf ihre eigenen Kosten tun. In diesem Falle wäre der Kaiser nicht abgeneigt, zu diesem Ankauf einen Beitrag zu leisten[87].

Über das weitere Schicksal der Kirchenruine ist bekannt, daß der Eigentümer der Liegenschaft sie als Materiallagerstätte an einen Baumeister, angeblich namens Brunner, verpachtete. Der gegen die Wassergasse liegende Teil des ehemaligen Klosters samt der ehemaligen Lorettokapelle wurde an den bürgerlichen Handelsmann Anton Bosch verkauft, der dort ein Wohngebäude errichtete[88].

1817 kam es zur Errichtung der sogenannten *Floravilla* auf dem Gelände des ehemaligen Augustinerklosters, möglicherweise nach Plänen von Josef Kornhäusl. Das Gebäude erhielt seinen Namen von der Steinplastik auf dem Mittelbau, einem Werk von Josef Klieber. Die Figur stellt die Flora dar, wie sie kniend einem Korb Blumen entnimmt[89].

Im November 1818 erwarb dann Freiherr Josef Friedrich von Haan die Ruine der ehemaligen Klosterkirche[90]. Offensichtlich kaufte dieser auch damals das gesamte ehemalige Klostergebäude der Vorbesitzerin Luise Kreb ab[91]; eine Bedachung erhielt die Kirchenruine erst im folgenden Jahr.

Am 16. Mai 1826 konnte der damalige Dechant und Pfarrer von Baden dem Wiener erzbischöflichen Konsistorium melden, daß die vormalige Augustiner-Klosterkirche in verkürztem Ausmaß wiederhergestellt sei. Auch die wichtigsten Einrichtungsgegenstände (Hochaltar, Altarbild, Kanzel, Kirchenstühle und Orgel) sowie eine Sakristei und ein Oratorium wurden als bereits vorhanden ausgewiesen[92].

Nachdem Kaiser Franz fast jedes Jahr einen Teil des Sommers in Baden zubrachte und hier im *Kaiserhaus* am Hauptplatz seinen Wohnsitz hatte, erwarb er Ende Mai bzw. Mitte Juni 1826 das ehemalige Klostergebäude der Augustiner samt der Kirche vom Freiherrn von Haan[93].

Am 29. Mai 1827 fand endlich die Weihe der wiedererrichteten und neueingerichteten Kirche statt[90]. Mit 25. April 1828 ernannte dann der

Kaiser den ersten Benefiziaten Johann Primitz an dieser *k. k. Hofkirche zu Baden*, wie sie nun hieß[94].

Die wiedergeweihte Kirche umfaßt den Westteil der alten Klosterkirche ohne den gotischen Chorbau. Die Westfassade *(Abb. 12)* zeigt deutlich die Stilformen des Klassizismus, einen schwach vortretenden Mittelrisalit, ein rechteckiges Portal mit gerader Verdachung auf Konsolen, darüber ein hohes Rundbogenfenster in rechteckiger Blende. Den Risalit schließt ein Flachgiebel ab. Die Seitenflügel der Fassade sind mit Mansardentürmchen abgedacht und zeigen im unteren Teil je ein kleines, kreisrundes Fenster. An den beiden Seitenfronten der Kirche — südseitig vom ehemaligen Klosterhof aus deutlich erkennbar — sieht man die mächtigen, frühbarocken, nach oben abgeschrägten Nischenpfeiler, die über die angrenzende Dachhaut herausragen. Das hohe, abgewalmte Dach überragt die ganze Umgebung.

Im Inneren ist die Grundform des frühbarocken Umbaues der ursprünglich gotischen Westhalle der ehemaligen Klosterkirche noch erkennbar: zwei rechteckige Joche mit gratigen Kreuzgewölben und beiderseits zwei breite Seitennischen mit Halbbogengewölben zwischen den sechs massigen Nischenpfeilern. Die beiden vorderen Nischen wurden durch Zwischenmauern vom Mittelraum abgetrennt. Der gesamte Innenraum ist in klassizistischer Strenge gestaltet: große jonische Pilasterordnung mit verkröpftem dreiteiligen Gebälk, gerader Chorabschluß mit Halbbogenfenstern in der Wölbung, westseits hohe Chorempore mit marmorierter Holzbrüstung. Die Nordseite trägt zwei hochgelegene Halbbogenfenster, während die an der gegenüberliegenden Seite abgemauert sind, da sie unter der Dachhaut des angrenzenden Gebäudes zu liegen kommen.

Die Einrichtung aus Holz, marmoriert, mit vergoldeten Holzzieraten, durchwegs einfache Arbeiten, entsprechend dem Stilgefühl der 1. Hälfte des 19. Jhdts.

Das ursprüngliche Hochaltarbild von 1827 hängt jetzt in der rechten Seitennische der Frauenkirche *(Abb. 13)*. Es ist eine alte Kopie nach dem Gemälde von Antonio Allegri da Correggio, bekannt unter dem Namen *Die Madonna des hl. Georg*. Das Original befindet sich in der Galerie zu Dresden. Möglicherweise stammt die Badener Kopie von Girolami da Carpi. Sie wurde später von Johann Bapt. Lampi d. Ä. restauriert und in einigen Details verändert. Das ca. 175 × 220 cm große Ölgemälde in breitem, vergoldetem Holzrahmen stellt die durch Farbengebung, Bewegung und Architekturmalerei in den Mittelpunkt gerückte Madonna mit dem

Kind auf dem Schoß dar. Der Jesusknabe streckt seine Händchen nach dem hl. Geminianus aus, der als Stadtpatron von Modena ein Kirchenmodell in Händen trägt. Andererseits wendet Maria ihren Blick liebevoll auf den Dominikanermärtyrer Petrus, den Schutzpatron der Kirche, für die das Bild ursprünglich bestimmt war. Im Vordergrund, linkerhand vom Beschauer, ist Johannes der Täufer an der Hinweisgeste auf das Erlöserkind erkennbar. Rechterhand vom Beschauer sieht man den hl. Georg als Ritter, wie er siegreich seinen Fuß auf einen erlegten Eber als Symbol des Bösen setzt, während zwei Engelknaben Schwert und Helm des Heiligen tragen, der dem Bild seinen in der Kunstgeschichte üblichen Namen gab[95].

Im Sommer des Jahres 1828 empfing der Sohn Napoleons, Franz Josef Karl Herzog von Reichstadt, in der Badener Hofkirche aus der Hand des Kardinals Erzherzog Rudolf, Erzbischofs von Olmütz, das hl. Sakrament der Firmung, wobei sein Großvater Kaiser Franz das Patenamt ausübte[96].

1830 schuf der Historienmaler und Professor an der Akademie der Bildenden Künste in Wien, Anton Petter, im Auftrag des Kaisers ein neues Hochaltarbild für die Badener Hofkirche mit der Darstellung Mariens in der Herrlichkeit[97] *(Abb. 14)*. Es trat an die Stelle des bisherigen Madonnenbildes, das auf der großen Fläche der Ostwand viel zu klein wirkte. Das riesige Ölgemälde auf Leinwand (ca. 380 × 550 cm) in breitem, vergoldetem Holzrahmen beherrscht noch heute das Innere der Frauenkirche. Es wurde 1967 im Auftrag des Bundesdenkmalamtes neu gespannt und gereinigt. Dargestellt ist im Mittelpunkt des Bildes Maria, sitzend auf den Wolken, den halb vor ihr stehenden Jesusknaben haltend, der die rechte Hand zur Segensgeste erhebt, umgeben von zahlreichen großen und kleinen, singenden, musizierenden, anbetenden, Blumen streuenden oder Leidenswerkzeuge tragenden Engelsgestalten. Über dem Haupt Mariens und Jesu leuchtet die Glorie des Himmels als große, goldgelb strahlende Fläche. Das Gemälde beeindruckt durch seine Größe und Farbenfreudigkeit, ist aber ohne besondere künstlerische Bedeutung.

Am 9. April 1832 erhielt der Apostolische Nuntius in Wien, Ugone Pietro Spinola, in der Badener Hofkirche aus der Hand des Kaisers das Kardinalsbirett, wie dies dem Vorrecht der österreichischen Kaiser entsprach[98].

Im Frühjahr 1836 kam das sogenannte *Votivbild von Kaiser Franz Stephan und Maria Theresia* vom kaiserlichen Schloß Hetzendorf in die Hofkirche in Baden und fand seinen Platz in der linken Seitennische, wo es heute noch hängt[99] *(Abb. 15)*. Das große Ölgemälde auf Leinwand (ca.

310 × 225 cm) in vergoldetem, teilweise geschwungenem Holzrahmen stellt die beiden Namenspatrone des kaiserlichen Paares, Franz von Assisi und Theresia von Avila, in Anbetung des Lammes auf dem Buch mit sieben Siegeln dar, umgeben von Engelsgestalten. Im Vordergrund erhebt sich ein Opferstein mit den Initialen *F. M. T.*; darauf steigt Weihrauch auf. Im Hintergrund ist die Stadt Wien sichtbar. Das schwungvoll gestaltete Barockbild aus unbekannter Meisterhand stammt wohl aus der Mitte des 18. Jhdts.

Das Revolutionsjahr 1848 verlief in Baden verhälnismäßig ruhig. Die Badener Nationalgarde besorgte in dem *„aristokratischen Nest"*, wie man damals Baden nannte, eher den Schutz der zahlreichen Flüchtlinge aus Wien. Der Versammlungsort dieser Nationalgarde war unter dem heute nicht mehr bestehenden Holzvorbau östlich der ehemaligen Klostergebäude, im Hof der damaligen hofärarischen Baulichkeiten[100].

Zwischen 1857 und 1860 kam als Geschenk der Freyin von Adriani Werburg ein Bild des hl. Josef in Goldrahmen und als Geschenk von Frau Rosa Trenner ein solches mit der Darstellung des hl. Peregrinus, ebenfalls in Goldrahmen, in die Hofkirche zu Baden[101]. Das eine Ölbild auf Leinwand (50 × 64 cm) in reichverziertem, vergoldetem Rahmen hängt normalerweise am Bogenpfeiler der linken Seitennische in der Frauenkirche. Es stellt den hl. Josef mit dem Jesusknaben dar und stammt von einem unbekannten Maler, vermutlich um die Mitte des 19. Jhdts. Es zeichnet sich durch eine unkonventionelle Auffassung der Josefsgestalt und durch gekonnte Verteilung von dunklen und aufhellenden Farbtönen aus. Das künstlerisch völlig wertlose Peregrinusbild wurde 1954 aus seinem ebenfalls reichverzierten, vergoldeten Rahmen genommen und später mit anderen Leihgaben an die Bundesmobilienverwaltung zurückgestellt. Der Rahmen bekam eine anderweitige Verwendung.

Zwischen 1860 und 1862 gelangte ein weiteres Bild mit der Darstellung des seligen Johannes Sarkander als Geschenk des Kaisers an die Hofkirche zu Baden[102]. Das Ölgemälde auf Leinwand (ca. 100 × 140 cm), in einfachem, vergoldetem Holzrahmen stellt den Seligen in der römischen Tracht des 16. Jhdts. auf einem Betschemel vor einem Kruzifix kniend dar. Vor sich hat Johannes Sarkander ein aufgeschlagenes Buch und darauf liegend die Märtyrerpalme. Der Text der Buchseite lautet: *Bonus pastor qui animam suam dat pro ovibus suis. Non sunt condignae passiones huius temporis ad futuram gloriam quae revelabitur in nobis.* Links im Hintergrund bringt die Darstellung den Durchblick in eine frühbarocke Kirchenhalle. Das Bild stammt angeblich aus Rom, von einem unbekannten Maler,

12 Westfassade der Hofkirche (heutige Frauenkirche) um 1827
Feder-Lithographie von C. Pschor

13 „Madonna des hl. Georg“, früheres Altarbild der Frauenkirche

15 Votivbild der Kaiserin Maria Theresia und ihres Gatten Franz in der Frauenkirche

14 „Maria in der Glorie“, Hochaltarbild der Frauenkirche von Anton Petter, 1830

16 Kapelle der Schmerzhaften Mutter in der Frauenkirche

17 „Christus führt die Erzväter aus der Unterwelt“, Ölgemälde in der Frauenkirche

18 Bauarbeiten im Osttrakt des Kreuzganges des ehemaligen Augustinerklosters (1958)

19 Holzkruzifix (Altarkeuz) in der Frauenkirche

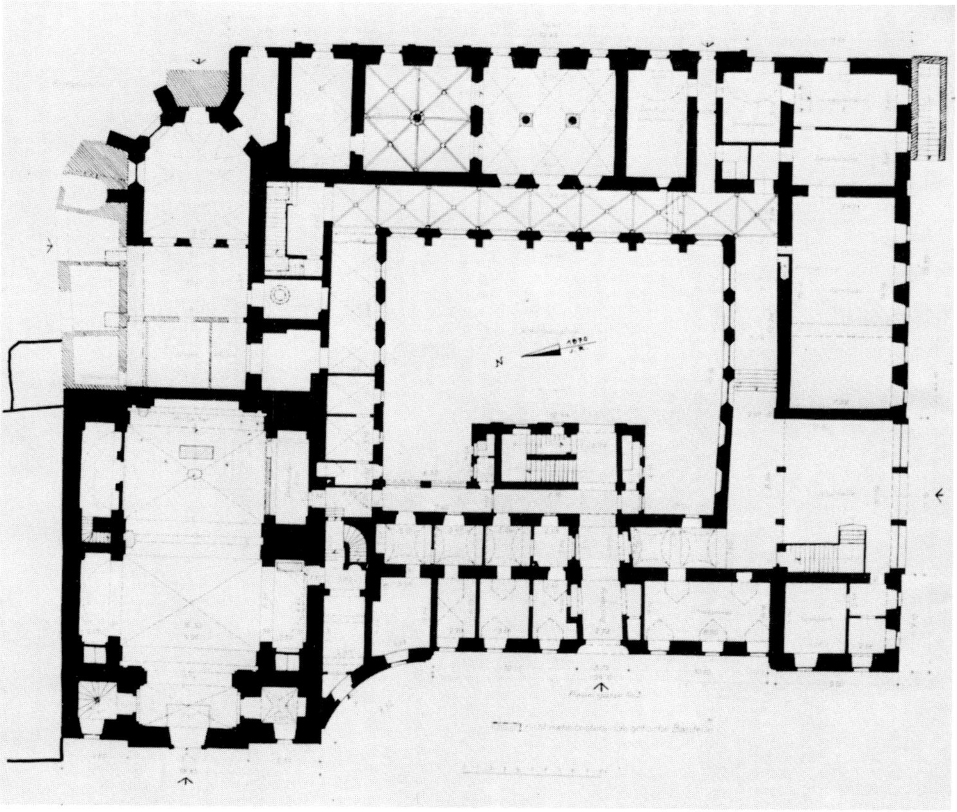

20 Grundriß des ehemaligen Augustinerklosters und der heutigen Frauenkirche, Bauzustand 1970

21 Die neue Rieger-Orgel der Frauenkirche (1977—1980)

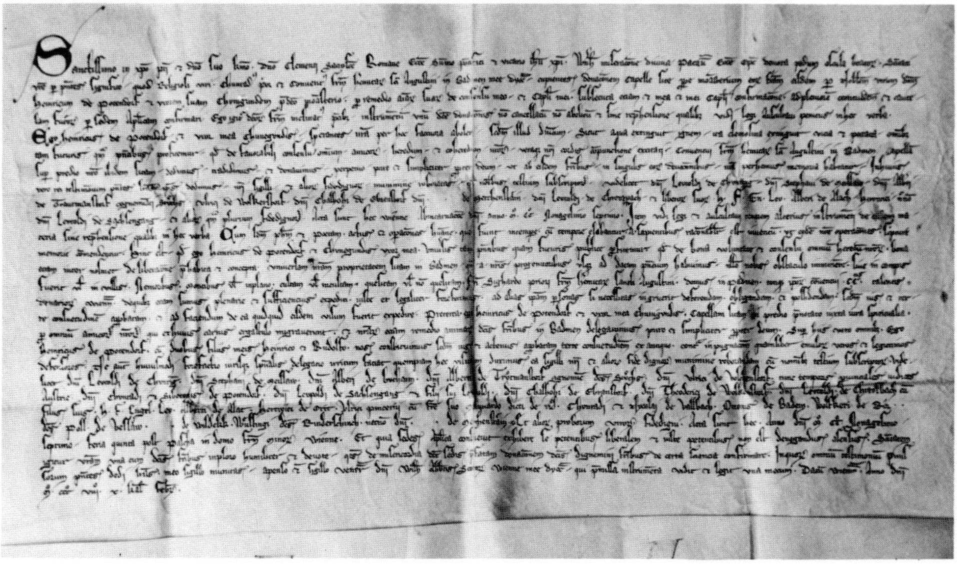

22 Lateinische Urkunde von 1308 — Augustinerurkunden im Stadtarchiv Baden

wahrscheinlich aus der Mitte des 19. Jhdts. Es hing früher in verschiedenen Nebenräumen der Kirche und hat nun seinen Platz im Stiegenaufgang zur Wohnung des Rektors der Frauenkirche gefunden. Möglicherweise hängt das Bild mit der Seligsprechung des Dargestellten in Rom zusammen.

Johannes Sarkander, der lateinische Name für Fleischmann, starb an den Folgen der Folterung am 17. März 1620. Er gilt als Märtyrer des Beichtgeheimnisses. Seine bald eingeleitete Seligsprechung wurde durch die Wirren des Dreißigjährigen Krieges unterbrochen und erst 1860 zum Abschluß gebracht. Die Reliquien des Seligen befinden sich im Dom zu Olmütz, seinem Todesort[103].

Mit 27. Oktober 1866 gewährte Kaiser Franz Josef I. die Bitte der Stadt Baden um Unterbringung der 1863 errichteten hiesigen Mittelschule in dem zur Frauengasse gelegenen Teil der Hofgebäude, dem ehemaligen Augustinerkloster. Im Mai 1876 konnte dann die Übersiedlung des vierklassigen Realgymnasiums in die Frauengasse erfolgen, wo seither bis in die Gegenwart Schulen ihre Unterkunft gefunden haben[104].

1867 wurde im gleichen Gebäude der durch Schenkung des Badener Arztes Dr. Anton Rollett entstandene Grundstock zum späteren Städtischen Rollett-Museum untergebracht[104].

1869 erfolgte eine Angliederung einer dreiklassigen gewerblichen Fortbildungsschule an die schon bestehende Mittelschule im ehemaligen Klostergebäude[105].

Im Jahre 1876 gelangten 52 Originalurkunden des ehemaligen Augustinerkonvents in Baden, die bisher im Besitz des *Vereines behauster Bürger Badens* als Nacheigentümer der ehemaligen Klosterliegenschaften waren, an das Stadtarchiv Baden[106].

Die in der Frauengasse untergebrachte Schule konnte mit 24. Oktober 1881 zu einem achtklassigen Obergymnasium erweitert werden[104].

1882 erhielt die Badener Hofkirche zwei Ölbilder aus der Kapelle des Belvederes in Wien, die bis heute an den Rückwänden der Seitennischen über den Beichtstühlen in der Frauenkirche hängen[107]. Das eine, in der rechten Seitennische befindliche Ölbild auf Leinwand (ca. 90 × 145 cm) in vergoldetem Holzrahmen stellt den Gekreuzigten dar, der mit stark nach oben gezogenen Armen an einem verhältnismäßig schmalen Querbalken des Kreuzes hängt, was an die Jansenistenkreuze erinnert. Der Hintergrund ist in Dunkel gehüllt. Es fehlen die üblichen Nebenfiguren. Zu Füßen des Gekreuzigten sieht man die etwas aufgehellte Landschaft der Stadt Jerusalem. Die Inschrifttafel zu Häupten des Gekreuzigten lautet: *Jesus Nazarenus Rex Judeorum*. Der unbekannte Maler schuf das Bild in offensichtlicher Anlehnung an große Vorbilder. — Das andere Ölgemälde auf Leinwand (ca. 110 × 75 cm), ebenfalls in einfachem, vergoldetem Holzrahmen, in der linken Seitennische hängend, hat als Motiv die Grablegung Christi. Den mit dem Oberkörper auf einen Felsen aufgestützten Leichnam Jesu umgeben die Gestalten der Maria Magdalena und des Apostels Johannes linkerhand vom Beschauer, die der Mutter Jesu und eines Engels rechterhand vom Beschauer. Der ebenfalls unbekannte Maler schuf dieses Bild vermutlich in Anlehnung an Fra. Bartolomeo.

Das seit 1867 im Gebäude des ehemaligen Augustinerklosters untergebrachte *Rollettmuseum* verlegte man im Jahre 1885 in das städtische Redoutengebäude[105].

Mit der feierlichen Eröffnung des neuen Schulgebäudes in der Biondekgasse übersiedelte 1899 das Landes-Real- und Obergymnasium aus den Räumen in der Frauengasse[108]. Damit schuf man eine Unterkunft für die 1891 gegründete *Höhere Töchterschule*, die 1902 in ein sechsklassiges Mädchen-Lyzeum umgewandelt wurde[109]. Seither beherbergt das ehemalige Klostergebäude ausschließlich Schulen, die der Mädchenbildung dienen.

Im Juli 1906 erhielt die k.k. Hofkirche in Baden statt des bisherigen Orgelpositivs, das sich in sehr schlechtem Zustand befand, eine neue Orgel mit fünf klingenden Registern, erbaut von der Firma Franz J. Swoboda in Wien[110].

Inzwischen war der Erste Weltkrieg ausgebrochen, und Baden erlangte gegen Ende desselben wieder große Bedeutung. Als im Jänner 1917 das Oberkommando der österr.-ungar. Armee von Teschen nach Baden verlegt wurde, traf Kaiser Karl mit seiner Familie hier ein. Er wohnte im Kaiserhaus am Hauptplatz. Der letzte österreichische Kaiser war ein sehr frommer Mann und nahm häufig am Gottesdienst in der hiesigen Hofkirche teil[111].

Zur Erinnerung daran stiftete 1932 ein eigens für diesen Zweck geschaffenes Komitee eine Gedenktafel an der rechten Seitenwand der jetzigen Frauenkirche. A. Wagner von der Mühl schuf sie in Treibarbeit auf Kupferblech (65 × 72 cm). Sie zeigt eine Dornenkrone mit Kreuz und darunter in elf Zeilen die Inschrift: *Zur Erinnerung an den fern von der Heimat verstorbenen Kaiser Karl, der in den Kriegsjahren 1917—1918 die hl. Messe hier zu hören pflegte. R.I.P.*

Am 29. März 1918 nachmittag fand die Auferstehungsfeier in der Badener Hofkirche mit anschließender Prozession um den Hauptplatz unter Beteiligung der kaiserlichen Familie statt[112].

Im Schuljahr 1918/1919 wurde die im ehemaligen Klostergebäude untergebrachte Schule erstmals als *Öffentliches Mädchenlyzeum und Reform-Realgymnasium* geführt[113].

Im November 1918 verließ das Armee-Oberkommando in aller Stille Baden[114], dankte Kaiser Karl ab und erklärte die provisorische Nationalversammlung in Wien am 12. d. M. den Staat *Deutschösterreich* zur Republik[115].

Am 15. Jänner 1919 starb schließlich der letzte, vom kaiserlichen Hof angestellte Benefiziat der Badener Hofkirche[116].

Die bisherige k. k. Hofkirche in Baden wurde durch diese Ereignisse unmittelbar betroffen. Mit 8. März 1919 teilte das erzbischöfliche Ordinariat in Wien dem Pfarramt St. Stephan in Baden mit, daß nach der Sachlage die bisherige Hofkirche an sich gesperrt werden müßte. Um dies zu verhindern, erfolgte ihre Unterstellung als Filialkirche an die Stadtpfarre, die für den Gottesdienst, wenigstens an Sonn- und Feiertagen, Sorge tragen möge[117].

Noch im Mai 1919 gründete man ein Komitee unter dem Vorsitz des Stadtpfarrers von Baden, das sich um die Erfordernisse der Kirche kümmerte, die von nun an den Namen *Frauenkirche* führte[118].

Mit 1. Mai 1919 wurde der geistl. Rat und pensionierte Bürgerschulkatechet Ernest Müller zum Kirchendirektor der Frauenkirche in Baden bestellt[119]. Dieser übernahm nun den Vorsitz im Komitee und die Verwaltung der Kirchenrechnung. Die Schloßhauptmannschaft zu Laxenburg stellte wie bisher dem Benefiziaten weiterhin kostenlose Dienstwohnung für Kirchendirektor und Mesner zur Verfügung[120].

Im Jahre 1921 gingen die ehemals hofärarischen Realitäten einschließlich der Frauenkirche in das Eigentum des *Kriegsgeschädigtenfonds* über[121].

Mit dem Schuljahr 1921/1922 wurde die im ehemaligen Klostergebäude untergebrachte Schule in ein achtklassiges *Reform-Realgymnasium* umgewandelt[122].

In den folgenden Jahren entlieh der Kirchendirektor der Badener Frauenkirche zahlreiche, z. T. sehr wertvolle Paramente und Altargeräte von der Burgkapelle bzw. der Geistlichen Schatzkammer in Wien, darunter Teile des sogenannten *Christinenornates*[123]. Alle diese Gegenstände wurden später wieder zurückgestellt, da ihre Erhaltung sehr kostspielig war und man eigentlich keinen Wert auf „*Museumsstücke*" legte[124].

Im Sommer des Jahres 1924 konnte eine Erneuerung der Westfassade der Frauenkirche durchgeführt werden[125]. Eine Trockenlegung des sogenannten *Kaiserganges* an der Südseite der Kirche und der anschließenden ebenerdigen Mesnerwohnung sowie die Anschaffung einer Weihnachtsgrippe erfolgte 1926[126].

Anläßlich der Hundertjahrfeier der Wiederweihe der Kirche im Jahr 1927 entschloß man sich, eine Glasmalerei im Halbbogenfenster über dem Hochaltar anzuschaffen. Der Entwurf stammte von Arch. Baurat Weber, die Ausführung besorgte die Firma Geyling in Wien. Die Darstellung der heiligsten Dreifaltigkeit in Anlehnung an die Gnadenthronbilder wird in ihrer sehr kräftigen Farbtönung von manchen Fachleuten als zur Kühle des klassizistischen Kirchenraumes nicht ganz passend empfunden[127].

Als Geschenk aus privatem Besitz kam um 1929 das Gemälde mit der Darstellung des Letzten Abendmahles an die Frauenkirche[128], das an der rechten Seitenwand des Altarraumes über dem Sakristeifenster seinen Platz fand. Dieses Ölbild auf Leinwand (ca. 190 × 155 cm) in einfachem, vergoldetem Holzrahmen stammt vom Direktor der Prager Kunstakademie Josef Bergler († 1829) und hält sich weitgehend an die übliche Darstellungsweise.

1931 wurde eine farbige Marienstatue mit dem Jesuskind auf dem Arm aus Holz für den Maialtar der Frauenkirche erworben[129].

Am 25. Juni 1933 erfolgte die feierliche Segnung der Kapelle der Schmerzhaften Mutter unter dem südlichen Mansardenturm, zu der man einen bisherigen Abstellraum umgestaltete[130] *(Abb. 16)*. Hierher kamen als Geschenk aus privater Hand mehrere, vom Bildhauer Josef Kassin, dem Schöpfer des Undinebrunnens im Badener Kurpark, stammende Modellplastiken: Die an der Stirnseite der Kapelle in einer Nische befindliche, fast lebensgroße Pietà (150 cm breit, 140 cm hoch) aus Modellmasse, ursprünglich in Dreiecksform in die Nische gepaßt, wurde 1963 restauriert, wobei der Hintergrund eine Veränderung erfuhr. Rechts neben dem Eingang in die Kapelle ist ein Weihwasserbecken mit Engelskopf in die Wand eingelassen (38 cm breit, 32 cm hoch), ebenfalls aus Modellmasse, 1964 restauriert. Über dem Eingang zur Kapelle befindet sich ein kreisförmiges Madonnenrelief (Durchmesser ca. 60 cm), wieder aus Modellmasse, das die in Wolken thronende Muttergottes mit Jesuskind, umgeben von geflügelten Engelsköpfen, darstellt.

Die jetzt in der Marienkapelle an der linken Wand auf einem Postament angebrachte Halbplastik (57 cm breit, 73 cm hoch), ebenfalls aus Modellmasse, war ursprünglich eine Heilandsbüste über der Tür zum Orgelemporen-Aufgang. Sie wurde 1964 durch Hinzufügung eines Christusmedaillons vom Badener Bildhauer und Restaurateur Josef Dobner zu einer Darstellung des hl. Judas Thaddäus umgestaltet.

Diese neugeschaffene Marienkapelle in der Frauenkirche war auch bestimmt für die Feier der Werktagsmessen in der kalten Jahreszeit, in der man den Raum mit einem Petroleumofen beheizte. Darum erhielt die Kapelle auch einen einfachen Holzaltar[131].

Im Herbst des Jahres 1934 mußte eine neuerliche Renovierung der Westfassade der Frauenkirche durchgeführt werden[132].

Am Anfang des Jahres 1938 erfolgte nach der Auflösung des *Kriegsgeschädigtenfonds* die Übernahme der ehemalig hofärarischen Gebäude, darunter auch der Frauenkirche, in das Eigentum des Bundesstaates Österreich[133]. Dies sollte aber nicht lange so bleiben, da nach der Besetzung Österreichs im März 1938 der Komplex der ehemaligen Hofgebäude in das Eigentum des *Deutschen Reiches* überging. Die Mädchenmittelschule im ehemaligen Klostergebäude wurde nun eine *Staatliche Oberschule für Mädchen*[134].

Nach Ausbruch des Zweiten Weltkrieges mußten auch in der Kirche die vorgeschriebenen Verdunkelungsmaßnahmen durchgeführt und die entsprechenden Luftschutzgeräte angeschafft werden[135].

Inzwischen war im Frühjahr 1938 der bisherige Kirchenrektor der Frauenkirche von seinem Posten zurückgetreten und im Juli 1938 geistl. Rat und Pfarrer i. R. Maxentius Leeb zu seinem Nachfolger ernannt worden. Dieser starb nach langer Krankheit aber schon zwei Jahre später. Nun wurde erstmalig mit 1. Juli 1940 der Posten des Rektors der Frauenkirche in Baden nicht mit einem geistlichen Pensionisten, sondern mit einem jungen Priester besetzt, der dann zugleich bis 1947 Kaplandienst an der Pfarre St. Stephan in Baden versah[136]. In der Folge beherbergte die Frauenkirche mit ihrer Sakristei die meisten Veranstaltungen der pfarrlichen Kinder- und Jugendseelsorge, Bibelstunden und monatliche Vorträge für Gebildete[137].

Im September 1940 übernahm die Frauenkirche das große Bild *Christus führt die Erzväter aus der Vorhölle (Abb. 17)*. Es befand sich früher unter den vielen Geschenken des Kuratbenefiziaten von St. Peter in Wien,

Anton Schiestl, in der Pfarrkirche St. Stephan in Baden. Später kam es in den Speisesaal des Mariazellerhofes in Baden, wo es 1938 in einem Abstellraum landete. Jetzt hat es an der linken Seitenwand des Altarraumes in der Frauenkirche einen würdigen und passenden Platz gefunden. Dieses Ölgemälde auf Leinwand (280 × 110 cm) in vergoldetem Holzrahmen ist nicht signiert. Es gilt als eine sehr gute Arbeit eines unbekannten, oberitalienischen Malers, vermutlich venetianisch, aus der zweiten Hälfte des 16. Jhdts., von Hermann Rollett fälschlich Piazetta zugeschrieben. Die Darstellung ist theologisch wie künstlerisch interessant. Das in der mittelalterlichen Kunst beliebte Motiv der *Höllenfahrt Christi*, im Glaubensbekenntnis mit den Worten *descendit ad inferos* (abgestiegen zur Hölle) ausgedrückt, wurde hier mit der Erscheinung des Auferstandenen kombiniert. Etwa zwei Drittel der rechten Bildseite füllen über einer Wolkenwand die dem Auferstandenen gleichsam nachdrängenden Gerechten des Alten Bundes, deutlich erkennbar unmittelbar neben Christus der reumütige Schächer mit seinem Kreuz, dann Noah mit der Arche, Johannes der Täufer mit einem Kreuzstab, Moses mit den Gesetzestafeln, Prophetengestalten u. dgl. m. Umstritten bleibt, wen die dem Auferstandenen zugewendete Frau darstellt. Dagobert Frey deutet sie in der Kunsttopographie als Maria, die Mutter Jesu, *die vor einem Bett unter zeltartiger Drapierung sitzt*[138]. Das neben der Frauengestalt befindliche Salbölgefäß könnte aber auf Maria Magdalena hinweisen, welcher der Auferstandene nach biblischem Bericht als erster erschien.

Am 14. Jänner 1942 mußte die kleine Glocke vom nördlichen Mansardenturm abgeliefert werden, die aber ohnehin nicht in Verwendung stand[139].

Im selben Jahr (1942) schuf der Grödener Bildschnitzer Johann Senoner die ungefaßte Holzstatue (60 cm hoch) des hl. Antonius von Padua mit dem Jesusknaben auf dem Arm als Ersatz für eine etwas kleinere, ganz ähnliche Figur, die, vom selben Künstler stammend, im Sommer 1941 samt Postament aus der Frauenkirche gestohlen worden war. Das sehr ansprechende Werk Senoners fand seinen Platz in der linken Seitenwand der Kirche, nunmehr gut verschraubt auf einem in die Mauer eingelassenen Postament. Die entwendete frühere Antoniusstatue tauchte, leicht beschädigt, im Jahre 1945 in Baden wieder auf und wurde, da nicht mehr benötigt, verkauft[140].

Durch Legat von Frau Anna Wodicka kam 1943 ein kleines Ölbild auf Leinwand (28 × 38,5 cm), in schönem, vergoldetem Rahmen in die

Sakristei der Frauenkirche, darstellend die Madonna mit Kind, offensichtlich Murillo nachempfunden[141].

Im Herbst 1944 wurde nach der Umwandlung der zahlreichen Reservelazarette Badens in *Kriegslazarette* ein kath. Kriegspfarrer der Deutschen Wehrmacht in einem Zimmer der Rektorswohnung einquartiert und die Frauenkirche Mittelpunkt der Seelsorge für Soldaten und Wehrmachtshelferinnen in Baden[142].

Nicht selten mußten Sonntagsgottesdienste wegen Fliegeralarms vorzeitig abgebrochen werden oder entfallen. Baden selbst erlitt keine nennenswerten Bombenschäden bis zum 2. April 1945 (Ostermontag), als am letzten Tag vor dem Einmarsch der Russen noch zwei schwere Angriffe auf die Stadt erfolgten. Beim ersten Angriff am späten Vormittag schlug eine Bombe in die Südostecke des ehemaligen Klostergebäudes ein, eine zweite explodierte im Geäst einer Pappel im südlich davon gelegenen Hof, und eine dritte traf ein kleines altes Haus in der Breyerstraße. Durch die Splitterwirkung gab es Tote und Verwundete. Der Sachschaden am Schulgebäude in der Frauengasse war erträglich, da nur die Dachhaut aufgerissen wurde. Freilich blieben nur wenige Fensterscheiben ganz. Die Frauenkirche erlitt überhaupt keinen namhaften Schaden. Gegen Abend des 3. April war der Stadtkern von Baden bereits von Sowjettruppen besetzt, die in der Folge hier ihr Armee-Hauptquartier errichteten[143].

Trotz schwierigster Verhältnisse nahm man schon am 1. Juni 1945 den Unterricht für die Pflichtschulen und mit 9. September d. J. für alle Schüler in Baden auf. Im ehemaligen Klostergebäude brachte man mit Wechselunterricht folgende Schulen unter: das achtklassige *Staatsrealgymnasium für Mädchen*, die gesamte Mädchen-Hauptschule, vorübergehend außerdem noch einige Klassen der Frauenberufsschule und einer Volksschule. Der größte Teil der ebenerdigen Räume des Gebäudes war aber von der russischen Besatzungsmacht als Magazin mit Beschlag belegt[144].

In der zweiten Jahreshälfte 1946 konnten bereits eine Innenrenovierung, eine wenigstens notdürftige Dachreparatur und eine Erneuerung der Westfassade der Frauenkirche durchgeführt werden. Die ehemals hofärarischen Gebäude einsschließlich der Kirche waren inzwischen wieder Eigentum der Republik Österreich geworden[145].

1953 wurden in der Frauenkirche neue Kommunionbänke, ein neuer Ambo und ein Kredenztisch nach den Entwürfen von Architekt Anton Wichtl aus Baden hergestellt[146].

Im selben Jahr schuf der akad. Maler und Restaurator Dr. Fritz Heckerling aus Wien eine Kopie nach dem kleinen spätbarocken Herz-Jesu-Bild im Wiener Stephansdom. Dieses Ölgemälde auf Leinwand (50 × 64 cm) kam in einen vorhandenen, reichverzierten und vergoldeten Holzrahmen. Vom Wiener Original dieses Bildes existieren eine ganze Reihe alter und neuer Kopien. Nach Forschungen des Domkuraten von St. Stephan, Josef Göbel, vollzogen die Tiroler Freiheitskämpfer 1809 vor einem solchen Bild die Weihe ihres Landes an das heiligste Herz Jesu[147].

1954 und 1955 wurden die bisher offenen Beichtstühle der Frauenkirche umgestaltet und mit Glastüren verschlossen[148].

Erst nach Abschluß des Österreichischen Staatsvertrages im Mai und nach dem Abzug der Besatzungstruppen im Herbst des Jahres 1955 konnte man in Baden an einen langsamen und mühevollen Aufbau schreiten[149].

Am 27. Dezember 1955 begannen die umfangreichen und langwierigen Sanierungs- und Umbauarbeiten im Gebäude des *Bundesgymnasiums für Mädchen*, dem ehemaligen Augustinerkloster *(Abb. 18)*, in die von Anfang an auch das Gebäude der *Floravilla*, Frauengasse 5, einbezogen wurde[150].

Die freigewordenen, bisher als Mesnerwohnung dienenden ebenerdigen Räume neben der Frauenkirche erfuhren eine Umgestaltung in ein dringend notwendiges Heim für Kinder- und Jugendseelsorge sowie eine kleine Dienstwohnung für die Pfarrschwester von St. Stephan in Baden. Am 28. April 1956 erhielten diese ihre kirchliche Segnung[151].

Als Gegenstück zur Antoniusstatue in der Frauenkirche ließ 1956 eine Frau aus Wien eine holzgeschnitzte, ungefaßte Statue (60 cm hoch) anfertigen, die den hl. Josef als Zimmermann darstellt. Diese unbedeutende Arbeit kam an die rechte Seitenwand der Kirche[152].

Mit Fertigstellung der neuen Mädchen-Hauptschule in der Pelzgasse im Mai 1957 fand die Mitbenützung des ehemaligen Klostergebäudes durch diese Schule ein Ende. Ab Beginn des Schuljahres 1957/1958 wurde das hier befindliche *Bundes-Realgymnasium für Mädchen* durch Parallelklassen zu einer *Frauenoberschule* erweitert[153].

Am Anfang des Jahres 1958 kamen die Restaurierungs- und Umbauarbeiten am und im Gebäude der *Floravilla* zum Abschluß, so daß ab 24. Feber d. J. hier der Unterrichtsbetrieb aufgenommen werden konnte[154].

Mit Beginn des Schuljahres 1958/1959 erfolgte die Eröffnung des neuen Schuleinganges durch die neugeschaffene große Halle sowie des neuen Konferenzzimmers im Hauptgebäude des Mädchengymnasiums und im

November 1958 der Abschluß der Außenarbeiten an der Südfassade des ehemaligen Klostergebäudes[155].

1959 erhielt die Frauenkirche anstelle der bisherigen Bankkandelaber vier neue Stilluster, die sich harmonisch in den klassizistischen Raum einfügen und eine gute Beleuchtung bieten[156].

Nachdem 1960 Küche und Speisezimmer der Rektorswohnung erneuert worden waren, konnte 1961 im Zuge des Schulumbaues eine gründliche Erneuerung der Westfassade des ehemaligen Klostergebäudes durchgeführt werden. Bei dieser Gelegenheit erhielten sämtliche Fenster zur Frauengasse neue Stöcke und wurden die restlichen Räume der Rektorswohnung im ersten Stock zum Teil von Grund auf erneuert. Diese Arbeiten dauerten von Ostern bis Allerheiligen 1961[157].

Im April desselben Jahres wurde das neuerrichtete zweite Stockwerk im Osttrakt des ehemaligen Klostergebäudes mit neuem Stiegenaufgang, Zeichensaal und Handarbeitssaal in Betrieb genommen[158].

1962 stand im Zeichen der Generalsanierung der Sakristei der Frauenkirche und der weiteren Ausgestaltung des angrenzenden Heimes[151].

Mit Beginn des Schuljahres 1962/1963 war es möglich, sämtliche Schulräume des umgebauten Mädchengymnasiums zu beziehen. Nun beförderten durch Wochen Motorkaretten riesige Mengen von Schutt aus dem Binnenhof des ehemaligen Klostergebäudes. Nach jeder Zerstörung im Laufe der langen und wechselvollen Geschichte hatte man den Bauschutt einfach aufgeschüttet, so daß der Boden bis etwa einen Meter über dem ursprünglichen Niveau angewachsen war. Nach diesem Erdaushub kamen die gotischen Fenster und Strebepfeiler des östlichen Kreuzgangtraktes wieder voll zur Geltung[160] *(Abb. 6)*.

In der Frauenkirche wurde von Ende 1963 bis Ostern 1964 die Muttergotteskapelle gründlich restauriert und umgestaltet[161] *(Abb. 16)*.

Nach neunjähriger Bauzeit kamen noch vor Weihnachten 1964 die Generalsanierung und der große Umbau der an die Frauenkirche grenzenden Schulgebäude zum Abschluß. Die darin befindliche Anstalt führte dann seit Beginn des Schuljahres 1964/1965 den offiziellen Titel *Bundesgymnasium für Mädchen und wirtschaftskundliches Realgymnasium für Mädchen in Baden*[162]. Die Eröffnungsfeier und Segnung der fertiggestellten Schulräume erfolgte am 14. Jänner 1965 in Anwesenheit des Bauten- und des Unterichtsministers[163]. Damit erhielt eine höhere Schule für Mädchen, die sich ständig wachsenden Zuspruchs erfreut, nicht bloß für einige Jahre ausreichende Schulräume, sondern die Stadt Baden durch die Freilegung und Restaurierung historischer Räume eine bauliche Kostbarkeit. Besonders die mit großen Kosten vom Bundesdenkmalamt erneuerten gotischen Bauteile des ehemaligen Augustinerklosters gehören zum schönsten, was in Baden aus dem Mittelalter herübergerettet werden konnte.

Im Jahre 1965 wurde der südlich an die Frauenkirche anschließende sogenannte *Kaisergang* mit einem Seitenzugang zur Kirche saniert und die vorhandene unpraktische Stufenanlage versetzt. Dabei erfolgte auch die Anfertigung eines schmiedeeisernen Gitters, nach dem Entwurf von Architekt Richard Schneider, Baden[164].

Zwei Gründe waren maßgebend, daß man nun an eine gründliche Innenrestaurierung der Frauenkirche schritt. In einem Pastoralschreiben vom 8. Feber 1965 hatten die österreichischen Bischöfe Durchführungsbestimmungen zur Liturgiereform erlassen, darunter auch solche für die Gestaltung des Kirchenraumes. Eine Anpassung an die vom Zweiten Vatikanischen Konzil ausgegangene liturgische Erneuerung schien auch für die Badener Frauenkirche angemessen und durchführbar. Andererseits hatten die Feuchtigkeitsschäden an den Innenwänden der Kirche ein derartiges Ausmaß angenommen, daß unbedingt Abhilfe geschaffen werden mußte. Nachdem man die Erprobung verschiedener neuer Trockenlegungsverfahren genügend lange abgewartet hatte, konnte man es wagen, das bewährteste Verfahren anzuwenden.

Am 22. Feber 1966 kommissionierte Prof. P. Heribert Muck SJ als Beauftragter des Bischofs die Frauenkirche und erstellte einen Funktionsplan für den Altarraum. Mit der endgültigen Planung und technischen Bauaufsicht wurde dann Architekt Dr. techn. Hans Petermair aus Wien beauftragt und das Einverständnis mit den Plänen von Seiten des Bundesdenkmalamtes erteilt[165].

Als Zwischenlösung kamen neben dem Altar ein Podium und darauf ein Lesepult und eine provisorische Session im März 1966 zur Aufstellung[166].

Im Frühjahr 1967 wurde ein genauer Terminplan für die umfangreichen Arbeiten erstellt, und Ende Mai d. J. ergingen die ersten schriftlichen Aufträge an die Firmen[167].

Am 5. Juni 1967 begann man mit den Arbeiten im Kircheninnern, die eine Sperre der Kirche für dreizehn Wochen notwendig machten. Die Gottesdienste an Sonn- und Feiertagen mußten in dieser Zeit in der Stadtpfarrkirche und die Werktagsmessen im Heim der Frauenkirche gehalten werden. Ab Sonntag, dem 3. September, konnte — wenigstens unter provisorischen Bedingungen — der Gottesdienst wieder in der Frauenkirche stattfinden[168].

Inzwischen hatte sich auch die zuständige Bundesgebäudeverwaltung zu einer längst fälligen Erneuerung des Kirchendaches und der Außenseiten der Kirche entschlossen. Am 29. Juli 1967 begannen diese Arbeiten mit der Eingerüstung der Westfassade und zogen sich dann bis November d. J., teilweise sogar bis tief in das Jahr 1968 hinein[169].

Das Hauptdach der Frauenkirche samt den beiden Mansardentürmchen erhielt eine solide Deckung mit dunkelgrauem Eternit. Das straßenseitige Portal wurde in seinen Steinteilen freigelegt.

Am Samstag, dem 11. November 1967, fand als Abschluß der ersten Etappe der Innenrestaurierung die feierliche Weihe des neuen Altarkreuzes mit einem Wortgottesdienst und Eucharistischem Segen sowie am Sonntag, dem 12. November, mit einem feierlichen Deutschen Hochamt statt[170].

Diese Innenrestaurierung des Jahres 1967 umfaßte u. a. die Errichtung einer völlig neuen Stufenanlage aus Kunststein im ganzen Altarraum, die radikale Sanierung aller feuchten Wandteile in der ganzen Kirche, die Ausmalung der Wände und Gewölbe bis zur Höhe des unteren Gesimses, die Anbringung von zwei großen Entlüftungsventilatoren in den nördlichen Halbbogenfenstern. Unter größten Schwierigkeiten wurde auch das riesige Hochaltarbild abgenommen, gespannt, teilweise restauriert und wieder an seinen bisherigen Platz gehängt.

Der Altarraum erhielt durch die künstlerisch und handwerklich einwandfreie Herstellung bzw. neue Marmorierung und Vergoldung der Einrichtung eine klare Gliederung in drei Zonen:

in der Mitte der Ort der Eucharistiefeier mit dem nun freistehenden Altar, dem neugeschaffenen Standkreuz, in dem ein wertvolles birnholzgeschnitztes Kruzifix *(Abb. 19)* eine würdige Fassung erhalten hat, und beiderseits von diesem neue hohe Standleuchter —

an der rechten Seite — vom Beschauer aus gesehen — der Ort des Wortgottesdienstes mit einem neuen Ambo und dem Priestersitz auf einem kleinen Podium —

schließlich an der linken Seite der Ort der Aufbewahrung und Anbetung der Eucharistie mit dem Tabernakel, der auf eine neue Stele gesetzt und als Panzerschrank ausgestaltet worden ist; auf der sorgfältig gearbeiteten Tabernakeltür findet sich in Silbertreibarbeit die Darstellung des Lammes auf dem Buch mit den sieben Siegeln; außerdem wurden seitlich der Tabernakeltür zwei kleine Leuchter in ähnlicher Gestaltung wie die sechs großen Standleuchter hinter dem Altar angebracht.

Im Feber 1968 konnte noch eine restaurierte fünfteilige Empire-Session aus dem Bestand der Bundesmobilienverwaltung in Wien erworben werden, die nun die Altarraum-Einrichtung stilvoll ergänzt[171].

Die Umgestaltung des Altarraumes der Badener Frauenkirche wird von allen Fachleuten als eine geradezu mustergültige Lösung bezeichnet, die sowohl dem Anliegen der Liturgieform wie auch den künstlerischen und denkmalpflegerischen Forderungen gerecht wird.

Im März des Jahres 1968 begann Hochschulprofessor Dr. Adalbert Klaar aus Wien mit einer Bauaufnahme und genauen Vermessung der Kirche und der angrenzenden ehemaligen Klostergebäude. Als abschließendes Ergebnis entstand dann ein Gebäudeplan, in dem die wahrscheinlichen Bauperioden in verschiedenen Farben dargestellt sind[172] *(Abb. 20)*.

Im Jahre 1969 erwarb die Kirchenvorstehung einen modernen Festtagskelch, dessen Knauf mit Halbedelsteinen gefaßt ist[173].

Im Juli 1970 erhielt der bisher schwarze Holzbalken des Altarkreuzes eine Elfenbeinauflage, von der sich der dunkle Korpus nun gut abhebt[174].

Mit einer Kommissionierung durch das Bauamt der Erzdiözese Wien am 24. August 1971 wurde eine zweite Etappe der Innenrenovierung der Frauenkirche vorbereitet[175].

Bei einem starken Erdbeben am 16. April 1972 öffneten sich mehrere, schon vorhandene Sprünge in den Gewölben und in der Decke der Frauenkirche bzw. traten neue auf, so daß auch dort eine Restaurierung sich als notwendig ankündigte[176].

Ein wichtiges Datum in der Geschichte der Badener Frauenkirche ist aber der 5. Juli 1972. An diesem Tag erfolgte nämlich im Bundesgesetzblatt die Veröffentlichung eines Bundesgesetzes über Eigentumsübertragung kirchlicher Objekte von der Republik Österreich an die Kirche. Damit ging auch das Gebäude der Frauenkirche in Baden samt seiner Einrichtung in das Eigentum der Kirche über, was freilich bedeutete, daß der Bund nunmehr für die Erhaltung nicht mehr aufkommt. Mit einem Teil der Abschlagszahlung des Bundes konnte dann auch die zweite Etappe der Innenrenovierung durchgeführt werden[177].

Wieder mußte für längere Zeit die Frauenkirche für den Gottesdienst gesperrt werden. Die Arbeiten dauerten vom 20. September bis 22. Dezember 1972 und betrafen diesmal den gesamten Gläubigenraum. Die stark vermoderten Holzpodeste unter den Kirchenbänken sowie der nicht mehr herstellbare Fußbodenbelag aus desolaten Kehlheimerplatten mußten entfernt werden. Um eine gründliche Isolierung nach unten zu erreichen, grub man die gesamte Bodenfläche bis auf etwa 40 cm Tiefe ab. Unter dem Stiegenaufgang zur Orgelempore installierte man eine Umformeranlage für Warmwasserheizung, die nun ca. 600 m Heizschlangen unter dem gesamten Gläubigenraum und zwei Fußboden-Konvektoren in Heizschächten seitlich des Altares sowie einen Radiator in der Sakristei versorgt. Diese Heizanlage wurde an den knapp vor der Kirche verlaufenden Strang der städtischen Fernheizung angeschlossen. Der gesamte Gläubigenraum erhielt einen neuen Terrazzoplattenbelag, auf den die Kirchenbänke ohne Podest aufgeschraubt wurden.

Knapp vor Weihnachten konnte in der Frauenkirche, die nun eine sehr entsprechende, angenehme Beheizung besitzt, wieder Gottesdienst gefeiert werden[178].

1973 kamen 27 bewegliche Betstühle in die Seitennischen der Kirche, die in Reihen, dem Raum entsprechend, miteinander verschraubt sind[179].

Anstelle der künstlerisch wertlosen Gipsfiguren zur Weihnachtskrippe erwarb man im November 1974 neue holzgeschnitzte Figuren, nachgebildet der Krippe der Stiftskirche Wilhering bei Linz von Josef Sattler[180].

Die dritte und letzte Etappe der Innenerneuerung der Frauenkirche erfolgte dann vom 1. April bis zum 15. Mai 1975. Nach Auskeilen und Verputzen der Sprünge an der Decke und in den Gewölben sowie der Anbringung von Glasfliesfolien an der gesamten Decke wurde der ganze Innenraum der Kirche einschließlich der Muttergotteskapelle in nur wenig abgestuften Farbtönungen von Weiß bis Beige ausgemalt. Gleichzeitig konnte der Kapellenraum teilweise umgestaltet werden, so daß dieser nun auch als Beicht- und Ausspracheraum verwendbar geworden ist. Statt der bisherigen Kerzenständer brachte man eine Ewiglichtampel an. Seither ist das Anzünden von Devotionskerzen in der Kapelle verboten, um eine neuerliche Verrußung der Kirche zu verhindern[181].

Nach Abschluß der Innenrenovierung war es möglich, an die Neuanschaffung einer Orgel zu denken. Für diesen Zweck wurde ein Orgelkomitee gegründet, das am 2. Juli 1976 seine erste Sitzung hielt. Ende Oktober/Anfang November d. J. startete man eine große Spendenaktion an alle Badener Haushalte. Nach Einlangen mehrerer Kostenvoranschläge entschied das Orgelkomitee am 29. November 1976, der Orgelbaufirma Rieger in Schwarzach/Vorarlberg den Auftrag zu erteilen[182].

Am 25. Jänner 1977 wurde die alte kleine Orgel zum letzten Male beim Gottesdienst gespielt und dann abgebaut. Man konnte von ihr nur das eingeschmolzene Material einiger Pfeifen, den Blasebalg und den Orgelwindmotor noch verwenden[183].

Im März 1977 entfernte man den bisherigen Holzfußboden auf der Orgelempore und goß eine armierte Betondecke, die später einen passenden Kunststoff-Fußbodenbelag erhielt. Im April d. J. begannen ziemlich umfangreiche Elektrikerarbeiten, bei denen u. a. eine Anstrahlung der Empore von den Gewölben her geschaffen wurde[184].

Am 12. und 13. April traf die zerlegte neue Orgel in Baden ein, und man begann sofort mit dem Aufstellen. Bereits am 16. Mai konnte die Kollaudierung durchgeführt werden, und am 23. Mai war das Werk mit Ausnahme zweier Register fertiggestellt[185].

Die neue mechanische Schleifladenorgel der Frauenkirche hat ein Pedalwerk mit drei bzw. vier Registern, ein Hauptwerk (erstes Manual) mit sechs bzw. sieben Registern und ein Brustwerk (zweites Manual) mit sechs Registern, außerdem drei Normalkoppeln, einen Tremulanten und einen Schweller zum Brustwerk.

Zu Pfingsten 1977 wurde der 150. Jahrestag der Wiederweihe der Kirche feierlich begangen, am Samstag, dem 28. Mai, mit der Orgelweihe durch Erzbischof Dr. Josef Schoiswohl, am 29. Mai mit einer festlichen Meßfeier, dann mit einem Orgelkonzert, einer feierlichen Maiandacht, gehalten von Weihbischof Florian Kuntner, einem Lichtbildervortrag über die Geschichte der Frauenkirche und einer Sonderführung durch die Kirche und die historischen Räume des Mädchengymnasiums[186].

Aus Mangel an finanziellen Mitteln mußte man zunächst auf je ein Register im Pedal- und Hauptwerk der neuen Orgel verzichten. Aber bereits im Dezember 1977 fand der Einbau des fehlenden Registers im Pedalwerk statt[187].

Im April des Jahres 1979 erhielt die Rückwand des Altarraumes unter dem großen Bild einen roten Behang, der die bisher kahle Fläche der Mauer nun abdeckt[188].

Im Sommer des Jahres 1979 wurde im Zuge der Erneuerung des Hauses Wassergasse 2 der Putz vom unteren Teil des ehemaligen Chorabschlusses der Augustiner-Klosterkirche entfernt und das ursprüngliche Mauerwerk freigelegt[189].

Im Feber 1980 konnte auch das zweite noch fehlende Register in die neue Orgel der Frauenkirche eingebaut und im Juli d. J. der für die Anschaffung der Orgel notwendig gewordene Kredit vollständig zurückgezahlt werden[190]. Ende November 1980 erhielt das einfache, aber stilvolle Orgelgehäuse die bisher noch fehlenden Schleiergitter *(Abb. 21)*.

B. Die ehemalige Frauenkirche über dem Bad

Neben der *Mariä Verkündigung* geweihten Klosterkirche besaßen die Badener Augustiner-Eremiten durch rund 500 Jahre eine zweite, *Mariä Geburt* geweihte Kirche, die bis zu ihrer Abtragung den Namen *Frauenkirche* führte und mit dem *Frauenbad* eine bauliche Einheit bildete. Nach der Überlieferung entsprang die Heilquelle des Bades unter dem Chor dieser Kirche[200].

Zu Jahresbeginn 1297 schenkten Heinrich von Potendorf und seine Gattin Chunegund dem seit 1285 bestehenden Konvent der Augustiner-Eremiten in Baden die auf ihrem Besitz gelegene Marienkapelle, damit ihrer bei allen Andachten der Brüder gedacht werde[201].

Diese Stiftung erhielt ihre Bestätigung durch den Passauer Bischof Bernhard von Prambach mit 6. August 1297[202] und durch Papst Clemens V. mit 7. Mai 1308[203] *(Abb. 22)*.

Offensichtlich bezieht sich die Schenkung des Jahres 1297 nur auf eine schon bestehende Marienkapelle im Eigentum der Pottendorfer. Die ansehnliche gotische Kirche an der gleichen Stelle, über deren Aussehen wir durch eine ganze Reihe von Abbildungen und eine eingehende Beschreibung des Badener Bürgermeisters Martin Josef Mayer vom Anfang des 19. Jhdts.[204] gut unterrichtet sind, war wohl ein Neubau des 14. Jhdts. Donin nimmt den Neubau dieser Kirche in der ersten Hälfte des 14. Jhdts. an und verweist auf die auffallende Ähnlichkeit mit der ehemaligen Klarissinnenkirche in Dürnstein[205], während Lautinger die Errichtung der ehemaligen Frauenkirche erst um 1350 ansetzt[206]. Die wohl beste Darstellung dieser Kirche stammt von Johann Plaschke[207]. Außerdem haben wir Grundrißpläne aus der Zeit um 1800, die Kirche und Bad zeigen[208].

Der langgestreckte, einschiffige Bau mit vier kreuzrippengewölbten Jochen hatte einen Chorschluß aus dem Achteck. Der Außenbau mit anscheinend viermal abgetreppten Strebepfeilern wies eine bemerkenswerte Westfront mit einem frühgotisch anmutenden Portal und einem reichgegliederten, sechseckigen Dachreiter auf, der erkerartig über dem Portal entsprang und über den Steilgiebel der Fassade hinausreichte. Dieser Dachreiter galt als ein Wahrzeichen Badens als *Turm, der auf der Spitze steht*[205] *(Abb. 23).*

Nach den Angaben von Bürgermeister M. J. Mayer war die Kirche einschließlich der Mauern 33,4 m lang und 12,4 m breit, was eine lichte Länge von über 30 m und eine lichte Breite von fast 10 m ergibt. Dies entspricht durchaus den Regelmaßen einschiffiger gotischer Kirchen[204].

Gustav Calliano berichtet von einer steinernen Inschrifttafel, die sich bis zum Abbruch der Kirche über deren Westportal befunden haben soll. Sie zeigte eine drachenartige, vierfüßige Gestalt mit den Buchstaben C M und der Jahrzahl 1441[209].

Auf der angeblich aus dem Ende des 15. Jhdts. stammenden, aber sehr umstrittenen Stadtansicht des Johann Dreiecker findet sich auch die Darstellung der ehemaligen Frauenkirche mit dem angebauten Bad und Frauentor[210].

1531 überließ Ferdinand I. der Stadt Baden, die 1529 im Türkenkrieg argen Schaden erlitten hatte, als Hilfe zum Wiederaufbau die freie Nutznießung der zwei *Wildbäder unter Unser Frauen Kirche,* genannt *Unser Frauen Bäder*[211].

1613 setzte Kaiser Matthias für das *Wildbad* in Baden ein Badgericht und eine Badeordnung ein[212].

1632 wurde eine Stiftung an der den Badener Augustinern gehörigen Frauenkirche zu Ehren Mariä Geburt gemacht[213].

Am 30. Mai 1647 fand zum ersten Male die Öffnung der Badebüchse des Frauenbades durch die Vertretung der *Badmenig in Unser Lieben Frauen Wildbad* in Anwesenheit des Stadtrichters und zweier Stadtkämmerer statt. Man beschloß, von nun an über die ganze Badezeit an jedem Samstag in *Unser Lieben Frauen Kirche* durch die Augustinerpatres eine hl. Messe lesen zu lassen. Die Armen sollten durch den *Bettlrichter* besonders vor der Aufteilung des Büchsengeldes zum Besuch dieser hl. Messe angehalten werden. Der zehnte Teil des Büchsengeldes wurde den Augustinern zugesprochen. Die Aufteilung des übrigen Geldes erfolgte nach einem bestimmten Schlüssel an die Armen[214].

1649 erhielt das Badener Augustinerkloster eine testamentarische Zuwendung mit der Auflage, zwanzig hl. Messen in *Unser Lieben Frauen Kirche beim Frauenbad* zu lesen[215].

Auf den beiden ältesten Plänen von Baden und Umgebung aus dem Jahre 1652 und um 1670 finden wir auch die ehemalige Frauenkirche über dem Bad dargestellt[216]

Ebenso zeigt ein Kupferstich in Vischers Topographie 1672 die *Statt Baden* und darauf auch die beiden Kirchen der Augustiner, allerdings die Klosterkirche mit zwei Dachreitern und die ehemalige Frauenkirche ganz ohne Turm[217].

Beim Überfall der Türken im Jahre 1683 blieb die Frauenkirche, obwohl sie an mehreren Stellen angezündet worden war, erhalten, was man damals als ein Wunder der göttlichen Gnade und der Hilfe Mariens betrachtete[218].

1691 richteten Prior und Konvent der Badener Augustiner an den Stadtrat die Bitte um Unterstützung beim Bau der Sakristei zur Frauenkirche. Dieses Ansuchen wurde mit Hinweis auf die Notlage der Stadt nach dem Türkenkrieg abschlägig beantwortet[219].

1693 konnte das durch die Türken arg verwüstete Frauenbad wieder vollkommen wiederhergestellt werden, so daß sich das Becken in drei Stunden füllt, *weswegen man jährlich im Monat May bey denen Augustinern vorm Altar ober des Frauen Baades ein Ambt halten zu lassen versprach*[220].

Nach einem mehrjährigen Streit zwischen dem damaligen Pfarrer von Baden und den hiesigen Augustinern forderte 1700 das Passauer Konsistorium in Wien, daß die Augustiner ihren Besitztitel über *Unser Lieben Frauen Kirche* erweisen sollten[221].

Auf dem Kupferstich von Peter Schenk, Amsterdam 1700, *Baaden in Oostenrijk — Thermae Caetiae* finden wir auch die ehemalige Frauenkirche unter der Bezeichnung *F* recht gut dargestellt[222] *(Abb. 11).*

Am 5. Feber 1721 erklärten Richter und Rat der Stadt Baden, daß sich die Quelle des Frauenbades bis unter die Kirche ausbreite, wodurch im Bad Mangel am Zufluß entstehe. Darum wäre es notwendig, unter die Kirche hineinzugraben. Die Stadtverwaltung verpflichtete sich, für solche notwendigen Arbeiten auch in Hinkunft die Erlaubnis des Augustinerkonvents einzuholen und alle entstehenden Schäden gutzumachen[223].

1746 beschloß ein Herr Krombholtz zur Danksagung einen Hochaltar für die Kirche *Mariä Geburt,* die ehemaligen Frauenkirche in Baden, errichten zu lassen. Da er vorzeitig starb, führte seine Gattin dieses Vorhaben aus[224].

Im selben Jahr gestattete der Badener Stadtrat auf Ansuchen des hiesigen Augustinerkonvents, daß man ein kleines Türl zur Sakristei der Frauenkirche durch ein *Holzgewölb* innerhalb des Frauentors ausbrach. Die Bitte der Augustiner wurde damit begründet, daß die Geistlichen wegen des großen Zulaufes von Gläubigen oftmals nur mit Mühe durch die Kirche in die Sakristei gelangen konnten. Der Stadtrat verlangte als Bedingung eine schriftliche Verzichtserklärung der Augustiner auf ein etwa entstehendes Servitutsrecht[225].

1751 erfolgte die Errichtung eines großen, nicht näher bezeichneten Altares in der ehemaligen Frauenkirche durch den Wohltäter Gervasius Jenamij aus Wien[226]. 1752 wird als Ort der Feier bestimmter Stiftungsmessen die sogenannte *alte Marienkirche* festgelegt[227].

1763 und neuerlich 1764 mußte vom Prior des Badener Klosters der Beweis erbracht werden, daß der hiesige Augustinerkonvent seit der Stiftung durch die Pottendorfer das Besitzrecht über die Frauenkirche hat. Offensichtlich wurde dieses Recht erneut durch die Pfarre Baden streitig gemacht[228].

In einem Stiftbrief vom Jahre 1768 wird erwähnt, daß in der *uralten Frauenkirche* allwöchentlich am Dienstag von den Augustinern eine hl. Messe für das Seelenheil der Stifter gefeiert werden soll[229]. Aus dem Jahre 1769 ist noch eine Patene eines damals von denselben Stiftern an die Augustinerkirche zu Ehren Mariä Geburt geschenkten Kelches erhalten[230].

In einer Stiftbrief-Abschrift vom 29. März 1776 findet ein Altar zu Ehren der schmerzhaften Mutter in der ehemaligen Frauenkirche Erwähnung[231].

Nach einem zeitgenössischen Bericht um 1776 fand ein Marienbild in der *alten Kirche zu Ehren Mariä Geburt* in Baden beim Volk große Verehrung[232].

Mit 8. März 1787 erhielt der Dechant und Pfarrer zu Baden vom erzbischöflichen Konsistorium in Wien den Bescheid, daß die Frauenkirche Pottendorf'scher Stiftung unter Zuziehung des Kreisamtes zu entweihen und zu sperren sei, nachdem schon vorher durch einige Zeit der Gottesdienst dort nur mehr in eingeschränktem Maße gehalten werden durfte. Was mit der Einrichtung geschah, ist mit Ausnahme des barocken Hochaltars unbekannt[233].

Das auf Befehl Josef II. entweihte Kirchengebäude wurde zu einem Militärspital bestimmt. Wegen des Kriegsausbruches (Österreich an der Seite Rußlands gegen die Türkei) mußten aber alle Bauarbeiten eingestellt werden und konnte daher die ehemalige Frauenkirche dem vorgesehenen Zweck nicht gewidmet werden. Sie blieb vorderhand ungenützt stehen[234].

Im Jahre 1790 kaufte der Dechant und Pfarrer von Kirchberg am Wechsel den Hochaltar der gesperrten Frauenkirche in Baden um 200 fl. Anstelle des früheren Altarblattes *Mariä Geburt* wurde eines mit der Darstellung des hl. Jakobus des Älteren, des Kirchenpatrons von Kirchberg, als Prediger, eingesetzt *(Abb. 24)*. Wenn man heute den mächtigen Altaraufbau betrachtet, könnte man auf den ersten Blick hin in Zweifel setzen, ob dieser überhaupt in der gotischen Frauenkirche von Baden Platz gehabt hätte. Bei der Abmessung des Altares und dem Vergleich zum erhaltenen Grundriß und den bekannten Breitenmaßen der ehemaligen Frauenkirche ergibt sich aber die Tatsache, daß der Altar genau in die Breite der Kirche über dem Bad hineinpaßt. Die Statuen, die diesen Altar seitlich zieren, stellen — von links nach rechts betrachtet — die hl. Barbara, den hl. Augustinus und Johannes den Täufer, dann den hl. Josef, den hl. Ambrosius und die hl. Elisabeth von Thüringen dar — über dem Gebälk linkerhand den hl. Erzengel Michael mit dem Drachen und rechterhand als Gegenstück den hl. Schutzengel mit einem Kind. Der Mittelteil ist gekrönt von einem Dreieck, dem Symbol der heiligsten Dreifaltigkeit, in einem weitausladenden Strahlenkranz, umgeben von Wölkchen und Engelsgestalten. In Kirchberg am Wechsel bestand bis zu seiner Aufhebung im Jahre 1781 ein Nonnenkloster der Chorfrauen nach der Regel des hl. Augustinus. Die Konventkirche war zugleich Pfarrkirche. Nun ist Kirchberg Weltpriesterpfarre[235].

Über Ansuchen erfolgte mit 21. April 1792 die Erlaubnis zur Veräußerung des Gebäudes der entweihten Frauenkirche in Baden. Zugleich mit der Verlautbarung von Feilbietungsterminen wurde als Kaufbedingung gestellt, daß bei einem etwaigen Abbruch an den angebauten Bädern kein Schaden entstehen dürfe. Dadurch offensichtlich abgeschreckt, fanden sich bei zwei ausgeschriebenen Terminen keine Interessenten. Beim dritten Termin boten zwei Bürger der Stadt einen Betrag, der aber unter der festgesetzten Anbotsumme von 200 fl. lag, wodurch das Erwerbsrecht an die Stadt Baden fiel. Der Augustinerkonvent sah sich durch diesen geringen Preis beeinträchtigt und stellte verschiedene Bedingungen. So wurde weiter verhandelt[236].

Nach Hinaufsetzung des Kaufpreises auf 300 fl. durch einen Ratschlag der nö. Regierung konnte 1793 der Verkauf der entweihten ehemaligen Frauenkirche an die Stadt Baden abgeschlossen werden[237].

Nach einer Gewährsanschreibung im Grundbuch des Badener Augustinerklosters vom 30. September 1798 gehörte die Frauenkirche der Stadt Baden. Ostwärts davon lag das Frauentor, westwärts ein Garten, südwärts das Neubad (später *Karolinenbad*) und die Straße und nordwärts das Frauenbad sowie die Herrenabziehstube[238].

Im November 1805 wurde die entweihte Frauenkirche als Magazin für Lebensmittel und Fourage für die in Baden einquartierten französischen Truppen verwendet, und im Dezember d. J. errichtete man dort zwei große Backöfen für die fremden Soldaten, bis diese am 11. Jänner 1806 Baden wieder verließen[239].

Nach mehrmaliger Kommissionierung durch den Badener Magistrat beschloß man die Demolierung der ehemaligen Frauenkirche, da man deren Einsturz befürchtete. Am 2. Jänner 1811 begann man mit dem Abbruch. Die angeblich baufälligen Mauern erwiesen sich allerdings als sehr fest und bereiteten beim Abtragen ungeahnte Schwierigkeiten. Frauenbad und Neubad wurden bei der Demolierung des Kirchengebäudes arg mitgenommen und glichen, ihrer Hauptstütze beraubt, eher vom Einsturz bedrohten Ruinen[240].

Der große Stadtbrand im Juli 1812 zerstörte das Frauenbad vollends[241]. 1813 kam es dann zum Abbruch des Frauentores[242].

1820/1821 schritt man endlich an den Neubau des Frauen- und Karolinenbades unter Einbeziehung des Grundes der ehemaligen Frauenkirche nach dem Plane des Architekten Ritter von Moreau durch den Stadtbaumeister Hantl[243].

Nach längerer Bauzeit erfolgte am 2. Juni 1878 die feierliche Eröffnung des neuerlichen Umbaues des Frauen- und Karolinenbades[244].

Die Stadtpfarrkirche St. Stephan in Baden

(Pfarrplatz)

Die Geschichte der Badener Pfarrkirche vor dem Neubau im 15. Jhdt. liegt im Dunkeln. Daß sich schon vor dem spätgotischen Bau, wie er sich heute dem Beschauer darbietet, an derselben Stelle eine Kirche befand, steht außer Zweifel. Über deren Aussehen läßt sich nur schwer etwas sagen. Immerhin gibt es einige Anhaltspunkte.

Wenn man den Grundriß der mittelalterlichen Siedlung Baden betrachtet, fällt sofort der eigenartige Vorsprung gegen Nordosten an der sonst abgerundeten Fläche auf. Dies ist nicht durch das Gelände bedingt, sondern durch die Lage der Burg Baden, der gegen Osten noch das Pfarrviertel vorgelagert war. Daß die Burg, etwa auf dem Grund der heutigen Pfarrschule gelegen, und die Kirche von Anfang an zusammengehörten, liegt auf der Hand. Vielleicht wurde die ehemalige Kirche um die gleiche

Zeit errichtet wie die Burg, deren Besitzer von ca. 1156 bis 1332 die Herren von Baden waren[301].

Gewisse Schlüsse lassen sich aus den erhaltenen Urkunden ziehen. Baden gehörte zunächst kirchlich zur Mutterpfarre Traiskirchen, deren Sprengel den ganzen östlichen Teil des heutigen politischen Bezirkes Baden in der Ebene und darüber hinaus bis Grillenberg umfaßte[302]. Wohl schon im 12. Jhdt. bestanden Filialen in Baden, Sollenau und Leobersdorf, und um 1200 begann ein Aufspaltungsprozeß in Vikariate.

1220 wird ein *Udalricus sacerdos de Paden* urkundlich erwähnt[303], dessen seelsorgliche Stellung nicht ersichtlich ist. Er könnte Messeleser, Vikar der Pfarre Traiskirchen für Baden oder Kaplan an der Badener Burg gewesen sein.

1258 scheint ein *plebanus de Paden* urkundlich auf. Auch der Ausdruck *plebanus*, d. h. *Leutpriester*, ist nicht eindeutig. Vermutlich handelt es sich hier um einen Vikar für die Filiale Baden[304].

In einem Kaufvertrag des Stiftes Heiligenkreuz wird 1268 ein *Carnarium*, d. h. ein Karner oder Beinhaus, in Baden erwähnt, was wiederum auf das Bestehen einer Kirche hinweist[305]. Im Grundbuch des gleichen Klosters vom Ende des 13. Jhdts. findet wieder ein *plebanus de Paden* Erwähnung[306].

Erst 1312 kam es zur Loslösung Badens von der Traiskirchner Mutterpfarre und zur Gründung einer selbständigen Pfarre Baden, die nun dem Stift Melk unmittelbar unterstand[307].

Der in Urkunden am frühesten (1324, 1325) genannte Pfarrer von Baden war ein gewisser Merten (Martin)[308]. Aus dem Jahre 1325 stammt das älteste erhaltene Pfarrsiegel mit dem Bild des hl. Stephanus[309]. Damit erscheint die Nachricht Gustav Callianos von der Existenz einer ursprünglichen Pfarrkirche zu Ehren des hl. Jakobus hinlänglich widerlegt[310]. Die Tatsache, daß die Pfarrkirche von Baden dem hl. Stephanus geweiht ist, erinnert wohl an die ursprüngliche Verbundenheit mit dem Passauer Bistum, dem der größte Teil des niederösterreichischen Raumes bis 1729 bzw. 1785 unterstand.

Einen etwas gewagten Schluß auf den Bestand einer Kirche am heutigen Standort schon im 11. Jhdt. zieht Dr. Hermann Rollett: 1073 erscheint in einer Melker Urkunde Popo von Rohr als Zeuge. Andererseits befand sich auf einem ehemaligen Grabstein vom Jahre 1323 in der Badener Pfarrkirche die Inschrift: *Hier liegt begraben Herr Heinrich von Rohr und Herr Leitfritz, sein Bruder, und all seine Vorfahren*[311].

Weiters verweist Rollett auf eine bildliche Darstellung vom alten Baden *1145—1690,* wo die *S. Stephans Pfarrkhürchen* mit dem von einem Satteldach gekrönten Hauptturm und einem niedrigeren Turm an der Westseite mit einem Doppelkreuz auf der Spitze und neben letzteren die Jahreszahl 1395 gezeichnet erscheint. Daraus schließt er, daß dieser Westturm der ursprüngliche Kirchturm gewesen sei[312].

Schlüsse auf den Bau der Kirche vor dem 15. Jhdt. kann man auch aus den noch vorhandenen frühen Bauteilen ziehen.

Die wohl auffälligsten, eindeutig einer romanischen Bauperiode zuzuordnenden Teile im Inneren der heutigen Kirche sind groteske, kauernde Tiergestalten und fratzenartige Köpfe, teilweise stark beschädigt, die den Gewölbebogen an der Südseite des Mittelschiffes als Konsolen dienen. Interessanterweise finden sich an der Nordseite höchstens Knospenmuster als Konsolen. Nach einhelliger Auffassung sind diese Steinplastiken einem älteren Bau des 13. Jhdts. entnommen. Fachleute wollen eine gewisse Ähnlichkeit mit den berühmten romanischen Plastiken an der Außenseite der Kirche von Schöngrabern erkennen.

Mit großer Wahrscheinlichkeit kann man annehmen, daß die beiden wuchtigen Vortürme, die dem spätgotischen Hauptturm südlich und nördlich vorgelagert sind, aus einer romanischen Bauperiode stammen.

Auch das zwischen diesen beiden Vortürmen liegende rechteckige Gewölbe trägt die Kennzeichen der Romanik. Die massigen Gurtenbogen dieses Gewölbes heben sich deutlich von den übrigen gotischen Gewölbebogen ab *(Abb. 25).*

Dagobert Frey stellt in der Kunsttopographie des Bezirkes Baden[313] eine auffallende Ähnlichkeit des Grundrisses der Badener Stadtpfarrkirche mit dem der ebenfalls dem hl. Stephanus geweihten Kirche von Eggenburg fest und schließt sich dem Rekonstruktionsvorschlag nach dem Vorbild von Altenstadt in Bayern an, wie ihn Tietze anbietet[314]. Danach wären die beiden obengenannten Vorbauten des gotischen Hauptturmes identisch mit zwei den Chor flankierenden romanischen Türmen. Die Außenmauern des heutigen Langhauses könnten nach dieser Auffassung noch vom romanischen Bau übernommen sein. Auffällig scheint auch die große Ähnlichkeit der Länge des Langhauses im Verhältnis zur vermutlichen ursprünglichen Breite des Mittelschiffes in Baden wie Eggenburg, nämlich etwas weniger als vier Breiten. Die sich daraus ergebende vermutliche Jochzahl entspricht auch der romanischen Kirche von Kleinmariazell. Auch die heutige Westmauer des Langhauses von Baden kann als Bestand aus der romanischen Bauperiode angesehen werden. Gibt man wie Diözesankonservator Dr. Arthur Saliger[315] diesem Rekonstruktionsversuch recht, wäre die Badener Kirche wohl der bedeutendste Bau unter den Pfarrkirchen des heutigen Bezirkes Baden im 13. Jhdt. gewesen.

Rollett dagegen meint, daß die ursprüngliche Kirche viel kleiner war als die heutige und der Turm an der Westseite über dem jetzigen Hauptportal der ursprüngliche sei[316]. Er bietet dafür allerdings keine Anhaltspunkte in den heutigen Bauteilen. Auch die von Rollett angeführte bildliche Darstellung des Westturmes mit der Jahrzahl 1395 spricht eher für einen nachromanischen Umbau eben dieses Westturmes.

Wesentlich älter als der spätgotische Kirchenbau ist auch die gotische Krypta unter dem Chorraum. Zugänglich ist diese heute nur mehr über eine steile und enge Steintreppe, die in den östlichen Sakristeizubau mündet. Durch eine etwa 80 cm starke Scheidemauer ist diese Krypta geteilt. Der westliche Teil wurde in der Barockzeit zu einer Gruft umgestaltet, zu der früher ein Abstieg vom Kircheninnern aus bestand. In der Mitte des östlichen Teiles der Krypta befindet sich ein mächtiger Pfeiler, der die Gewölbebogen trägt. Nach dem Urteil von Prof. Emmerich Schafran, der hier im Jahre 1932 Probegrabungen im Einvernehmen mit dem Bundesdenkmalamt durchführte, stammen Pfeiler und Gewölberippen mit Gurtenprofilen aus dem ersten Drittel des 14. Jhdts., die Gewölbe selber aus wesentlich späterer Zeit. Der Raum der Unterkirche ist mit einer etwa 1 m dicken Schuttschicht bedeckt. Die bis 1,25 m Tiefe in zwei Richtungen durchgeführten Grabungen des Jahres 1932 brachten kein Bodenpflaster, sondern nur einen Estrich zum Vorschein. Die oberste Schicht der Aufschüttung besteht aus Holzmull und Schutt. Darunter liegt Schutt mit Steintrümmern, überwiegend mit gotischen Profilen und Brandspuren. Auch eine Steinfigur ohne Haupt kam bei den Grabungen zutage. Seit 1969 befindet sich in dieser Krypta ein Schacht der Heizanlage, der nach oben zur Apsis mündet[317].

Der Chor der heutigen Kirche dürfte um 1400 entstanden sein *(Abb. 25)*. Er besteht aus einem Joch und einem 5/8-Abschluß. Die Rippenfiguration im Gewölbe ist rautenförmig, und das sogenannte *springende* Gewölbe läßt die Jochgrenzen verschwimmen. Diese 1385 im Prager Veitsdom durch Peter Parler erstmalig in monumentaler Weise ausgeführte Figuration übte damals einen nachhaltigen Einfluß aus. Die Proportionen des Raumes und der Fenster, die vor allem im Chorabschluß fast die volle Breite der Wandzone einnehmen, legt eine Datierung des Chorbaues um 1400 nahe. Bemerkenswert ist, daß Michael Knab, der das Langhaus der Kirche *Maria am Gestade* in Wien errichtet hat (1399—1414), in einer Urkunde des Jahres 1399 als *Michel, mawrer von Paden* bezeichnet wird. Da viele Teile des heutigen Chores, so die seitlichen Konsolen mit Steinfiguren und die Rosetten an den Kreuzungspunkten der Rippen, erst aus der Zeit der Regotisierung von 1884/1885 stammen, sind Vergleiche mit anderen gotischen Kirchen erschwert.

Der Chorbau liegt nicht bloß höher als das Langhaus, sondern überragt dieses auch merklich mit seinem Dach. Die sechs Strebepfeiler an der Außenseite, unten von einem den Chorbau umgebenden Kaffgesimse verkröpft, haben pultförmige Abdachung mit vorgelagerten Steilgiebeln. Die heutigen sieben hohen, spitzbogigen Fenster sind ohne Maßwerk. Sie lassen kaum einen gültigen Schluß auf den ursprünglichen Zustand zu[318].

Die in der Literatur vielfach verbreitete Ansicht, daß der Bau der Badener Stadtpfarrkirche im wesentlichen erst nach den Zerstörungen durch Matthias Corvinus im Jahre 1477 errichtet wurde[319], erscheint durch neue Forschungen des Heiligenkreuzer Stiftsarchivars P. Hermann Watzl widerlegt. Dieser konnte aus einer Reihe von Eintragungen im Urbar *Grundbuch über Baden* von 1435 und 1453 nachweisen, daß zwischen 1435 und 1459 mehrfach *der sand Stephans paw* erwähnt wird. Eine besonders bemerkenswerte Eintragung aus dem Jahre 1461 nennt sogar den *Meister Hans Smith bei der Pfarrkirche*[320]. Zwei Eintragungen von 1480 und 1492 bezeugen indirekt einen bereits vollendeten Kirchenbau. 1506 findet sich neuerlich ein Hinweis auf einen namentlich nicht genannten *pawmaister sannd Steffans Khirchen zw Paden*[321].

Der Umfang der Arbeiten und die Unruhe der damaligen Zeit legen eine längere Bauzeit nahe. Der spätgotische Neubau — vor allem des Langhauses — fand sicher im 15. Jhdt. statt, reichte aber möglicherweise noch in den Anfang des 16. Jhdts. hinüber.

Das in seiner Gesamtheit außen ungefähr 58 m lange Bauwerk der Stadtpfarrkirche St. Stephan in Baden gliedert sich — im Grundriß deutlich erkennbar — in vier Teile:

1. der turmartige Torvorbau an der Westfront,
2. das dreischiffige Langhaus mit nördlichen Anbauten,
3. die Turmanlage zwischen Langhaus und Chor,
4. der einschiffige Chorbau mit der südlich angebauten Sakristei.

1. Der Torvorbau an der Westfront war ursprünglich mit einem Turm gekrönt, der, 1683 von den Türken zerstört, lange als Torso dastand, bis man ihn zwischen 1820 und 1830 auf die heutige Höhe abtrug und mit einem Satteldach versah. Gegen Westen öffnet sich dieser Vorbau in einem großen Spitzbogen mit spätgotischen Krabben und einer Kreuzblume. Das Innere der dadurch entstehenden Vorhalle ist mit einem Netzgewölbe überspannt. Die doppelt gekehlten Rippen steigen von Wanddiensten auf und vereinigen sich zu zwei glatten Schlußsteinen. In sechs Ecken der Vorhalle befinden sich unverzierte Halbsäulenbündel. Das große zweiflügelige Tor liegt in einem Portal mit geradem Sturz über abgerundeten und verkröpften Ecken in einem spitzbogigen Blendbogen mit reichem, spätgotischem Gewändeprofil. Das Tympanon ist glatt.

2. Das spätgotische Langhaus mit drei Schiffen unter einem hohen Dach zeigt den Typus der *Staffelkirche.* Es weist im Innern die lichte Länge von ca. 30 m auf und ist zwischen 16 und 18 m breit. Die Seitenschiffe sind gegenüber dem Mittelschiff nur ungefähr 80 cm schmäler, während das Mittelschiff um ungefähr ein Viertel höher ist als die Seitenschiffe. Die Gewölbe werden getragen von fünf Paaren achteckiger, freistehender Pfeiler, die an den Ecken Halbsäulen besitzen. Aus je zwei dieser Halbsäulen entspringen die Gewölberippen. Die übrigen Halbsäulen tragen spitzbogige Arkaden, welche die Pfeiler verbinden. Auf diesen Arkadenbogen ruhen die Mauern des überhöhten Mittelschiffes. An den Ecken der Pfeiler finden sich Runddienste, an den den Arkaden entsprechenden Ecken kräftige Birnstäbe. Je drei Dienste steigen an der Sargwand empor. Aus ihnen entwickeln sich ohne Kapitäle die gleichwertigen Gurtenbogen und Rippen. Die Schildbogen werden von kleinen Konsolen aufgefangen.

Die Mittelschiffsjoche sind mit verschieden geformten Sterngewölben eingedeckt. Das südliche Seitenschiff hat in zwei Jochen einfache Kreuzgewölbe und in vier Jochen verschieden geformte Sterngewölbe. Das nördliche Seitenschiff weist drei achteckige Kreuzgewölbe, zwei Netzgewölbe und ein Sterngewölbe mit geschweiften Rippen auf.

An der Westseite des Langhauses befindet sich unter dem ersten Joch die Orgelempore, die in der ganzen Breite aller drei Schiffe eingebaut ist, auf gedrückten Spitzbogen mit Krabben und Kreuzblumen. Die vollgebaute Brüstung — wohl erst 1913 in Anpassung an die vorhandenen Bauteile geschaffen — zeigt ein schmales Spitzbogenfries. Unter der Empore befinden sich Netzgewölbe, in den beiden Seitenschiffen solche mit geschweiften Rippen. In der südwestlichen und nordwestlichen Ecke des Langhauses sind achteckige Treppentürmchen angebaut, im südlichen mit mehreren Kielbogenfensterchen, im nördlichen mit einem Kielbogen-, einem Vierpaß- und einem rechteckigen Maßwerk-Fensterchen.

Gegen Osten verengt sich das Langhaus und wird durch zwei mächtige Ecksäulen mit rundem Querschnitt abgeschlossen.

Die Südfront des Langhauses hat hohe spitzbogige Fenster mit spätgotischem Maßwerk, die Nordfront in drei Jochen schmale spitzbogige Fenster mit Nasen und im vordersten Joch ein Spitzbogenfenster mit einfachem Maßwerk.

Die Gestaltung der Fenster über den beiden Seiteneingängen sowie die des südlichen Seitenportals stammt aus dem 20. Jhdt. Die auf einigen seitlichen Diensten auf Konsolen ruhenden Steinfiguren von Heiligen wurden erst zur Zeit der Regotisierung am Ende des 19. Jhdts. geschaffen.

Der Anbau der Josefskapelle an der Nordseite weist zwei Joche mit Sterngewölben und Spitzbogenfenster ohne Maßwerk auf.

Den sechs Jochen im Kircheninnern entsprechen an der Außenseite des Langhauses die einmal abgekröpften Strebepfeiler mit pultförmiger Abdachung und vorgesetzten Steilgiebeln. Der Anbau der Josefskapelle hat teilweise über Eck gestellte, zweimal abgetreppte Strebepfeiler mit Pultdach.

3. Unter der Turmanlage zwischen Langhaus und Chor mit dem hohen Hauptturm und den nördlich und südlich vorgelagerten, wehrhaften Vortürmen verengt sich der Kirchenraum merklich auf 8 m Breite.

Die beiden Vortürme — vermutlich Reste einer zweitürmigen, romanischen Turmanlage — haben jetzt an den Ecken auf Konsolsteinen übereck gestellte Erker mit wellischen Hauben und sind mit abgewalmten Satteldächern eingedeckt. Der nördliche Vorturm zeigt noch die Tragsteine für eine früher rundum verlaufende Mordgallerie und Schießscharten, was daran erinnert, das die Stadtpfarrkirche von Baden einen Teil der Befestigungsanlagen bildete. Der südliche Vorturm birgt eine Türmerstube und ist gekrönt von einem kleinen Türmchen, in dem früher das sogenannte *Zügenglöckchen* hing.

Zwischen den beiden Vorbauten erhebt sich über einem rechteckigen Joch des Kirchengewölbes mit einem einfachen Kreuzgewölbe und zwei schweren, im Querschnitt rechteckigen Gurtenbogen — sicher ein früher Bauteil — der 67 m hohe Hauptturm mit quadratischem Grundriß. In seinem gemauerten Teil stammt er aus der Spätgotik. An die abgestumpften Ecken lehnen sich unausgebaute Filialen an. An den Breitseiten steigen

Runddienste empor, die unten abgekröpft sind und oben in Kugeln endigen. Dazwischen liegen im oberen Teil die großen, bogigen Schallfenster mit Hohlkehlengesimsen. Der Turm besaß bis 1697 ein Satteldach, wie dies aus alten Stadtansichten erkennbar ist.

4. Im einschiffigen Chorbau erweitert sich der Kirchenraum wieder auf 9,5 m lichte Breite. Die Länge des Chores, der aus einer früheren Bauperiode als das Langhaus stammt, beträgt 13 m.

Die wohl älteste noch erhaltene Grabplatte befindet sich außen, an der gegen Osten gerichteten Seite des letzten Strebepfeilers an der Nordwest-Ecke des Langhauses. Eine gotische Minuskelinschrift ist noch in Spuren erkennbar. Der schlechte Zustand der meisten Grabplatten ist darauf zurückzuführen, daß sie zwischen 1746 und 1878 im Fußboden des Kircheninnern eingelassen waren und dann auf Anregung von Dr. Hermann Rollett ihren Platz an den Außenwänden der Kirche fanden, wo ihnen besonders an der Nordseite die Verwitterung weiter zusetzte[322].

Aus dem Ende des 15. oder vom Anfang des 16. Jhdts. stammt der schöne, freistehende Taufstein, der sich im nördlichen Seitenschiff unter der Orgelempore befindet. Er besteht aus rotem, gesprenkeltem Marmor und hat eine zwölfeckige Form mit konkav geschweiften Seiten und einen stämmigen, spätgotischen Fuß. Der versperrbare Deckel mit kreuzförmigem Griff aus Bronze wurde erst 1969 nach einem Entwurf von Architekt Prof. Dr. Hans Petermair aus Wien geschaffen[323].

An den beiden äußeren Seitenwänden des Torvorbaues im Westen der Kirche befanden sich früher an erhöhter Stelle zwei ähnliche Reliefgruppen aus Sandstein mit der Ölbergszene[324]. Die an der Nordseite war derart beschädigt, daß man sie bei der Renovierung der Westfassade und des Vorbaues im Jahre 1972 entfernte. Die an der Südseite befindliche, volkstümliche Arbeit vom Anfang des 16. Jhdts. wurde restauriert. Sie stellt eine Felslandschaft mit Bäumen, in der Mitte den knienden Christus, vor ihm auf einem Felsen einen Kelch und unten die drei schlafenden Jünger dar.

Spätgotische Stilformen finden sich auch an der Grabplatte des ehemaligen Pfarrers von Baden, Vinzenz Bauernfeind, die an der linken Innenwand der Josefskapelle eingelassen ist *(Abb. 26)*. Die rote Marmorplatte stellt in Flachrelief die Figur des Verstorbenen als Priester mit Meßgewand, Birett und Kelch dar, dessen Kopf auf einem großen Kissen ruht. Die gotische Minuskel-Umschrift lautet: *anno dmi 1517 die nono maj. obiit honorabilis vir dns. vincentius pauernfeindt olim huius eccl. rector hic sepultus cuius aia (anima) in deo vivat †*[325]. Diese Grabplatte befand sich bis 1878 vorne im nördlichen Seitenschiff der Kirche[326]. Vinzenz Bauernfeind (Pauernfeindt) war Pfarrer in Baden, angeblich schon 1511[327].

Wahrscheinlich aus der Mitte des 16. Jhdts. stammen die zwei großen Grabplatten am nördlichen Teil der Stirnwand des Langhauses, links vom Torvorbau, u. zw. in der Mitte der Wand knapp nebeneinander. Diese beiden gleichgroßen rechteckigen roten Marmorplatten tragen das Wappenzeichen mit sechs Ringen, das die Familie Auer von Herrenkirchen kennzeichnet; sie befanden sich bis 1878 ebenfalls im Fußboden des Kircheninnern[328].

Die Familie Auer von Herrenkirchen stammte aus Bayern und war bereits gegen Ende des 15. Jhdts. in Baden ansässig, so Konrad Auer von Herrenkirchen als Eigentümer des Schlosses und der Herrschaft Leesdorf und Pfleger der Burg Baden. Um 1510 war dessen Sohn Johann Pfarrer von Baden. Gerowich Auer von Herrenkirchen starb 1551 zu Baden nach dem Tod seiner Söhne Hiob, Leonhard und Philipp als letzter männlicher Nachkomme der nö. Engelschalk-Auerschen Linie derer von Herrenkirchen. Er war Ritterstands-Verordneter der herzoglich österr. Landschaft, Besitzer eines Hofes in Baden und der Veste Arnstein, 1527 kaiserlicher Hauptmann der Burg Baden. Im Jahre 1542 widmete er seinen Edelsitz in Baden zum Bürgerspital (Heiligenkreuzergasse). Die heutige Herrenkirchen-Gasse erinnert an dieses Geschlecht[329].

Links und rechts von den vorgenannten Grabplatten der Familie Auer von Herrenkirchen befinden sich heute zwei kleine, ganz abgetretene Platten aus rotem Marmor, nicht mehr identifizierbar und datierbar[330].

Zwei weitere Grabplatten sind an der nördlichen Außenwand des Langhauses zwischen dem nördlichen Turmvorbau und der Josefskapelle befestigt. Auch sie befanden sich früher im Fußboden des Kircheninnern.

An der rechten, fast quadratischen Platte aus rotem Marmor kann man im unteren Teil noch ein kreisförmiges Wappen mit einem Kübel und darüber zwei gekreuzte Bindermesser erkennen. Die Inschrift ist unleserlich. Wahrscheinlich stammt diese Platte aus dem 16. Jhdt.[331].

Links davon findet sich eine kleine, rechteckige, ganz abgetretene Platte aus rotem Marmor, die nicht mehr identifizierbar und datierbar ist[332].

Schließlich befestigte man an der Nordseite des Chores zwischen dem Strebepfeiler und dem nördlichen Turmvorbau an der Außenwand der Kirche noch eine rechteckige Grabplatte aus rotem Marmor, die sich ebenfalls vor 1878 im Fußboden des Kircheninnern befand und aus dem 16. Jhdt. stammen dürfte. Das nur mehr schwach erkennbare Wappen zeigt zwei Baumstämme mit je drei Ästen. Auch hier ist die Inschrift unleserlich[333].

Einige Grabplatten, die in den Verzeichnissen bei Rollett (*Beiträge zur Chronik der Stadt Baden,* III. Band) und bei Dagobert Frey *(Kunsttopographie des Bezirkes Baden)* noch aufscheinen, wurden bei der Errichtung von Zubauten an der Nordseite des Langhauses im Jahre 1969 bzw. bei der Außenrenovierung des Chorbaues im Jahre 1978 wegen ihres schlechten Zustandes endgültig entfernt[334].

Die Türkeninvasion des Jahres 1529 — möglicherweise eine weitere 1532 — brachte der Stadt Baden und damit sicher auch der Pfarrkirche arge Verwüstungen, deren Umfang sich urkundlich kaum belegen läßt[335].

1545 bzw. 1541 sind die Todesjahre von Valentin Poltz und dessen Gattin Maria, deren Grabplatte sich jetzt an der südlichen Außenwand der Kirche zwischen den Strebepfeilern des dritten Langhausjoches — von vorne gerechnet — befindet. Die rote Marmorplatte, oben geschweift, unten mit abgebrochenen oder ursprünglich geschweiften Ecken lag vor 1878 im Fußboden des Kircheninnern. Im unteren Teil zeigt die Platte ein Doppelwappen. Das linke ist schräg geteilt mit schrägen Turnierlanzen mit Kronenaufsätzen. Das rechte Wappen ist senkrecht geteilt mit einem Baum in dem einen Feld, während das zweite Feld abermals horizontal geteilt wird, oben leer, unten mit der Darstellung eines Löwen. Über den Wappen findet sich das Zimier eines geschlossenen Stechhelmes mit einem nackten Wilden, der einen gespannten Bogen in Händen hält. Die Inschrift im oberen Teil der Platte lautet: *Anno dmi. 1545 ist gestorben der edl und vest Valentin Poltz* (Frey liest: *Polks*) *Ks. Ka. Mt. Pfleger zu Baden liegt hie begraben und seine eheleiblich Hausfrau Maria Poltzin* (Frey: *Polksin*) *ist gestorben 1541 der Gott genad*[336].

Valentin Poltz oder Pölz, Pfleger der Burg Baden, 1531 und 1533 urkundlich genannt, besaß vorübergehend durch eine Verleihung von Kaiser Maximilian die zwei Wildbäder (Frauenbad und Neubad) in Baden[337]. Er dürfte identisch sein mit dem kaiserlichen Wundarzt gleichen Namens vom Jahr 1509. Valentin Poltz findet auch 1524 und 1538 als Badener Pfleger urkundliche Erwähnung[338]. Der Name *Pelzgasse* in Baden wird auf diesen Valentin Pölz zurückgeführt, da dieser nächst dem *schwarzen Münchhof* (Mariazellerhof) mehrere Gründe besaß[339].

Typische Formen der Renaissance-Kunst trägt das schöne Epitaph des Hieronymus von Hirschberg im Kircheninnern, am zweiten südlichen Langhauspfeiler — von vorne gerechnet —, gegen das Seitenschiff hin schräg gerichtet *(Abb. 27)*. In der Ädikula aus rotem Marmor mit halbkreisförmigen Tympanon befindet sich auf gelblicher Steintafel die Inschrift: *Anno Dni 1555 den 14. May starb der edl ernvest Herr Hieronymus Salius von Hiersperg Waltburger aus der Schemitz in Hungern ligt alhie begraben de(m) un(d) uns alen got genedig sey Am(en)*. Die weiteren Architekturglieder des Epitaphs sind mit zart gravierten Ornamenten überzogen. Im Gebälk des Grabmals sehen wir eine weitere Tafel aus gelblichem Stein mit einer Inschrift in griechischen Buchstaben, die übersetzt etwa so lautet: *In diesem Grabe ruht Saiost, manch anderem gleichwert, solch eine Zierde seines ganzen Vaterlandes. Seine schöne Seele befiehlt den Seligen der wohlschaffende Gott, der solcherlei Gaben verleihende Vater.*

Das Hauptfeld des Epitaphs birgt ein Relief aus gelblichem Stein mit der Darstellung des bärtigen Hieronymus Salius von Hirschberg in faltigem Gewand mit erhobenen Händen, kniend vor einem Kruzifix, hinter dem Verstorbenen sein Wappen. Dieses ist vierteilig und zeigt im ersten und vierten Feld einen aufspringenden Hirschen, im zweiten und dritten Feld eine von unten aufsteigende Spitze, auf und ober dieser drei Kugeln. Die Helmzier über dem Wappen bildet ein Büffelhörnerpaar. In der linken oberen Ecke der Reliefplatte befindet sich eine viereckige Tafel mit der Inschrift: *Dan also hat Got di Welt geliebt das er seinen Sun gab auf das ein iedlicher der in in geglaubet nit verderbe sundern hab das ewig Leben — Joan. am. 3*[340].

Hieronymus Salius, ein tapferer und sprachkundiger Mann, wurde mit seinen Brüdern Raphael und Augustin und den ehelichen Nachkommen von Ferdinand I. 1544 in den Adelsstand erhoben[340].

An der südlichen Außenwand der Kirche, zwischen den Strebepfeilern des vierten Langhausjoches — von vorne gerechnet —, ist die Grabplatte des Hans Georg von Oberhaim und seiner Gattin Elisabeth angebracht. Diese rote Marmorplatte befand sich früher im Fußboden unter der Orgelempore im Kircheninnern; darum ist sie stark abgetreten. Sie zeigt in ihrem unteren Teil ein Wappen mit einem senkrechten Pfahl und beiderseits drei untereinander gestellte Röslein, über dem Wappenschild zwei Stechhelme. Auf deren Zimier erkennt man einen geschlossenen Adlerflug mit Pfahl und sechs Röslein bei dem einen und drei Streitäxte bei dem anderen. Um das große Wappenschild gruppieren sich sechs kleine Schilde, jedes mit einem Spruchband. Zwei davon sind vollständig unkenntlich, das dritte ist das der Familie Geymann, das vierte das der Familie Jörger; das fünfte zeigt im ersten Feld die Hälfte eines gespaltenen Kreuzes und im zweiten Feld ein fünfmal geästetes Hirschgeweih; das sechste ist viergeteilt mit einem senkrechten Pfahl im ersten und vierten Feld, während das zweite und dritte Feld, horizontal geteilt, oben leer, unten eine aufrechte Spitze zeigt. Im oberen Teil der Grabplatte befindet sich folgende Inschrift: *Hie liegt begraben der edl und ernvest Hans Georg von Oberhaimb zu Zwe(n)tendorf der gestorben den III. Augusti anno 1561 auch liegt hie begraben die edl und tugendhaft Frau Elisabeth vorgemelten Hans Georg von Oberhaimb ehegemahel Hausfrau so gestorben den 2. Octobris anno 1567. Got sei inen und uns allen gnedig*[342].

Im Kircheninnern, u. zw. am dritten nördlichen Langhauspfeiler — von vorne gerechnet — an dessen Nordseite, ganz zum Seitenschiff gerichtet, befindet sich das Renaissance-Epitaph der Katharina Lackner *(Abb. 28)*. Es handelt sich um eine Säulenädikula aus rotem Marmor mit zweiteiligem Sockel und einer hohen Attika, teilweise Beschädigungen aufweisend. Das halbkreisförmige Tympanon birgt eine Darstellung Gottvaters als Schöpfer, der die Arme ausbreitet und bis zur Brust in Wolken gehüllt erscheint. Die Reliefs und Inschrifttafeln sind aus gelblichem Stein. Die Inschrift an der Attika lautet: *Job Cap. XIX. Ich weiß das mein Erlöser lebt / Unnd ich werd auch durch ihn erhebt / Aus disem Staub, unnd mit der haut, / Damit ich zwar zuesamb gebaut, / Umbgeben, unnd in meinem fleisch / In ewig sehen Rain unnd kheisch, // Weil ich hab sein gebot geliebt / Unnd mich alzeit darin geübt: / Hab auch dasselbig treulich glehrt / Die frucht die er mier hat beschert / Des tröst ich mich unnd anderst nicht / Das ich mijg bstehn vor seim gericht.*

Im Hauptfeld zeigt die Reliefdarstellung die Vision des Propheten Ezechiel vom Leichenfeld (Ez. Kap. 37) und nicht — wie in der Literatur vielfach irrtümlich angegeben — das Jüngste Gericht. In der Mitte sieht man den predigenden Propheten mit erhobener Linken, in der Rechten ein Buch haltend, umgeben von auferstehenden Toten, rechts meist noch als Gerippe, links bereits mit Fleisch bekleidet. Die blasenden Engel im oberen Teil symbolisieren den Hauch Gottes.

Im oberen Teil des Sockels ist eine Reliefplatte mit der Darstellung eines Kruzifixes, links davon knien die männlichen, rechts davon in größerer Anzahl die weiblichen Familienmitglieder, wobei die jeweils größte männliche und weibliche Figur mit einem Kreuz über dem Kopf bezeichnet erscheint. In der umrahmenden Wand findet sich linkerhand ein ovales Medaillon, das jetzt herausgebrochen ist. Nach älteren Beschreibungen barg es ein Wappen mit Helmzier, das einen schräggestellten Fluß und in der Helmzier einen doppelten Adlerflug darstellte. In der umrahmenden Wand rechterhand ist heute noch eine Art Steinmetzzeichen (R mit Haken nach oben und unten) zu sehen.

Die Inschrift im unteren Teil des Sockels lautet: *Hie ligt begraben die edl und tugendhaft Frau Katharina geborene Melbeckin weillendt des edlen und ernvesten Herrn Frantzen Lackhners Bürger und des innern Stattraths zu Wienn gewesene Hausfraw — Ich und mein jüngstes zwölftes Khind / hiezu ein Grab geleget sindt / starben im siebntzigsten Jar / dem achten Herbstmonats nembt wahr / mit mehr dann nur zwen tag / mein Tochter Anna ich hier verlohr / wirdts aber finden dort / in Gottes Reich nach seinem Wort / nach welchen auch wird aufferstehen / der leib und in das ewig gehn*[343].

Das Epitaph des Gatten Franz Lackner, aus derselben Künstlerhand stammend, befindet sich an der Außenwand des Wiener Stephansdomes, u. zw. an der Südseite des Chorbaues[344]. Katharina war vermutlich die zweite Gattin des Wiener Bürgers und bedeutenden Kaufherrn Franz Lackner, der lange Zeit dem *Innern Rat* der Stadt Wien angehörte und 1571 verstarb. Dieser weilte zwischen 1558 und 1570 regelmäßig als Kurgast in Baden. Sein Sohn Franz, Doktor der Rechte, ließ seiner am 8. September 1570 in Baden verstorbenen Mutter Katharina das stattliche Grabmonument in der Badener Pfarrkirche errichten, das als besonders charakteristisch für die Renaissance-Kunst auf Wiener Boden gilt[345].

Wohl als das schönste Epitaph aus jener Zeit kann aber das des Hans Winkler und seiner Gattinnen Dorothea und Katharina angesehen werden, das am dritten südlichen Langhauspfeiler — von vorne gerechnet — gegen das Seitenschiff hin gerichtet angefügt ist *(Abb. 29)*. Die Säulenädikula ist aus rotem Marmor, und über dem Gebälk befindet sich ein halbkreisförmiges Tympanon mit einem geflügelten Totenkopf in Relief. Die Inschrift am Fries lautet: *Paul. Rom. VI. — Wir seindt sambt Christo durch die Tauffe begraben in den Todt. das gleich wie Christus ist aufferweckhet von den Todten durch die herlichkeit des Vatters also sollen wir auch in ainem neuen Leben wandeln.* Das Hauptfeld zeigt ein Relief aus gelblichem Stein mit der Darstellung der Taufe Jesu durch Johannes, den Namenspatron des Verstorbenen, in einer weitläufigen Landschaft mit einer Stadt. Darunter finden sich die männlichen und weiblichen Familienangehörigen des Hans Winkler, kniend, zur Mitte gewendet. Unter dem Hauptfeld ist eine Tafel aus gelblichem Stein mit der Inschirft: *Hie ligt der ersamb unnd*

23 Die ehemalige Frauenkirche mit Bad und Frauentor — Federzeichnung von Michael Liechtenöcker

24 Hochaltar der ehemaligen Frauenkirche über dem Bad, jetzt in der Pfarrkirche von Kirchberg am Wechsel

25 Chorgewölbe der Stadtpfarrkirche St. Stephan

26 Grabplatte des Pfarrers Vinzenz Baurnfeind in der Stadtpfarrkirche St. Stephan

27 Epitaph des Hieronymus von Hirschberg in der Stadtpfarrkirche St. Stephan

28 Epitaph des Hans Winkler und seiner Gattinnen in der Stadtpfarrkirche St. Stephan

29 Epitaph der Katharina Lackner in der Stadtpfarrkirche St. Stephan

30 Epitaph des Michael Schlachtner in der Stadtpfarrkirche St. Stephan

31 „Steinigung des hl. Stephanus“, früheres Hochaltarbild der Stadtpfarrkirche St. Stephan, von Paul Troger

fürneme Hanns Winckhler weilandt geweser Bürger unnd Rathsfreundt alhie zu Baden neben dessen thugentsamen Dorothae unnd Katharina beiden seinen ehelichen hausfrauen seligen begraben, welcher nachdem ehr seines alters erraichet 88 Jar unnd in seinem Ehestand erzeuget 17 Khinder ist ehr anno 1571 in Christo selig unnd ruhiglichen entschlaffen. Denen allen Gott der Almechtig leben unnd eine fröhliche aufferstehung künfftig verleihen wolle. Anna Sängerin debitae pietatis monumentum parentibus filia superstes posuit[346]. Hans Winkler scheint als Badener Ratsbürger im Jahre 1545 urkundlich auf[347].

1572 ist das Todesjahr des Hans Dörr, dessen Epitaph sich am fünften Langhauspfeiler — von vorne gerechnet —, zum Mittelschiff und nach vorne hin gerichtet, befindet. Die dunkelrote Marmortafel mit reichverzierter Einfassung aus hellem Sandstein ist über dem Gebälk gekrönt mit einer Reliefdarstellung des Auferstandenen in einem Kreismedaillon. Seitlich befinden sich Karyatiden, darüber Fruchtkörbe. Am Fuß scheinen eine Drapierung mit einem Menschenantlitz in der Mitte und links und rechts Früchte auf. Die beiden unteren Ecken ziert je ein Löwenkopf. Die Inschrift in einem rechteckigen Feld im oberen Teil der Marmortafel lautet: *Am Suntag Jubilate im jar 1572 ist in Got selig entschlafen der edel gestreng Hanns Dörr zu Wildungsmauer und Teutschen Altenburg und ligt alhie begraben. Der Seeln und uns allen Gott der Allmechtig genedig und barmherzig sein welle. Amen.* Im unteren Teil der roten Marmortafel befindet sich ein großes Wappen mit Schachbrettmuster, darüber sind zwei Helme, der linke mit einem Büffelhörnerpaar und Straußenfedern, der rechte mit einer nackten weiblichen Gestalt als Zimier[348].

Hans Dörr zu Wildungsmauer und Deutsch-Altenburg, mit Ursula von Neudeck vermählt, starb kinderlos vermutlich während eines Kuraufenthaltes am 27. April 1572 in Baden. Mit seinem Neffen Hans Friedrich Dörr erlosch 1615 das Geschlecht[349].

Als weiteres hervorragendes Beispiel der Renaissance-Kunst gilt das Epitaph des Paul Rubigall am vierten südlichen Langhauspfeiler — von vorne gerechnet —, gegen das Seitenschiff hin gerichtet[350]. Die Säulenädikula ist aus rotem Marmor. Über dem Grabmal befindet sich auf einem kleinen Postament ein geflügelter Totenkopf und darüber eine Sanduhr aus Sandstein. Die Inschrift am Architrav lautet: *Dieweil wir wissen das Trüebsal Gedult bringet Gedult aber / bringt Erfarung Erfarung aber bringet Hoffnung / Hoffnung aber lasset nit zu schanden werden: Roemer 5. Ca.* Das Hauptfeld zeigt ein Relief aus gelblichem Stein. Darauf ist in der

Mitte ein großes Kruzifix dargestellt, links davon auf einem Schemel kniend mit gefalteten Händen und in spanischer Tracht der Verstorbene, rechts unten ein vierteiliges Wappen — im ersten und vierten Feld ein Hahn mit Lorbeerzweig, im zweiten und dritten Feld ein aufspringender Hirsch — und darüber eine Helmzier mit einem Hahn, umrankt von Lorbeerzweigen. Links vom Korpus des Gekreuzigten befindet sich eine Inschrifttafel mit den Worten: *Also hat Gott die welt geliebt das er seinen eigenen son gab auff das alle die an in glauben nicht verloren werden sondern das eewige leben haben. Johan am 3 cap.* Rechts vom Korpus des Gekreuzigten ist eine weitere Tafel mit folgender Inschrift: *Wie Moses in der wuesten ein Schlangen erhebet hat Also mues des Menschen son erhöhet werden Auf das alle die an in glauben nicht verloren werden. Johan. 3 capi.* Die Inschrift im unteren Teil des Grabmals auf einer Tafel aus gelblichem Stein lautet: *Tumulus / nobilis et praeclarae ad virtutem indolis / Pauli Rubigalli. / Dum juvenem me vita parat mortalibus auris / defungor moriens hac Rubigallus humo / et quantum est viridi me decessisse juventa / in caelo vitae saecula mille traho / felix morte mea Christi inter oscula et ulna(s) / dormio et aeterna tempora pacis ago / cura labor mori mortalia fata valete / immoritur Christo si mea vita sat es(t) / oijt V. Martij anno dni MDLXXVI Vienne Au(s)trie.* Am Fuß des Epitaphs findet sich ein rundliches Fratzengesicht mit Bart und Haarwellen.

Die in Ungarn beheimatete Familie Rubigall — zeitübliche Latinisierung von *Rotenhahn* — scheint dem schlesischen Geschlecht der Rotenhan anzugehören. Paul Rubigall, der Vater des in Baden begrabenen Paul, zu Kremnitz geboren, studierte 1536 in Wittenberg und machte bald darauf eine Reise nach Konstantinopel. Eine Beschreibung dieser Reise wurde 1544 in Wittenberg gedruckt. Vom gleichen Verfasser stammt auch *Querels Pannoniae ad Germaniam.* 1547/1548 erscheint Vater Paul als Hofmeister im Gefolge des polnischen Grafen Johann Christoph von Tarnow auf dem Reichstag zu Augsburg. Später findet man ihn in der ungarischen Bergstadt Schemnitz. In einem kaiserlichen Diplom aus dem Jahre 1564 werden seine Verdienste in Kommissionen, Kriegsexpeditionen und in Bergwerkssachen gerühmt. Rubigall wird auch als *Waltburger* bezeichnet, was den Besitz von Gewerken in Ungarn bedeutet. Sein Sohn Paul, am 5. März 1576 in Wien gestorben und in Baden begraben, stand noch im jugendlichen Alter. Er studierte 1570 in Wien[351].

Aus etwas späterer Zeit stammt die Grabplatte des Zacharias Mors von Lebenthal am südlichen Turmvorbau, links neben dem Eingang zur

Kirche. Die rote Marmorplatte, nach Rollett[352] schon ursprünglich an dieser Stelle der Außenseite der Kirche befindlich, weist starke Beschädigungen auf. Das Bildrelief stellt, unter einem Doppelbogen zu beiden Seiten eines Kruzifixes kniend, die männlichen und weiblichen Familienmitglieder des Verstorbenen, darunter einige noch im Wickelpolster dar. Im Zwickel über den beiden Bogen findet sich ein ovales Medaillon mit einem viergeteilten Wappen, im ersten und vierten Feld mit einem Querbalken, im zweiten und dritten Feld mit je einem Totengerippe und gespanntem Bogen. Die Helmzier darüber stellt wieder ein menschliches Gerippe dar, das Bogen und Pfeil schwingt. Zu beiden Seiten des Wappenschildes kann man ein doppeltes Spruchband erkennen und darauf in Majuskelschrift die Worte: *Ero mors tua, o mors — mors tuus ero inferne.* Unter dem Relief befindet sich eine Inschrift-Kartusche mit Rollwerk und folgender Inschrift: *Hie liegt begraben der edel und fest Zacharias Mors von Lebenthal einer ehrsamen Landschaft zu Österreich unter der Ens gewester Secretarius seines Alters im 72. Jahr, zuvor starb sein erste Hausfrau Elisabeth geborene Kolhoferin im Alter von 33 mit deren er 7 Kinder erzeugt, dann auch im 16.. den ... starb sein andere Hausfrau Maria geborne Würmlin mit deren er 11 Kinder erzeugt denen allen Gott der Allmächtige ein fröhliche Auferstehung ertheilen wölle. Amen*[353].

Zacharias Mors, auch Morz oder Merz genannt, starb wahrscheinlich 1613 in Baden. Er ist vermutlich identisch mit dem 1570 in Padua studierenden *Padensis Austriacus Zacharias Mors* und dem 1580 in den Auseinandersetzungen der Reformation unter Melchior Klesl Genannten[354], möglicherweise auch mit dem Stadtschreiber von Baden gleichen Namens aus dem Jahre 1551[355]. Als nö. Landschaftssecretarius ist Zacharias Mors 1596 urkundlich bezeugt[356].

Zwei weitere Grabplatten stammen angeblich aus dem 17. Jhdt.: Die eine befindet sich an der Außenwand der Nordost-Seite des Chorbaues zwischen den Strebepfeilern. Diese große, rechteckige Platte aus rotem Marmor befand sich früher im Fußboden des Kircheninnern und ist stark abgetreten. Ein kaum erkennbares Wappen zeigt einen sitzenden Vogel auf einem Dreiberg. Die Inschrift ist unleserlich[357].

Die andere, große, stark abgetretene, rote Marmorplatte ist jetzt an der Innenwand des südlichen Seitenschiffes, links neben dem Aufgang zur Orgelempore angebracht. Sie trägt in ihrem unteren Teil ein Doppelwappen, das von einer fünfzackigen Krone überhöht ist, und im oberen Teil eine kaum leserliche Inschrift[358]. Vermutlich ist diese Platte mit der bei Rollett beschriebenen Grabplatte identisch, die bis 1890 als Verschluß zum früheren Gruftabgang vor den Stufen zum Chorraum gedient hat[359].

Ein bei Rollett noch genannter *Gedächtnisstein der Theresia Furthoferin,* der sich früher an der Wand des südlichen Seitenschiffes beim Aufgang zur Orgelempore befand, scheint in der Topographie des Bezirkes Baden nicht mehr auf und war 1924 offensichtlich nicht mehr vorhanden[360].

1654 stifteten der Stadtrichter Johann Thain und der Rat von Baden einen Altar zu Ehren der Pestheiligen Rochus und Sebastian, der ein Opfer der Zerstörungen durch die Türken 1683 wurde; über sein Aussehen ist uns nichts bekannt[361].

1681 kam es zur Errichtung eines neuen, offensichtlich barocken Hochaltares, der aber ebenfalls bereits zwei Jahre später durch die Türken zerstört wurde[362].

Am 15. Juli 1683 erfolgte ein Überfall durch Scharen des türkischen Heeres auf die Stadt Baden mit schweren Verwüstungen. Auch die Stadtpfarrkirche erlitt dabei arge Schäden. U. a. wurden der Hauptturm mit dem Satteldach und der Turm an der Westfassade mindestens im oberen Teil zerstört. Kirchendach und Teile der Inneneinrichtung gingen in Flammen auf[363].

Über die Zerstörungen an der Pfarrkirche von Baden durch die Türken und den folgenden Wiederaufbau finden sich einige interessante Hinweise in dem von Gustav Calliano in seiner *Geschichte der Stadt Baden* veröffentlichten *Propositions-Büechel* des Badener Stadtrichters Johann Stainer. Am 19. August 1684 wird die Kirche *arm* und *abgebrand* genannt, am 17. Oktober d. J. heißt es: *unsere Pfarrkirche, welche die Tartaren völlig abgebrannt,* sei vom Einsturz der Gewölbe bedroht. In der Folgezeit wurden mehrfach Strafen zugunsten des Kirchenbaues verhängt. Die Anschaffung neuer Glocken und der Kirchenbau finden 1685 ausdrücklich Erwähnung.

Unter Pfarrer Johann Andreas Burgler (1686—1697) kam es zur Instandsetzung der Kirche im Barockstil und auch zu einem bedeutenden Eingriff in die gotische Bausubstanz durch die Vermauerung der drei östlichen Chorfenster[364].

1693 wurde ein aus der Karthause Gaming stammender barocker Hochaltar errichtet[365].

1697 erhielt der Hauptturm seinen barocken Zwiebelhelm nach dem Muster des Turmes in der Wasserstadt Prag[366].

Am 24. März 1697 starb der tüchtige Pfarrer von Baden Johann Andreas Burgler. An ihn erinnert seine Grabplatte, die sich früher auch im

Fußboden der Kirche befand und nun an der südlichen Außenwand der Kirche zwischen den Strebepfeilern des zweiten Langhausjoches — von vorne gerechnet — angebracht ist. Die rechteckige, rote, weißgeäderte Marmorplatte zeigt im unteren Teil ein Kreismedaillon mit Wappen, einen viergeteilten Schild mit einem schrägliegenden Schwert im ersten und vierten Feld und einem aus einem Hügel entsprossenden Kleeblatt im zweiten und dritten Feld. Die Helmzier darüber bringt das Kleeblattmotiv. Die Inschrift im oberen Teil der Platte lautet: *Hic requiescit reverendissimus praenobilis et clarissimus dominus Joannes Andreas Burgler celb. et reverd. principis dni Joannis Philippi episcopi Passau. consiliarius consistorialis decanus Badnis obiit XXIV. Martij MDCXCVII.* Am unteren Rand des Steines steht noch: *Requiescat in pace*[367].

Johann Andreas Burgler oder Bürgler, wahrscheinlich aus dem Elsaß gebürtig, wo er Magister der Philosophie wurde und seine theologischen Studien vollendete, flüchtete beim Eindringen der Franzosen in die elsässischen Reichsstädte (1674) nach Wien. Dort empfing er die Priesterweihe und war zunächst Kaplan bei *Maria Stiegen,* später Vikar in Tulln, wo er sich besonders zur Zeit der Pest im Jahre 1679 durch Eifer und Pflichttreue auszeichnete. Auf Empfehlung des Passauer Offizials in Wien, Graf von Pötting, erhielt er durch Abt Gregor von Melk die Pfarre Traiskirchen. 1683 floh er vor den Türken nach Oberösterreich, wo er eine Zeitlang als Vikar Aushilfsdienst leistete. Zurückgekehrt in seine Pfarre, wurde er Dechant und Konsistorialrat. Er verwaltete 1685 zunächst von Traiskirchen aus die verwaiste Pfarre Baden. Nach seiner Resignation auf Traiskirchen präsentierte ihn der Melker Abt Gregor mit 11. Feber 1686 für die Pfarre Baden. Hier starb er dann an einem Schlaganfall am 24. März 1697[368].

Ein schönes barockes Epitaph befindet sich am fünften südlichen Langhauspfeiler — von vorne gerechnet —, u. zw. gegen den Seiteneingang hin gerichtet. Es erinnert an den Badener Stadtrichter Michael Schlachtner, der am 12. Mai 1704 starb *(Abb. 30).* Dieses Grabdenkmal aus Sandstein ist in Form einer von zwei Putten auseinandergehaltenen Drapierung gestaltet und von einer Statuette des Auferstandenen über kleinen Wolken und Engelsköpfen gekrönt. Im oberen Teil findet sich eine Reliefdarstellung der Pietá, links davor kniend die Gestalt des Verstorbenen. Der untere Teil zeigt eine von zwei Putten gehaltene Inschriftkartusche. Die Inschrift lautet: *Alhier erwartet den Richter aller Sterblichen der zwölf Jahre geweste Statt Richter in Baaden neblichen der wohl edl und gestrenge Herr Michael Schlachtner welchen den 12. May 1704 der Todt geschlachtet auf das er tauglich werde zu dem himmlischen Abendmahl und weillen im Himmel nichts unreines eingeht hat er seine durch villfältiges Duegendswerk in Baaden gewaschen dessen die aufgerichte Andachten und gestiftte Berg Calvarie zwar stumme doch sichtbare Zeugen seynd. Jetzt ist er dort an Seeln Port befreyet aller gfahr nachdem er hie gestritten je durch 63 Jahr — 1710.* Am unteren Ende des Epitaphs sieht man einen Totenkopf zwischen Voluten[369].

Michael Schlachtner, geboren um 1641, stammte von jenseits der Donau. In Baden war er Bürger, Ratsbürger, Schützenkommissar und 1687 bis 1695 sowie 1699 bis 1704 Stadtrichter. Er ließ um 1700 die Stationskapellen am Badener Berg, den sogenannten Kalvarienberg, errichten. Als Haus- und Weingartenbesitzer gewährte der offensichtlich wohlhabende Mann öfters Darlehen, darunter auch der Pfarrkirche. Als Bürge bei verschiedenen Verträgen und als Vermittler bei Streitigkeiten erscheint er urkundlich bezeugt. Als frommer Mann und *Kirchenmeister* leitete er Prozessionen und Wallfahrten. Nach der Türkeninvasion des Jahres 1683 setzte er sich tatkräftig für Steuererleichterungen und für den Wiederaufbau der Stadt sowie der Pfarrkirche ein[370].

1708 wurde die Josefskapelle an der Nordseite der Kirche ausgestaltet. Die Inschrifttafel an der Rückseite des bei der Restaurierung herabgenommenen Altarbildes lautete: *Anno 1708 — Unter Ihro Hochwürden Georg Mössner selbiger Zeit Döchant und Statt Pfahrer allhier zu Baaden ist gegenwärtige Capelln zu Ehren Jesus, Maria und Josef, Joachim und Anna erhoben worden von dem Ehrw. in Gott andächtigen Fr. Wilhelmus Frosch, selbiger Zeit Eremit allhier auff dem Calvarienberg, welcher auch dieses Gnaden Bildt Maria Schne genannt von Romm nachher Maria Lantzendorff, von dort aber anhero gebracht hat*[371].

Im selben Jahr 1708 (27. August) wurde der Bildhauer ernstlich gemahnt, den begonnenen Sebastiansaltar zu vollenden, was auf Anschaffung eines solchen Altares um diese Zeit hinweist[372].

Zwei heute voneinander getrennt angebrachte Objekte gehörten ursprünglich zusammen. Das ist eine Grabtafel des Ferdinand Leopold Grafen von Sporck am zweiten nördlichen Langhauspfeiler — von vorne gerechnet —, etwas gegen das Mittelschiff hin gerichtet. Die Kartusche aus schwarzem, weißgesprenkeltem Marmor wird überhöht von einer Krone und zwei schräggestellten Fahnen. Die Inschrift lautet: *Ferd. Leopold S.R.I. Comes de Sporck, qui obiit anno dmi 1711 die 28. Aprilis. requiescat in pace.* Darunter befindet sich ein Totenkopf[373].

Die dazugehörige Grabplatte, bis 1878 im Fußboden des Kircheninnern eingelassen gewesen, hat man an der südlichen Außenwand der Kirche, u. zw. zwischen dem Turmvorbau und dem ersten Strebepfeiler des Langhauses angebracht. Die ebenfalls schwarze, etwas weißgeäderte, rechteckige Marmorplatte trägt ein Kreuz und die mit der Grabtafel gleichlautende Inschrift: *Ferd. Leopold S.R.I. Comes des Sporck qui obiit anno dmi 1711 die 28. Aprilis — Requiescat in pace*[374].

Ferdinand Leopold Graf von Sporck, geboren am 13. November 1664 als Sohn des aus Westfalen stammenden und 1679 verstorbenen kaiserlichen Generals im Dreißigjährigen Krieg, Johann Graf von Sporck, war kaiserlicher Oberst und Oberjägermeister in Schlesien. Er starb am 28. April 1711 im 48. Lebensjahr im Petersbad zu Baden und wurde am 30. April in feierlichem Kondukt im Mittelgang der Stadtpfarrkirche begraben[375].

Wie schon in früheren Jahren forderte zwischen Ende 1712 und Anfang 1714 die von Wien eingeschleppte Pest in Baden zahlreiche Opfer[376]. Daran erinnern der Pestheiligen-Altar und die Votivtafel dazu, die freilich erst 1760 als Stiftung der Badener Bürgerschaft zur endgültigen Ausführung gelangten. Auch das Votivbild am Mariahilfberg bei Gutenstein und die Dreifaltigkeitssäule auf dem Badener Hauptplatz sind Zeichen dankbarer Erinnerung der Bürgerschaft von Baden an das Erlöschen der Pest und nach 1713 entstanden.

Am 12. August 1715 wurde der Bildhauer Veit Senes wegen seines bösen Lebens gemahnt und festgenommen, worauf er versprach, den akkordierten, aber immer noch nicht vollendeten St.-Xaveri-Altar bis Mariä Geburt fertigzustellen[377]. Vermutlich handelt es sich um den kleinen Barockaltar, der in der Sakristei Aufstellung gefunden hat, in der Literatur aber unerwähnt geblieben ist.

Dieser besteht aus verschiedenfarbig marmoriertem Holz mit einem stucco-lustro verkleideten Aufbau, einem kleinen Tabernakel mit schräggestellten Voluten. Seitlich sind Statuetten in Weiß mit reichverzierten Namensschildern angebracht, darstellend die Heiligen Johannes und Paulus, vermutlich die beiden römischen Märtyrer des 4. Jhdts. Der Altaraufbau mit übereck gestellten Pilastern und Mascarons und zu Voluten eingerollten Gebälkskröpfen trägt beiderseits je einen kleinen anbetenden Engel. Zwischen den Pilastern befindet sich ein drapierter Baldachin mit einer großen Krone in der Mitte. Der Altartisch ist stark geschweift.

Unter dem Baldachin befindet sich in reichverziertem Rahmen eine hochovale Ölmalerei auf Leinwand, die den Tod des hl. Franz Xaver darstellt. Der Heilige ruht auf einer Felsbank unter einem primitiven Holzdach. Neben ihm liegen ein aufgeschlagenes Buch und ein Geißel. Der Hintergrund bietet einen Ausblick auf das Meer und eine Felsinsel mit Bauwerken. In den Wolken sieht man Engelsgestalten. Die Kunsttopographie des Bezirkes Baden datiert den Altar mit erster Hälfte des 18. Jhdts.[378]. Der Diözesankonservator Dr. Arthur Saliger bezeichnet das Bild als nicht ursprünglich zum Altar gehörig und datiert das Bild um 1750/1760. Im Jahre 1971 fand eine gründliche Restaurierung des ganzen Altares statt.

Zwei barocke Grabtafeln sind stilistisch einander fast gleich und können gleichsam als Gegenstücke betrachtet werden.

Die eine befindet sich am dritten nördlichen Langhauspfeiler — von vorne gerechnet —, gegen das Mittelschiff hin gerichtet. Sie ist Maria Elisabeth Festa gewidmet. Die Tafel aus Sandstein zeigt eine weiße Inschriftkartusche, die von einem Engel zu Häupten und je einem seitlichen Putto gehalten wird und über einen offenen Sarkophag herabfällt. Rechts unten ist eine trauernde Frauengestalt zu sehen. Die Inschrift lautet: *Deß wohl edl und gelehrten Herr Carl Festa Doctorn der Artzney in Wienn seine geliebte Gespons Maria Elisabeth gebohrne Säntzin ruhet allhier, welcher den anderen May 1692 denen Würmern dargesetzet worden und jetzo ist nichts mehr übrig alß Staub und Aschen geehrte Aschen meiner viel geliebten Muetter. — Mein Christ wein mit mir: doch nein, vielmehr lobe Gott weil du weist daß ihr ist so geschehen wie eß wird allen gehen.* Am unteren Querbalken der Tafel befindet sich eine weitere Inschrift mit Chronogramm 1709: *aras has ponIt fILIVs festa DoCtor therMopoLI.* Den Fuß der Tafel bilden Voluten mit einem Totenkopf in der Mitte[379].

Maria Elisabeth Festa starb am 2. Mai 1692 im Herzogbad zu Baden und wurde am 3. Mai begraben[380]. Ihr Gatte Karl Joachim Festa, *der löblichen medicinischen Facultät in Wien einverleibtes Mitglied und n.ö. Landschaffts-Doctor zu Baaden,* brachte 1710 die Schrift *Baadener Bad in Oesterreich. Wie man dises zu gebrauchen und was darbey zu beobachten* heraus. Dieses für die Kurgäste bestimmtes Büchlein wurde dann mehrfach nachgedruckt. Schon 1705 scheint Karl Joachim Festa als *Baad*er hier in Baden auf, wo er offensichtlich schon am Ende des 17. Jhdts. tätig war. Er starb hier 1717[381].

Als Gegenstück ist auf der gegenüberliegenden, südlichen Seite des Mittelschiffes am dritten Langhauspfeiler — von vorne gerechnet — die Grabtafel der Maria Magdalena Marianno angebracht. Es handelt sich um eine gleichgroße Tafel, ebenfalls aus Sandstein und mit einem weißen Inschriftcarteggio, das, von drei Putten gehalten, über einem offenen Sarkophag herabfällt. Auch hier findet sich links daneben kniend eine trauernde Frauengestalt. Die Inschrift lautet: *Alhier Ruhet in Gott selig ein wohl Edle Frau Maria Magdalena des berühmten Handelsherren Antonij Nockhs* (Rollett liest: Mörckl) *sel. in Insprugg hinterlassene Eheleibl. tochter des Wohl Edlen Herren Joannis Baptistae Marianno Wasserbrenners und Kayserl. Hoffbefreythen zu Wienn Geliebtste Eheconsortin welche im dreyssigstn Jahr ihres Alters die schuld der Natur bezalln miessen — Mein lieber Wandersmann ein ave seg der ein / Schier verhisset ligt mit disem Marmor Stein / den vierten Monaths May ist die in Gott entselet / ein tausend Sibenhundert und zwazig als man zelet / O grosser Gott im Himmel schenck ihr die ewig ruehe / und zöle sie deiner schaar der auserwölten zue. / Entschiden d. 4. Maij / Anno 1720.* Am unteren Rand der Grabplatte sieht man eine weiße Spruchleiste mit den Worten: *Auf solchen Fueß besteht der schauplatz dieser Welt / Was heint in schenster Blüe ist morgen schon entseelt.* Den Fuß der Tafel bilden wie beim Gegenstück Voluten mit einem Totenkopf in der Mitte. Laut Totenbuch wurde Ma. Magdalena Marcania (!) am 5. Mai 1720 im Alter von 29 Jahren in Baden begraben[382].

1725 weihte der Passauer Fürstbischof Graf Lamberg *die alhissige Pfarrkirche S. Stephani alß auch alle darinnen befindliche Altär außer der Capelln S. Josephi*[383].

Zwei weitere barocke Grabtafeln befinden sich im Kircheninnern, u. zw. an der nördlichen Wand des Langhauses.

Die eine, unmittelbar neben dem nördlichen Seiteneingang gelegen, ist der Gräfin Maria Dorothea von Eck und Hungersbach gewidmet. Die große Inschriftplatte aus rotem Marmor wird eingefaßt von seitlichen Profilvoluten, die ein verkröpftes, aufgebogenes Gesims tragen. Oben in der Mitte befindet sich ein vierteiliges, gekröntes Wappen, das im ersten und vierten Feld einen aufwärtsgerichteten Halbmond und im zweiten und dritten Feld einen gekrönten, springenden Wolf zeigt. Die Inschrift der Platte lautet: *Siste parumper viator qui fortassis praecipitanius hic transsire intendis vide in exigua hac tumba jacet quae vitam invenire credens illa privatur. Sanitati enim suae prospectura venit eheu denascitur in eo fortunata quod veluti virginitatem colebat ac in omni pietatis quoque decore vixerat ita verae virtutis lauream in coelis adepta ipsa fuit ex comitibus de Eck et Hungersbach progenita Dorothea vocata quae in festivitate Sancti Joannis vitam finivit et prout in vita sanctos ita obiens praecorsorem sequi ostenderet nunc abi viator sed previe requiem et tu praecabere.* Das Chronogramm einer weiteren Inschrift am Fuß der Grabtafel ergibt die Jahrzahl 1730: *haec ita in signum gratitudinis affinis sincere expressit † Comes Josephus Esterhazy*[384].

Dorothea von Eck (Egk) und Hungersbach, Tochter des Reichsgrafen Christian II., starb unverheiratet im Alter von 36 Jahren in Baden. Der Gatte ihrer Schwester, Josef Graf Esterhazy, ließ ihr das Grabmal errichten. Die Verstorbene wurde am 26. Juni 1730 in Baden begraben[385].

Die andere barocke Grabtafel ist rechts daneben, also links neben dem Antoniusaltar, an der Mauer angebracht und Eva Franziska von Gratian gewidmet. Eine Sandsteinkartusche mit Voluten dient als Umrahmung einer ovalen Inschrifttafel und wird von einem flachen Postament gekrönt, auf dem Totengebeine und ein Totenkopf ruhen. Über dem Inschriftoval befindet sich ein Wappen mit vier schräg geteilten Feldern, im ersten Feld ein Adler mit einem Stern darüber, im zweiten und dritten Feld je ein gekrönter Greif und im vierten Feld eine Schlange, während im Herzschild eine Männerfigur mit Januskopf dargestellt ist. Auf den oberen seitlichen Voluten sitzt je ein trauernder Putto, links mit einer Geißel — offenbar eine Anspielung auf die lange Krankheit der Verstorbenen —, rechts mit einer Sanduhr. Unter dem Inschriftoval sieht man einen stilisierten Sarkophag. Die Inschrift der ovalen Tafel aus schwarzem Marmor lautet: *Sihe Evam Franciscam gebohrne edle von Muggenthal Gemahlin Kays. May. Raths und Camerdiners Joan. Lud. von Gratian Mutter 3 Söhne 3 Töchter den 2. Augusti 1698 gebohren den 27. Februar 1739 gestorben nach dem ich 16 Jahr in Krankheit zugebracht hat endlich Gott mit mier alhier ein End gemacht*[386]. Eva Franziska Gratian, im 46. Lebensjahr verstorben, wurde am 1. März 1739 in Baden begraben[387].

Im Jahre 1738 erhielt die Pfarrkirche barocke Kreuzwegbilder ohne künstlerische Bedeutung, die 1884 durch neugotische ersetzt wurden[388].

1743 wurden unter Mitwirkung des Badener Eremiten Fr. Benno Gmeinböck in der Josefskapelle Fenster, Stühle und Pflaster neu angefertigt[389].

Die Jahrzahl 1743 weist auch der große barocke Sakristeischrank mit eingelegtem Bandlwerk, Goldbronzebeschlägen und eingelegter Inschrift:

AM—PR—AD—17—43 auf. Der Oberteil hat fünf Türen, innen mit Zwischenfächern, darunter fünf Schubladen, der Unterteil zwei Doppeltüren, innen mit Paramenten-Schubladen. Dieser Sakristeischrank kam 1812 nach dem großen Stadtbrand aus dem aufgehobenen Augustinerkloster zu Baden mit anderen Gegenständen in die Stadtpfarrkirche[390].

Am 26. April 1745 schlossen der Rat von Baden und der Pfarrer Matthias Adam Rusics mit Sebastian Guerner, Bürger und Bildhauer zu Tulln, einen Kontrakt zur Errichtung eines Hochaltares[391]. Mit 12. November desselben Jahres richtete der Stadtrat von Baden an den Fürstbischof Lamberg zu Passau ein Gesuch um einen Beitrag für den neuen Hochaltar. Da der Pfarrer durch Sammlung die Kosten der Tischler- und Bildhauerarbeiten bereits gedeckt habe, möge der Bischof die Kosten für das Altarblatt übernehmen. Der berühmte Maler Paul Troger in Wien habe sich erbötig gemacht, dieses Blatt um 700 fl. anzufertigen und sei damit schon an der Arbeit. Diese Bitte wurde allerdings abgewiesen[392].

1746 erhielt die Kirche eine Pflasterung mit Kehlheimerplatten, wobei aber auch alte Grabplatten als Fußbodenbelag Verwendung fanden[393].

1750 dürfte die Fertigstellung des großen Gemäldes *Steinigung des hl. Stephanus* durch Paul Troger erfolgt sein[394]. Dieses ehemalige Altarbild wurde dann 1893 bei der Regotisierung des Chores an der rechten Seitenwand zwischen Langhaus und Chor über der vorderen Eingangstür angebracht *(Abb. 31)*. Es ist ein Ölgemälde auf Leinwand in geschweiftem Barockrahmen, der in Schwarz und Gold gehalten ist. Die Ausmaße betragen 394 × 697 cm im Hochformat. Den Mittelpunkt der Darstellung bildet die Gestalt des Märtyrerdiakons Stephanus, unter dem wilden Steinhagel der Schergen in die Knie sinkend. Mit weit ausgebreiteten Händen und zum Himmel gerichtetem, verklärtem Blick gehört er schon mehr der himmlischen Welt an. Seine weiß gekleidete Gestalt ist in helles Licht getaucht. Über einer Wolkenbank schweben ihm Engel gleichsam zum Empfang entgegen. Im scharfen Gegensatz zur verklärten Heiligengestalt in der Bildmitte erscheinen die sie umgebenden brutalen Figuren der Henker in kraß naturalistischer Darstellung, wobei besonders die Muskelpartien ins Auge fallen. Diese Kontrastwirkung wird noch durch unterschiedliche Farbgebung unterstrichen. Den dunklen Hintergrund bilden die Gestalten der gaffenden Pharisäer. Auf die überaus bewegte Szene weist der Künstler in einem Selbstporträt in der linken unteren Ecke mit der Hand hin. Zu diesem Gemälde existieren auch zwei Ölskizzen, eine im NÖ Landesmuseum im Format 31,7 × 86,3 cm, die andere, nicht ganz übereinstimmende, im Landesmuseum Graz im Format 43,7 × 66 cm. Außerdem besitzt die Albertina in Wien eine Zeichenskizze zum Badener Ölgemälde.

1963 bot sich ein willkommener Anlaß zu einer gründlichen Restaurierung des Bildes in den Werkstätten des Bundesdenkmalamtes in Wien. Auf der großen Paul-Troger-Ausstellung im Stift Altenburg bildete dieses Kolossalgemälde als Leihgabe einen glanzvollen Höhepunkt. Die Abnahme des Bildes von seinem Platz in der Kirche am 21. Jänner und die Wiederanbringung am 17. Oktober 1963 gestalteten sich recht schwierig und konnten nur mit Hilfe der Freiwilligen Feuerwehr Baden I bewerkstelligt werden.

Paul Troger gehört zu der Gruppe Tiroler Barockmaler, die im Gefolge der großen Tiroler Baumeister wie Prandtauer und Munggenast nach Niederösterreich kamen, um hier vor allem die Klöster, die jene bauten oder umgestalteten, auszuschmücken. Neben Daniel Gran gehört Paul Troger zu den bedeutendsten Deckenmalern seiner Zeit. Er zeichnete sich durch unerhörte Fruchtbarkeit und Leichtigkeit seines Schaffens aus. Die wichtigsten Daten seines Lebens sind: 30. Oktober 1698 geboren zu Welsberg im Pustertal — Lehrjahre in Cavalese, Venedig, Rom, Neapel und Bologna — seit 1728 in Wien und Niederösterreich — 1749 bis 1759 Lehrer an der Wiener Akademie, 1754 bis 1757 auch deren Rektor — gestorben am 20. Juli 1762 in Wien. Hauptwerke des Künstlers sind: St. Cajetan in Salzburg, Marmorsaal und Bibliothek in Melk, Bibliothek in Zwettl, Kirche, Prälatensaal, Stiegenhaus und Bibliothek im Stift Altenburg, Prälatensaal in Stift Geras, Kaiserstiege in Göttweig, Dom zu Brixen, Wallfahrtskirche Maria Dreieichen. Die zahlreichen Ölgemälde, meist Altarbilder sind gekennzeichnet durch starkes Hell—Dunkel. Das Badener Altarblatt ist das einzige mit einem Selbstporträt des Meisters[395].

Aus der Mitte des 18. Jhdts. stammen zwei Stücke, die wohl an verschiedenen Plätzen angebracht sind, aber zusammengehören.

Da ist zunächst die Inschrifttafel vom ehemaligen Grabmal des Johann Joseph Köberl von Hamelburg am Treppentürmchen im nördlichen Seitenschiff. Die Inschrift auf der einfachen roten Marmortafel lautet: *Perillustris Dominus Joannes Josephus Franciscus S.R.I. Eques a Köberl de Hamelburg celsissimorum principum Lotharij Francisci Epi. Electoris Moguntini ac Friderici Caroli Epi. Bambergis et Herbipolitani Consiliarius Aulico Cameralis tum senii sui terminos in termis sperabat extendere vitam placite terminabat die XV. Octobris anno 1749. Cujus animam piae fundatione et pauperum benefactorum preces in coelum comitantur, corpus autem sub tumulo hic vicino gloriosam resuscitationem exspectat, cujus memoriae ut bone viator preceris pie precatur haec gratitudinis tessera quam potuit* (richtig: posuit) *defuncti caelibus filius adoptionis ex fratre nepos ac haeres Johannes Wilhelmus S.R.I.E.A. Köberl de Hamelburg*[396].

Johann Josef Franz Ritter Köberl von Hamelburg, Hofkammerrat der Bischöfe von Mainz, Bamberg und Würzburg, weilte 1749 als Kurgast in Baden, wo er am 15. Oktober d. J. starb. Sein Neffe, Adoptivsohn und Erbe Johann Wilhelm, setzte ihm auf dem Kirchfriedhof ein Grabmal, das später an der Wand des nördlichen Seitenschiffes in der Kirche angebracht wurde. Bei der Restaurierung dieses Teiles der Kirche im Jahre 1888 wollte man dieses Grabmal versetzen, wobei es zerbrach. Die Inschrifttafel blieb erhalten und bekam ihren heutigen Platz im Kircheninnern.

Die vermutlich dazugehörige Grabplatte mit dem Wappen der Familie Köberl von Hamelburg befindet sich jetzt an der Außenseite der Kirche, u. zw. an der nördlichen Mauer des Torvorbaues an der Westseite der Kirche. Die große, rechteckige, rote Marmorplatte zeigt im oberen Teil ein eingesetztes Ovalmedaillon aus weißem Marmor mit Wappen, mit barocken Zierformen umrahmt und mit einer fünfzackigen Krone überhöht[397].

Franz Joseph Kerberlein, kaiserlicher Hofrat, starb im Alter von 86 Jahren in Baden und wurde hier am 16. Oktober 1749 begraben[398].

Am 22. Jänner 1752 beschloß man die Fassung des damaligen Hochaltars in Marmor[399].

1756 gelangte der bisher in der Mitte der Kirche vor dem Chorraum aufgestellte Kreuzaltar in den ebenerdigen Raum unter dem nördlichen Vorturm, wo sich bisher die Sakristei befand. Diesen Raum gestaltete man zu einer Kreuzkapelle um. Aus dieser Tatsache läßt sich schließen, daß um diese Zeit der Anbau der Sakristei an der Südseite des Chores erfolgte[400].

Die bis 1975 erhaltenen Kirchenbänke finden auch um die Mitte des 18. Jhdts. Erwähnung als *neue Kürchen Stühl.*

In die Barockzeit fällt auch die Errichtung der Seitenaltäre. An der Stirnfront des nördlichen Seitenschiffes befand sich ein barocker Herz-Jesu-Altar, dessen Aussehen uns durch eine Fotografie im Städtischen Rollett-Museum bekannt ist. Dieser wurde 1893 demoliert und durch einen neugotischen Altar ersetzt[401].

An der Stirnfront des südlichen Seitenschiffes war ebenfalls ein Altar, dessen Aussehen uns leider nicht überliefert ist. Er war der Schmerzhaften

Mutter bzw. dem Herzen Mariä geweiht. Auch dieser Altar wurde am Ende des 19. Jhdts. durch einen neugotischen ersetzt.

Mit 1760 ist die spätbarocke Votivtafel der Badener Bürgerschaft zur Erinnerung an das Pestjahr 1713 datiert, die auf den Pestheiligen-Altar verweist. In dessen Nähe war diese Tafel früher auch angebracht, während sie sich seit ihrer Restaurierung durch Herrn Pfaffenbichler im Jahre 1963 unter dem Trogerbild über dem vorderen Seitenausgang der Kirche befindet. Es handelt sich um ein reichvergoldetes Holzrelief in einem schwarzen Rahmen mit einem darüberliegenden Schild, das eine Inschrift in Gold auf schwarzem Grund trägt. Die mehrfach geschwungene Umrahmung mit Schnörkseln ist wieder vergoldet. Die Gesamthöhe dieser Rokoko-Tafel beträgt 98,5 cm, die Breite ca. 89,5 cm. Dargestellt sind im Vordergrund Pestszenen des Jahres 1713: links ein Siechknecht mit einem Leichnam auf dem Rücken, etwas weiter zur Mitte zwei Männer, die einen Toten tragen, darunter eine Mutter mit ihrem Kind, rechts ein Priester, der einem Pestkranken die Wegzehrung reicht, begleitet von einem Mann mit Glöcklein und Kerze, ganz rechts ein Mann, der sich entsetzt abwendet. Im Hintergrund sieht man die Stadt Baden, links die ehemalige Frauenkirche mit Turm, dann die Klosterkirche der Augustiner mit Dachreiter, rechts die Stadtpfarrkirche mit Westturm und dem zwiebelhelmigen Hauptturm, ganz rechts den Kalvarienberg. Über der Stadt schwebt auf den Wolken Gottvater, dessen Linke auf der Weltkugel ruht und dessen Rechte nach oben weist, als wollte er die Menschen mahnen. Rechts von ihm trägt ein Engel ein Schwert in der Scheide als Zeichen der Gerechtigkeit, aber auch der Versöhnung. Ganz links im Hintergrund erkennt man einen Kometen als Unheilboten, aber schon im Abziehen.

Die Inschrift über der bildlichen Darstellung lautet: *Anno 1713 / alß der Aller / Höchste mit Seiner / gerechten Straff über die sindige Men / schen mittels Einer gewissen Pestilenzischen / Seuch verfahren, und solches übel auch in alhiesiger Stadt / Baaden grassiret, Hat zu abwendung ein Löbl: Stadt Rath / und Burgerschafft zu Ehren der aller Heiligsten Dreyfaltigkeit und / denen Heyligen Patronen wider die Pest aus Verlobnuß diesen Altar / zwar aufsetzen in diesem 760. Jahr aber durch Treyherziger guett Thäter / beygetragen und abgesambleten Allmosen selben völlig abändern / verbessern, und Fassen Lassen, damit Gott der all / mächtige alhiesige Stadt, und Burgerschafft vor / solchen Krankheiten und allanderen übel / fehrers gnädig bewahren / wolle.*

Die von Rollett[402] vertretene Auffassung, daß der heute noch bestehende Sebastiansaltar mit dem 1654 gestifteten identisch sei, muß sowohl durch die dazugehörige Votivtafel-Inschrift als auch vom Stil her abgelehnt werden.

Der Altar zu Ehren der heiligsten Dreifaltigkeit und der Pestheiligen schmiegt sich an den vordersten südlichen Langhauspfeiler an. Hinter der graumarmorierten, barocken Holzverkleidung des Altartisches verbirgt sich der Steinstipes eines altare fixum. Der Altaraufbau tritt hinter der Hauptfigur nischenartig zurück, während die Seitenfiguren auf geschwungenen Konsolen übereck stehen. Darüber zeigt er Gebälkskröpfe und auf diesen Gebälksvorsprünge vasenartige Zierarten. Oben in der Mitte befindet sich ein Aufsatz mit geschweiftem Giebel. Die Figuren sind aus Holz, polychrom, wobei sich die Kleidungsstücke, Strahlen und Symbole vergoldet, die Wolken und die Figur der Hl.-Geist-Taube versilbert, die Putten und Zieraten wieder vergoldet zeigen.

Im Giebel befindet sich die Darstellung der Heiligsten Dreifaltigkeit über einer Wolkenbank, auf der rechten Seite vom Beschauer aus Gottvater mit Zepter und Weltkugel, auf der linken Seite Gottsohn mit einem großen Kreuz in der Rechten, in der Mitte oben schwebend der Hl. Geist in Gestalt einer Taube, von der nach allen Seiten hin Strahlen ausgehen. Unter der Wolkenbank ragt in der Altarmitte auf einem tabernakelartigen, geschweiften Podest die lebensgroße Gestalt des hl. Sebastian auf, der, an einen verzweigten Baumstrunk gebunden und von Pfeilen gespickt, den Blick himmelwärts richtet. Über dem Haupt des Märtyrers schwebt ein Putto mit Lorbeerkranz. Die südliche Altarseite trägt die ebenfalls lebensgroße Figur des hl. Rochus mit Pestwunde am Knie, zu Füßen ein Hund mit einem Brötchen im Maul. Die lebensgroße Figur an der nördlichen Altarseite stellt einen hl. Papst mit Tiara auf dem Haupt und der Märtyrerpalme in der Linken dar, während die Rechte vorgestreckt erscheint. Vor der letzten Restaurierung war in dieser Rechten ein Stab eingefügt, der aber offensichtlich nicht dazupaßte. In der Literatur wird diese Papstfigur als hl. Gregor gedeutet, was aber im Widerspruch steht zu dem Märtyrersymbol der Palme. Während die beiden anderen Heiligen eindeutig als die volkstümlichen Pestpatrone zu erkennen sind, dürfte es sich bei der linken Figur um den hl. Urban handeln, der als Patron der Winzer in der Gegend von Baden eine besondere Verehrung genoß[403].

Dieser Altar ist zweifellos der in der Pest-Votivtafel von 1713—1760 genannte. An ihm könnte schon 1708 gearbeitet worden sein. Seine endgültige Gestalt erhielt er sicher erst 1760. Nach verschiedenen Restaurierungen im Laufe der Zeit erfuhr der Altar zuletzt 1975 eine leichte Veränderung an der Altarplatte und den Stufen.

Das Gegenstück aus der Barockzeit ist der Immakulata-Altar, der sich an den vordersten nördlichen Langhauspfeiler schmiegt und mit der am selben Pfeiler befindlichen Kanzel ein reizvolles Ensemble bildet *(Abb. 32)*.

Auch hier verbirgt sich hinter der graumarmorierten Holzverkleidung des Altartisches der Steinstipes eines altare fixum. Wie beim Pestheiligenaltar tritt der Aufbau über dem Altartisch nischenartig zurück, endet oben in der Mitte in einem Aufsatz mit geschweiftem Gibel, befinden sich die Seitenfiguren auf übereck gestellten Konsolen mit Zieraten und oben am Aufbau Gebälkskröpfe sowie auf dem Gebälk beiderseits vasenartige Zieraten. Auch hier sind die Holzfiguren polychrom, Kleidungsstücke, Symbole, Putten und Zieraten vergoldet, Wolken und die Weltkugel zu Füßen Mariens aber versilbert.

Nach der Kunsttopographie des Bezirkes Baden soll sich oben im Aufbau eine Wolkenkartusche mit dem Tetragramm des hebräischen Gottesnamens, flankiert von zwei Puttenköpfen, befunden haben. Tatsächlich befindet sich heute ein Kelch mit Hostie in einem Wolkenkranz, flankiert von zwei Engeln und darüber zwei Puttenköpfen. In der Altarmitte erhebt sich auf einem tabernakelähnlichen Podest die Figur der Unbefleckten Empfängnis in verzückter und gebeugter Haltung, über Weltkugel und Schlange, mit Lilien in der Rechten und einem Kranz von sieben Sternen um das Haupt. An der südlichen Altarseite befindet sich die Figur des hl. Joachim, des Vaters Mariens, mit einem aufgeschlagenen Buch, das die Anfangs- und Endbuchstaben des griechischen Alphabetes zeigt; in seiner Linken hält Joachim, der Schutzpatron der Müller, ein Müllerschäufelchen an einer langen Stange. An der nördlichen Altarseite sieht man die Figur der hl. Mutter Anna mit einem geschlossenen Buch in der Rechten, während die Linke auf die Brust gelegt ist.

Die Inschrift auf einer kleinen Tafel über der Hauptfigur in der Mitte des Altares lautet: *Diesen Altar hat ein löblich Müllerhandwerk in Baden zur Ehre Gottes 1778 machen lassen und renoviert 1840 und 1894.* Nach weiteren Restaurierungen in späterer Zeit erfuhr der Altar zuletzt 1975 eine leichte Veränderung an der Altarplatte und den Stufen.

Am selben vordersten nördlichen Langhauspfeiler wie der Immakulata-Altar ist die barocke Kanzel in Richtung gegen Süden angebracht, mit dem um den Pfeiler herumlaufenden Treppenaufgang im Osten. Sie besteht aus Holz und ist grau marmoriert mit Vergoldung. Der tief herabhängende und kräftig gebaute Kanzelfuß ist mit Lorbeerfestons geschmückt. Die Brüstung des Treppenaufganges weist eine sparsame Verzierung auf, während die geschweifte Kanzelbrüstung selber drei vergoldete Reliefs zieren. Der ebenfalls geschweifte Schalldeckel mit frei herabhängenden Lorbeerfestons trägt eine Figurengruppe. Die Errichtung der Kanzel erfolgte wahrscheinlich zwischen 1770 und 1780.

Die Darstellungen an der Kanzel stehen unter dem einheitlichen Gedanken, daß hier der Ort der Glaubensverkündung ist. Über dem Schalldeckel ragt eine von Putten umschwebte Frauengestalt empor, deren Kopfschleier die Augen bedeckt und deren Linke ein großes Kreuz trägt, während die Rechte ans Herz gedrückt erscheint. Es handelt sich hier nicht, wie in der Literatur irrtümlich angeführt wird, um eine Muttergottesdarstellung, sondern um die Symbolgestalt des Glaubens, der nicht *Schauen* und *Wissen,* aber herzhafte Überzeugung bedeutet. Zur Rechten der Hauptgestalt am Kanzeldeckel — vom Beschauer aus gesehen — hält ein Putto das aufgeschlagene Buch der Hl. Schrift und weist auf die dort lesbaren Worte hin: *Fides ex auditu — auditus autem ex verbo Christi.* (Der Glaube kommt vom Hören. — Was wir hören, kommt aus dem Wort Christi.) Auf der gegenüberliegenden Seite trägt ein Putto Kelch und Hostie, die Zeichen der Eucharistie, des *mysterium fidei,* des Glaubensgeheimnisses schlechthin.

Auf der Unterseite des Schalldeckels findet sich die Darstellung der Taube, von der nach allen Seiten hin Strahlen ausgehen, des Sinnbildes des Hl. Geistes, der die Verkünder des Gotteswortes erleuchtet, die Herzen der Hörer aber zur gläubigen Aufnahme des Gotteswortes bereit macht.

Im Rücken des Predigers befindet sich an der Kanzelwand das Bild eines lehrenden Apostels, der dem lauschenden Volk das Wort Gottes verkündet.

An der Kanzelbrüstung ist an der dem Altar zugewandten Seite das Gleichnis vom Sämann dargestellt, der den Samen des Gotteswortes ausstreut, in der Mitte die Szene, wie Jesus dem Petrus die Schlüssel des Himmelreiches übergibt, im Hintergrund auf einem Felsen ein Tempel, die Kirche als Hüterin des Glaubens symbolisierend, und schließlich an der westlichen Seite der Kanzelbrüstung die biblische Begebenheit vom reichen Fischfang, in der es hintergründig um die Gewinnung der Menschen geht[405].

Ein weiterer Barockaltar befindet sich an der nördlichen Wand des Langhauses, links neben dem Eingangsportal zur Josefskapelle. Dieser dem hl. Antonius von Padua geweihte Altar ist ebenfalls aus Holz mit verschiedenfarbiger Marmorierung, vergoldeten Zieraten und polychromen Figuren. Der ca. 3 m breite Aufbau mit zwei übereck gestellten, flankierenden korinthischen Säulen und Gebälkskröpfen zeigt im Aufsatz das Auge Gottes mit Strahlen, umgeben von Puttenköpfen. Links und rechts ganz seitlich am Gebälk sitzt je ein kleiner Engel mit Festons.

Das Altarblatt, ein Ölbild auf Leinwand, ca. 160 × 230 cm, in schwarzem, geschwungenem Rahmen mit schmalen Goldleisten zeigt folgende Darstellung: Die Muttergottes auf einer Wolke reicht dem knienden hl. Antonius das Jesuskind entgegen. Dahinter sieht man einen Engel mit einer Lilie und links vorne zwei Engelsgestalten, eine davon mit einem aufgeschlagenen Buch.

Beiderseits des Altarbildes befinden sich auf kleinen Konsolen Statuen, links die des hl. Leopold mit der Fahne, rechts die der hl. Katharina mit einem zerbrochenen Rad zu Füßen, einem Schwert in der Hand und einer kleinen Krone auf dem Kopf.

Der an sich schmale, sargförmige Altartisch kann seit 1975 für die Aufstellung der Weihnachtskrippe bzw. des Hl. Grabes erweitert werden.

Woher der Antonius-Altar stammt, ist unbekannt. Die Kunsttopographie des Bezirkes Baden datiert den Altaraufbau mit der zweiten Hälfte des 18. Jhdts. und das nicht zum Aufbau gehörige Altarblatt mit der ersten Hälfte des 18. Jhdts.[406]. Nicht ganz von der Hand zu weisen ist die Möglichkeit, daß dieser Altar bzw. das Altarblatt aus der aufgelassenen Augustiner-Klosterkirche in Baden stammt[407].

Die Jahreszahl 1776 an einem Sarg in der unter dem westlichen Teil des Chores gelegenen Gruft führte anhand des Sterbebuches der Pfarre zur Bestimmung der in dieser Gruft beigesetzten Personen[408].

Die Probegrabungen des Jahres 1932 erregten auch das Interesse für den westlichen Kryptateil, zu dem man durch Entfernen einer Scheidemauer einen Zugang schuf. Auch in diesem, in der Barockzeit zu einer Gruft umgestalteten Teil befindet sich ein gotischer Mittelpfeiler, von dem nach allen Seiten hin Spitzbogengewölbe getragen werden. An der Nord- und Südseite dieses Raumes hatte man nischenartige, gemauerte Sargräume geschaffen. Die Knochenreste wurden 1933 in einem Loculus gemeinsam bestattet; seine Verschlußplatte trägt die Inschrift: *Ossa ex his loculis collecta hic sepulta sunt. MCMXXXIII.* Früher war dieser, seit Josef II.

nicht mehr benützte Bestattungsraum vom Kircheninnern zugänglich. Vor den früheren Stufen zum Chorraum führte auf der Kanzelseite eine Stiege aus Sandstein hinunter. Eine Vermauerung dieses Grufteinganges im Jahre 1823 war durch eine auf dem Mörtel angebrachte Jahreszahl ersichtlich. In den Fußbodenplatten aus der Zeit der Regotisierung am Ende des 19. Jhdts. war dann die Stelle dieses ehemaligen Gruftabganges durch ein Kreuz gekennzeichnet.

1787 wurde die 1744 von Johann Hencke gebaute Orgel aus der Wiener Dorotheerkirche in die Badener Stadtpfarrkirche übertragen, von den Brüdern Johann und Josef Wiest aufgestellt und 1795 von diesen restauriert[409] *(Abb. 33)*. Der vermutlich erst 1912/1913 in den Prospekt eingefügte Mittelteil bildete ursprünglich ein eigenes Rückpositiv. An dem Orgelprospekt finden sich musizierende Engel und als Krönung in der Mitte eine Blumenvase. Das grünlich-grau gestrichene Gehäuse weist reiche Rocaille-Schnitzereien auf. Auf dem Orgelgehäuse sitzen Engel mit verschiedenen Musikinstrumenten (Trombe, Laute, in der Mitte zwei Pauken). Über einer Wolkenwand schweben und sitzen darüber weitere Engel mit Posaune, Triangel und Doppelflöte sowie Putten und Cherubsköpfe. Alle Figuren und Zieraten sind vergoldet, so daß der barocke Prospekt in seiner Gesamtheit einen sehr glanzvollen Eindruck macht. Eine alte Inschrift besagt über die Orgel: *Johann Hencke fecit Viennae 1744.*

Bei einer gründlichen Reparatur der alten Barockorgel fand man auf verschiedenen Papieren folgende Schriften: *Maximilianus Wenceslaus Joannes Nepomucenus Leopoldus Slava, vir valde profundissimus Organista ad St. Dorotheam et Aulicam Ecclesiam, vulgo August.: natione Boemus et Civitate Letomiercensi 1698 natus, fuit vocatus a Referendissimo Praesula Josepho Rosner Anno 1737, die 12. Octobris, et 1744 a Joanne Hencke, viro omni exceptione majorennae, Westphalo, nat. 1697, hoc Organum fuit aedificatum et die 8. July Anno 1762 restauratum. — Lector colendissime ora pro eijs, Pater et Ave Maria et Requiem aeternam. Amen. — Diese vortreffliche Orgel ist unter Sr. Hw. H. Dominik Scheib von Gaubiglheim und ... aus der Dorothäerkirche in Wien erkaufet und von den Herren Brüdern Johann und Joseph Wiest, Orgelbauern in Wien, anno 1787 in hiesige St. Stephans-Pfarrkirche übersetzet worden. Regenschori und Organist war damals Anton Stoll m. p.* — Aus weiteren Bleistiftnotizen an der Orgel geht hervor, daß Ferdinand Erler die Orgel 1838 bis 1870 fast jedes Jahr repariert hat. 1873 erfolgte eine Erneuerung durch Franz Ullmann, bürgerlichen Orgelbauer in der Wiener Josefstadt, und 1892 fand eine neuerliche gründliche Reparatur durch den Orgelbauer Adalbert Kanitsch aus Wiener Neustadt statt[410].

1912/1913 wurde das Werk der Barockorgel bis auf den Prospekt entfernt und auch dieser versetzt. Das Werk der neuen Orgel nach dem Geschmack der Zeit brachte man im westlichen Vorbau der Kirche unter, wo es den Temperaturschwankungen nun besonders stark ausgesetzt wurde[411].

Aus dem 18. Jhdt. stammt die Dreifaltigkeitsgruppe, die man nach einer gründlichen Restaurierung 1978 über dem Eingang zur Kreuzkapelle anbrachte. Dieses polychrome Halbrelief aus Holz ist eine Leihgabe aus der Sakristei der Annakapelle im hiesigen *Bürgerspital*[412].

Bereits deutliche klassizistische Formen weist das Oratoriumfenster auf, das erkerartig über dem Eingang zur Kreuzkapelle vorspringt. Es ist aus braun gestrichenem Holz verfertigt, zeigt vergoldete Lorbeerfestons an der Brüstung und wird durch eine Vase gekrönt. Die Kunsttopographie des Bezirkes Baden datiert dieses Oratorium mit Ende des 18. Jhdts.[413]

Die Jahrzahl 1800 trägt die Statue des hl. Johannes Nepomuk aus Sandstein, die sich seit 1892 am heutigen Platz zwischen den südöstlichen Strebepfeilern des Chorbaues an der Außenseite der Kirche befindet. Die Inschrift am Sockel: *18 — J — S — 00* verweist auf den Stifter dieser Steinplastik, den Hausbesitzer Johann Schildknecht. Ursprünglich befand sich die Statue an der Ecke des Pfarrhofgartens. Prof. Franz Barwig restaurierte sie 1967, wobei die beiden flankierenden Vasen mit Cherubsköpfen wegen zu arger Beschädigung entfernt werden mußten[414].

Klassizistische Stilformen zeigt die Gedenktafel für den verstorbenen Bischof Johann Nepomuk Corvinus Kossakowski, die am vierten nördlichen Langhauspfeiler — von vorne gerechnet — angebracht ist, u. zw. an der Südost-Seite des Pfeilers, also in Richtung nach vorne und zum Mittelschiff hin. Die rechteckige Platte aus grauem, weißgeädertem Marmor besitzt einen Flachgiebel, in dem vergoldete Bischofsinsignien dargestellt sind. Im oberen Teil der Platte befindet sich ein eingelassenes kreisrundes Porträtmedaillon aus hellem Stein. Darunter ist mit vier vergoldeten Schrauben eine viereckige Inschrifttafel aus hellem Stein angebracht. Die Inschrift darauf lautet: *D.O.M. / Memoriae Joh.Nep.Corvini / Kossakowski / Episcopi Wilnensis / ord. Alex. New. equit. / societatum litterat. Varsov. sodalis / et civium munific. quam levand. egenis / orbis aegris Wilnae instituit praesidis / sudorum et mutorum scholae / primi in Lithu. fundatoris / viri propter pastoralis officii ardorem / morum suavitatem / virtut. Christian. exempla / desideratissimi / nati in terra cracov. an. MDCCLIII III Cal.*

Jan. denati ad thermas Bad. MDCCCVIII VIII Id. Oct. / Jos et Leon. lugentes fratres posuerunt. Unter der Inschrifttafel findet sich in der Mitte an der Platte appliziert, ebenfalls aus hellem Stein, eine Drapierung mit einem Wappen. Dieses zeigt ein Kreuz auf einem Hufeisen, darauf sitzend einen Raben mit einem Ring im Schnabel; eine Helmzier ist nicht vorhanden; das Motiv des Raben kehrt aber im Giebel der Platte wieder[415].

Johann Nepomuk Corvinus Kossakowski, Bischof von Wilna in Litauen, weilte in Baden als Kurgast und starb hier am 8. Oktober 1808 im Alter von 54 Jahren; er wurde auch in Baden begraben[416].

In der südlichen Ecke zwischen dem Torvorbau der Westseite und der Stirnmauer des Langhauses befinden sich vier Grabdenkmäler der Badener Familie Rollett, die alle Formen des Klassizismus aufweisen.

An der Stirnmauer der Kirche ist rechts das Denkmal für P. Quodvultdeus (Franz Seraphicus) Rollett angebracht. An einem Sandsteinsarkophag sind Gußeisenfiguren in Relief appliziert: links Kronos mit einem Kind, rechts eine trauernde Frauengestalt; in der Mitte trägt eine flachgiebelige Ädikula eine Tafel mit folgender Inschrift: *Dem rastlos thätigen Priester, dem unvergeßlichen Freunde weihen dankbar Bürger und Brüder dieses Denkmal.* Auf dem Sarkophag erhebt sich ein mit einer Flammenvase bekrönter Obelisk. Früher befanden sich auf dessen Vorderseite ein Porträtmedaillon und ein Kelch aus Kupfer, vergoldet. Diese wurden von unbekannter Hand nach 1945 entfernt. Die dunklen Stellen am Stein zeigen noch die Spuren dieser früheren Metallapplikationen. An dem Obelisken befindet sich eine zweite Inschrifttafel mit den Worten: *Quodvultdeus Rollett Kurat 18 Jahre in der Stadtpfarre Baden Gebor. d. 12. Sept. 1757 Gest. d. 20. Aug. 1811*[417].

Franz Seraph. Rollett, Sohn des Müllermeisters Lorenz Rollett in Leesdorf und dessen Gattin Barbara, wurde in der Pfarrkirche St. Stephan zu Baden getauft[418]. Er fand nach seinem Noviziat in Bruck an der Leitha Aufnahme in den Augustiner-Eremitenorden und erhielt den Ordensnamen Quodvultdeus (Wasgottwill). Knapp vor seiner Ordensprofeß machte er im Badener Kloster ein Testament[419]. Sein erstes hl. Meßopfer feierte er in seiner Heimatstadt[420]. Nach zehn Jahren Schuldienst in Fürstenfeld wurde er 1793 nach Baden berufen, wo er bis zu seinem Tode als Kooperator an der Pfarre St. Stephan tätig war. Im Jahr 1800 mußte er diese Pfarre eine Zeitlang als Provisor betreuen. Die Badener Bürgerschaft richtete damals an den Kaiser ein Gesuch, um ihn als Pfarrer zu bekommen. Darin wird er ob seiner Wohltätigkeit gegenüber den Armen, Kranken und

Bedrängten und seines liebevollen, klugen und eifrigen Wirkens gerühmt[421]. Er diente dann aber weiter als Kooperator, bis er nach längerem Siechtum im Alter von 54 Jahren in Baden an Bauchwassersucht starb[422].

An der südlichen Mauer des Torvorbaues linkerhand erhebt sich das Grabdenkmal des Lorenz Rollett. Das Postament aus Sandstein mit Flachgiebel zeigt beiderseits Orantinnen in Nischen, in der Mitte eine Inschrifttafel, darunter ein Efeugewinde und eine Schmetterlingslarve. Auf kugelförmigen Füßen ragt darüber ein Obelisk mit einer weiteren Inschrifttafel und über dieser die Darstellung eines Schmetterlings; bekrönt ist der Obelisk mit einer Flammenvase. Larve und Schmetterling können wohl als Symbol des Todes und der Auferstehung verstanden werden. Die Inschrift auf der oberen, am Obelisken befindlichen Tafel lautet: *Lorenz Rollett, Müllermeister in Leesdorf geb. d. 5. Juli 1751 gest. d. 8. Oct. 1811,* die der unteren Tafel: *Dem allgeschätzten Freund dem liebevollen Vater seine dankbaren Kinder*[423]. Dieser Lorenz Rollett, nicht in Baden geboren, war ein Bruder des Franz Seraph. P. Quodvultdeus; er starb am 8. Oktober 1811 im Alter von 63 Jahren[424]. Seine Gattin wurde 87 Jahre und starb am 19. Juni 1837[425].

Rechts neben dem vorgenannten Grabdenkmal befindet sich das des Joseph Rollett, ebenfalls Müllermeister in Leesdorf, des früh verstorbenen Sohnes des Lorenz und der Anna Rollett. Es besteht aus einer verzierten und seitlich etwas vorspringenden Sandsteinfassung zu der Inschrifttafel mit den Worten: *Joseph Rollett geboren den 7. Maerz 1788 gestorben den 2. Juli 1812 dem unvergesslichen Gatten von seiner treuen Gattin Anna gewidmet*[426]. Dieser Joseph Rollett, am angegebenen Tag in Leesdorf geboren[427], hatte erst am 12. Jänner 1812 die Anna Maria Zainerin geheiratet[428]; er starb am 9. Juli 1812 im Alter von 25 Jahren[429]. Der Todestag ist auf der Inschrifttafel also falsch angegeben.

Das vierte Grabdenkmal der Familie Rollett befindet sich an der Stirnwand des Langhauses, links neben dem des P. Quodvultdeus. Es besteht wieder aus einer einfachen Sandsteineinfassung mit Flachgiebel und einer Inschrifttafel mit den Worten: *Anton Rollett geb. 2. Aug. 1778 gest. am 19. März 1842*[430]. Georg Anton, Sohn des Lederermeisters Joseph und der Barbara, aus Preßburg scheint zum angegebenen Datum im Taufbuch der Pfarre Baden St. Stephan auf[431]. Sein Vater Joseph starb als Bürger von Baden mit 64 Jahren am 16. September 1800[432]. Die Eintragung des Anton Rollett im Totenbuch stimmt mit dem Datum der Tafel überein. Sein Tod erfolgte in Gutenbrunn im Alter von 64 Jahren. Seine Berufsbezeichnung lautet: Wund- und Geburtsarzt[433]. Dr. med. Anton Rollett war ein Vetter der Brüder Franz und Lorenz Rollett, deren Grabdenkmäler schon genannt wurden. Dr. phil. Hermann Rollett, ein Sohn des Arztes Anton Rollett, ist bekannt als Stadtarchivar und Verfasser verschiedener lokalhistorischer Schriften[434]. Dr. Anton Rollett legte den Grundstein zum hiesigen Museum, das seinen Namen bis heute trägt. Seine Gedenkplatte wurde aus dem Stadtpfarrfriedhof an die Kirchenmauer versetzt, als es nach dem Tod seiner Witwe zur Errichtung eines neuen gemeinsamen Grabsteines kam[435].

Um 1810 erfolgte die Abtragung der Stadtmauern und des Wiener Tores. Damit wurde die Kirche bis auf das Mesnerhaus freigelegt[436].

Durch Jahrhunderte befand sich auch der Friedhof um die Kirche und wurde durch diese in einen inneren, südlich gelegenen, und einen äußeren, nördlich der Kirche gelegenen geteilt. Der innere wurde 1785 unter Pfarrer Dominik Scheyb von Gaubikelheim aufgelöst und in einen, von Pfarrer Johann Andreas Bürgler der Pfarre testamentarisch vermachten, großen Gartengrund verlegt, der etwa an der heutigen Ecke Franzensring — Welzergasse lag[437]. Nach langen Verhandlungen von 1807 bis 1812 kam es zur endgültigen Verlegung des Friedhofes der Pfarre St. Stephan in Baden an seinen heutigen Platz. Die Weihe dieses Friedhofes erfolgte dann am 18. August 1812[438].

Am 12. August 1814 schlug ein Blitz in den Turm der Stadtpfarrkirche ein, ohne zu zünden. Der Strahl verursachte aber eine Öffnung in der Erde südlich der Kirche, bei deren Erweiterung man zwei mit einer Tür verbundene Gewölbe mit Totengebeinen fand. Man hielt sie für eine ehemalige Gruft und ließ sie zuschütten. Rollett dachte 1891 an die Möglichkeit, daß diese unterirdischen Gewölbe zum ehemaligen Karner gehörten. Interessanterweise berichtet derselbe Verfasser, daß zu seiner Zeit noch an der Südseite der Kirche im Erdboden Grundfeste eines kleinen Rundbaues erkennbar gewesen seien[439].

Zwischen 1820 und 1830 trug man den seit dem Türkenkrieg 1683 verstümmelten Westturm, der den Namen *abgeschossener Turm* erhalten hatte, ab und setzte dem Unterbau ein Satteldach auf[440].

Aus einer Eintragung im *Memorabilienbuch* der Pfarre[441] erfahren wir, daß sich 1843 folgende altaria fixa in der Kirche befanden: *der Schmerzhafte oder Herz-Mariä-Altar,* der Immakulata- und der Sebastiansaltar. Lediglich ein Portatile besaßen der Hochaltar, der Herz-Jesu-Altar, der sogenannte *Auferstehungsaltar,* der Antoniusaltar, der Josefsaltar sowie die Altäre in der Kreuzkapelle und in der Sakristei. Der *Auferstehungsaltar* befand sich an der Südseite des Langhauses. Er war aus der 1812 entweihten Augustiner-Klosterkirche hierher gekommen[442]. Das Altarblatt mit der Darstellung der Auferstehung Christi, eine sehr gute oberdeutsche Arbeit, um 1600, auf Holz gemalt, oben im Rundbogen geschlossen, 130 × 108 cm groß, wurde bei den Regotisierungsarbeiten gegen Ende des 19. Jhdts. aus der Kirche entfernt und fand schließlich im Kaiser-Franz-Joseph-Museum der nö. Landesfreunde in Baden, Hochstraße 51, einen ehrenvollen Platz.

Auf dem Gemälde sieht man Christus in rotem Mantel mit einer bläulich-weißen Fahne mit blaßrosa Kreuz über der Grabplatte schwebend, wie er den Kopf der Schlange mit dem Apfel im Maul zertritt. Der Grund des Bildes ist hellgelb. Seitlich sind adorierende Engel dargestellt, der rechts in einem lichtroten Oberkleid und hellgelben Unterkleid, der links in einem dunkelblauen Oberkleid und gelbem, rotchangierendem Unterkleid. An der rechten Bildseite sieht man die fliehenden Gestalten des Todes und des Satans mit einem Tierkopf. In den Kleidern der schlafenden Wachesoldaten dominieren Zinnoberrot und helles Gelb. Im Vordergrund erkennt man Brote, Käse und einen Weinkrug, daneben ein Lagerfeuer. Die Signatur am unteren Rand auf einem Brot lautet: *O. G.*[443].

1864 erhielt die Badener Stadtpfarrkirche als Geschenk des Zeichenlehrers der Realschule August Rösler ein Gemälde, das die Versuchung Jesu darstellt, eine Arbeit der Nazaränerschule aus der ersten Hälfte des 19. Jhdts.[444] Es erhielt zunächst seinen Platz an der südlichen Seitenwand zwischen Chorraum und Langhaus, wo jetzt das Trogerbild hängt. Diesem mußte es dann weichen und gelangte an die Nordwand des Langhauses über den Seiteneingang. Als hier 1969 ein gotisches Fenster ausgebrochen wurde, mußte es auch von diesem Platz entfernt werden und gelangte als Leihgabe der Pfarre in das Städtische Rollett-Museum[445]. Auf dem Ölgemälde auf Leinwand in einfachem, vergoldetem Rahmen ist in der Mitte Christus abgebildet, wie er mit seiner Linken den hinter ihm stehenden Satan zurückweist. An der linken Bildseite sieht man drei zur Anbetung herannahende Engel.

Im Frühjahr 1878 veranlaßte Pfarrer Johann Bapt. Prentner die Entfernung der Grabplatten aus dem Fußboden der Kirche und ihre Anbringung an den Außenwänden. Eine Ausnahme bildeten die Grabplatte des verstorbenen Pfarres Vinzenz Bauernfeind, die an die nördliche Innenwand der Josefskapelle kam, und die Verschlußplatte zum Gruftabgang, die an die südliche Innenwand beim Aufgang zur Orgelempore gelangte. Die Anregung zu dieser Maßnahme stammte von Dr. Hermann Rollett[446].

Mit dem Jahre 1880 begannen die umfangreichen Regotisierungsarbeiten in der Kirche in den Stilformen des Historismus, die wieder wesentliche Veränderungen brachten.

Am Anfang stand die Einsetzung neogotischer Glasmalereien in verschiedenen Fenstern. Das Motiv des ersten neuen Fensters, nämlich links vorne in der Josefskapelle, ist die Anbetung der Könige nach Hans Holbein. Gestiftet wurde dieses Fenster von Baron August von Koller und hergestellt in der königlich bayrischen Hofglasmalerei F. X. Zettler, München, eingesetzt 1880[447].

Noch im Mai des Jahres 1880 folgte die Vollendung von drei großen Glasmalereien in Fenstern des Chorbaues. Das erste südseitige Fenster zeigt die Gestalten der hl. Apostel Jakobus (links) und Johannes (rechts), gestiftet zum Andenken an Herrn k.k. Obristen Jakob Leopold Rath von der Badener Ehrenbürgerin Franziska Rath. Das erste nordseitige Fenster stellt links die hl. Maria und rechts die Mutter Anna mit Buch und Stab dar und trägt darunter links das Familienwappen der Stifterin und rechts das Schild mit der Widmung von Frau Anna von Lagusius. Das zweite südseitige Fenster des Chorraumes ist eine Stiftung der Pfarrgemeinde und stellt die Szene der Heimsuchung Mariens mit den beiden Figuren von Maria (links) und Elisabeth (rechts) dar. Links unten ist die Bundeslade abgebildet, rechts unten ein Adler auf einem Nest über einem Herzen, flankiert von einer weißen Lilie und einer roten Rose. Alle drei Fenster wurden in der Glasmalereianstalt zu Innsbruck hergestellt[448]. Zu diesem Zeitpunkt waren die östlichen Chorfenster noch vermauert, ebenso der untere Teil der südlichen Chorfenster durch einen überhöhten Sakristeibau[449].

1881 stiftete der aus Baden stammende Kurat-Benefiziat von St. Peter in Wien, Anton Schiestl, anläßlich seines goldenen Priesterjubiläums Glasmalereien in vier Fenstern des südlichen Seitenschiffes, das erste von vorne mit der Darstellung des hl. Leopold mit Kirchenmodell in Händen (links), des hl. Johannes des Täufers mit einem Lamm in Händen (rechts), darunter die Widmungsinschrift und ein Kreuz mit Dornenkrone und Lorbeerzweigen, das zweite Fenster mit dem Bild des hl. Michael in Rüstung und mit Schild, auf dem steht: *Quis ut Deus* (links), der hl. Barbara mit Schwert und Kelch, darüber Hostie (rechts) und darunter wieder die Widmungsinschrift und ein Weihrauchfaß, das dritte Fenster mit der Darstellung des hl. Johannes Nepomuk mit einem Kreuz in der Hand (links), des hl. Josef mit einer Lilie in der Hand (rechts) und darunter wieder die Widmungsinschrift und eine Taube mit einem Ölzweig, das vierte Fenster mit dem Bild des hl. Antonius von Padua mit Lilie in Händen (links), des hl. Karl Borromäus mit einem Buch (rechts), darunter die Inschriften: *Gewidmet von Anton Schiestl f.e. g.R. und Kurat-Benefiziat von St. Peter in Wien — zum Andenken an 50jähriges Priesterjubiläum am 24. Juli 1881.* Vom selben Stifter stammt das Glasfenster im nördlichen Seitenschiff, links neben dem Antoniusaltar, das wieder den hl. Antonius von Padua darstellt und darunter die Büste des Stifters zeigt.

Im Langhaus wurden dann auf einigen Konsolen seitlicher Runddienste Steinstatuen geschaffen mit der Signatur *C. Glauß 1882,* u. zw. im südlichen Seitenschiff gegenüber dem vordersten Pfeiler die Figur des hl. Aloisius von Gonzaga, das Kreuz in der Rechten betrachtend und mit einer Lilie in der Linken, dann ebenfalls im südlichen Seitenschiff gegenüber dem zweiten Pfeiler die Statue der hl. Elisabeth von Thüringen mit Landgräfinnenhut auf dem Kopf und mit einem Körbchen in der Linken, aus dem sie mit der Rechten ein Brötchen reicht, schließlich im nördlichen Seitenschiff gegenüber dem vordersten Pfeiler die Statue des hl. Johannes Nepomuk mit Birett auf dem Kopf und Kreuz in Händen.

Im Winter 1884 faßte der damalige Dechant und Stadtpfarrer Karl Lewinsky den Entschluß zur Renovierung des Presbyteriums. Es schaltete sich dann die *k.k. Central-Commission für Erhaltung und Erforschung der Kunst- und historischen Denkmale* ein. Mit der Planung wurde der Wiener Architekt Eugen Gottfried Faßbender, ein Schüler des Wiener Dombaumeisters Friedrich Schmidt, beauftragt. Das bisherige barocke Hochaltarbild von Paul Troger kam nun an seinen heutigen Platz. Der bisherige Hochaltar wurde abgetragen, und die drei östlichen Chorfenster legte man frei. An der Nordseite des Chorraumes, rechts neben dem Oratorium, brach man ein Fenster aus, das zu den vorhandenen gotischen paßte. Die Sakristei erhielt einen kleinen Zubau gegen Osten, durch den man nun von vorne in das Presbyterium gelangen konnte. Dazu wurde eine Türöffnung ausgebrochen und das Portal stilmäßig angepaßt. Durch eine Erniedrigung des Sakristeidaches erreichte man, daß nun auch Licht durch den unteren Teil der südlichen Chorfenster eindringen konnte. Die Glasmalereien in diesen unteren Teilen mußten ergänzt werden[450].

Adolf Ignaz und Julia von Mauthner-Markhof stifteten 1884 für das neu ausgebrochene nördliche Fenster des Chorraumes eine Glasmalerei, die links den hl. Bischof Adolf und rechts die hl. Julia darstellt, darunter links das Familienwappen der Stifter und rechts das Widmungsschild; darunter findet man den Spruch: *Den Glauben erstreben / mit Gott dann durchs Leben.*

Dieselbe Familie Mauthner-Markhof stiftete dann im Juli 1886 das vorderste Fenster im nördlichen Seitenschiff mit dem Bild des hl. Bischofs Augustinus. Darunter findet sich wieder links das Familienwappen und rechts das Widmungsschild: *Zum Andenken des am 4. August verstorbenen August Joh. Mauthner von Markhof gewidmet von seinen Eltern*[451].

Theresia Göschl aber stiftete 1884 die drei Ostfenster des Chores. Das mittlere, gleichsam als Ersatz für ein Hochaltarbild, zeigt die Steinigung des hl. Stephanus, darüber ein Kreuz im Strahlenkranz, flankiert von Engelsgestalten, und als Krönung des Ganzen die Heiligste Dreifaltigkeit. Ganz unten findet sich die Signatur: *Mayersche Kunstanstalt München gestiftet 1884 von Frau Theresia Göschl.*

Das gegen Südosten gerichtete Chorfenster zeigt einen turmartigen Aufbau mit reichen gotischen Zieraten und stellt die hl. Theresia von Avila als Hauptfigur, als Nebenfiguren im gotischen Gesprenge das Brustbild der hl. Anna und unter der Hauptfigur das Brustbild des hl. Apostels Thomas, darunter in einem kreisrunden Ausschnitt das Brustbild der Stifterin Theresia Göschl dar; die Inschrift am untersten Teil lautet: *Errichtet im Jahr des Heiles 1884.*

Das gegen Nordosten gerichtete Chorfenster zeigt wieder einen turmartigen Aufbau mit reichen Zieraten, als Hauptfigur den hl. Karl Borromäus, als Nebenfigur im gotischen Gesprenge das Brustbild des hl. Josef und unter der Hauptfigur das Brustbild des hl. Erzengels Michael, darunter wieder in kreisrundem Ausschnitt das Brustbild des Gatten der Stifterin Carl B. Göschl; die beigefügte Inschrift lautet: *Zur Erinnerung an Herrn und Frau Carl B. und Theresia Goeschl.*

Vor der Restaurierung der Jahre 1884—1885 liefen die Gewölberippen des Chorraumes seitlich auf Konsolen mit Menschenköpfen aus[452]. Nun schuf man auf den sechs vorderen seitlichen Runddiensten unter neugotischen Baldachinen auf Konsolen mit verschlungenen Tierköpfen Statuen aus Stein, u. zw. — entsprechend den früheren Holzfiguren des barokken Hochaltares — links neben dem jetzigen Hochaltar die Statue des hl. Petrus mit Schlüsseln und Buch, an der Nordseite des Chores die Statue des hl. Leopold mit Markgrafenhut auf dem Kopf, Kirchenmodell in der Rechten und Zepter in der Linken, rechts neben dem jetzigen Hochaltar die Statue des hl. Paulus mit Buch und Schwert und an der Südseite des Chores die Statue des hl. Florian mit Helm auf dem Kopf, Wassergefäß in der Rechten, darunter ein brennendes Haus; in der Linken hielt der Heilige einen Speer, von dem nur mehr ein Rest in seiner Hand erhalten ist. Weiters setzte man auf ähnlich gestaltete Konsolen links hinter dem jetzigen Hochaltar eine Steinfigur der hl. Maria mit ausgebreiteten Händen, zu Füßen eine Schlange und rechts hinter dem jetzigen Hochaltar eine Steinfigur der hl. Mutter Anna mit Buch und Stab in Händen. Von den früheren Konsolen mit Menschenköpfen, vermutlich aus dem 16. Jhdt., ist eine noch erhalten; sie wird im Schiestlhof, Antonsgasse 2, aufbewahrt und zeigt einen bärtigen Männerkopf.

Die barocken Türen im Chorraum wurden durch neugotische einschließlich der Steingewände ersetzt. Über dem Oratorium sowie an der gegenüberliegenden Seite stellte man Turmlucken mit Steingewänden her. Aus spärlichen Fragmenten legte man die Nischen hinter dem Hochaltar frei und ergänzte sie. Alle fehlenden Gewölbeteile wurden ersetzt und neue Rosetten an den Kreuzungspunkten der Gewölbe geschaffen.

Der Jubelpriester Anton Schiestl stiftete das neugotische Chorgestühl und dazu passende Kreuzwegbilder. Das Chorgestühl besteht aus je acht Sitzplätzen in zwei Reihen übereinander an beiden Seiten des Chorraumes. Die Wandtäfelung mit neugotischen Zieraten trägt über den obersten Sitzreihen des Gestühls je zwei Holzschilde mit Inschriften und Emblemen, an der Nordseite mit den Worten: *Vota mea Domino reddam* und *coram omni populo ejus. Ps. 115,15,* an der Südseite das linke Schild mit Kelch und Hostie, das rechte mit der Inschrift: *Anton Schiestl, Jubilar-Priester, 1885.* Von den neugotischen Kreuzwegbildern entfernte man 1975 die reichverzierten Überdachungen; die Anordnung der Stationen erfolgte neu, so daß jetzt alle Kreuzwegtafeln an den Wänden des Langhauses angebracht sind, während früher einige auch im Chorraum hingen.

Aus Anlaß der Renovierung des Chorraumes kam es auch zur Behebung verschiedener Schäden an der nördlichen Außenseite der Kirche, wobei die bisherige Schindeldeckung durch eine Schieferdachung ersetzt wurde. Oberhalb des Oratoriums schuf man einen Abstellraum.

Die Maurerarbeiten führten der Badener Stadtbaumeister Anton Breyer, die Steinmetz- und Bildhauerarbeiten Meister Franz Breyer jun. mit seinen Bildhauern, den Brüdern Glank, durch.

Noch im Jahre 1884 erhielt die Josefskapelle in ihrem zweiten Fenster eine Glasmalerei, welche die Erscheinung der Muttergottes an das Mädchen Bernadette in Lourdes mit der Quelle dargestellt; die Inschriften darauf lauten: *Ich bin die Unbefleckte Empfängnis* und *zu Ehren Maria Lourdes 1884*.

Die feierliche Weihe des Chorraumes fand am 17. Oktober 1885 statt[453].

Der 1886 installierte neue Pfarrer Johann Iby setzte das von seinem Vorgänger begonnene Restaurierungswerk fort.

1887 schritt man an die Erneuerung und Regotisierung der Josefskapelle, woran eine weiße Steintafel an der Nordwand erinnert; die Inschrift darauf lautet: *Die Renovierung dieser dem heil. Josef geweihten Kapelle wurde im Jahre 1887 unter dem hochw. Dechant Johann Iby, dem Patronats-Commissär Johann Schiestl und den Kirchenvätern Sebastian Kutler und Georg Rauch durchgeführt.* Zum nördlichen Seitenschiff hin schuf man einen zweiteiligen, spitzbogigen Fensterdurchbruch mit einer runden Mittelsäule sowie die neogotische Steinverkleidung des Portals. Anstelle des barocken Altares kam ein neugotischer mit einem kleinen Tabernakel und einer großen polychromen Holzstatue des hl. Josef mit dem Jesuskind auf dem Arm. Die Wände des Kapellenraumes wurden getäfelt, wobei man den Raum für die Grabplatte des Pfarrers Vinzenz Bauernfeind links neben dem Altar aussparte. Die Betschemel im vorderen Teil beiderseits des Mittelganges und das Gestühl in der Mitte des hinteren Teiles, beide aus Eiche und mit neugotischen Zieraten versehen, stammen ebenfalls aus dieser Zeit. Das *Maria-Schnee-Bild* vom bisherigen Altar kam vorübergehend an den Herz-Jesu-Altar, später von dort über die Eingangstür zur Kreuzkapelle und 1978 wieder zurück in die Josefskapelle, wo es jetzt an der rechten Seitenwand derselben seinen Platz gefunden hat. Die Maße dieses 1708 für die Josefskapelle gestifteten Bildes sind ca. 70 × 100 cm[454].

1868 erfolgte die Restaurierung der vorderen Joche des nördlichen Seitenschiffes. Der bisherige Barockaltar wurde entfernt und ein neuer Herz-Jesu-Altar in den Stilformen des Historismus nach den Plänen von Architekt Eugen G. Fassbender angefertigt[455].

1890 erhielten die Kirchenschiffe ein neues Pflaster und das damals schon vorhandene Kruzifix an der südlichen Außenwand der Kirche ein neues Schutzdach. Auch erfolgte die Anschaffung von zwei großen neugotischen Paramentenkasten nach Entwürfen von Fassbender, ausgeführt vom Badener Tischlermeister Geyer[456].

Im selben Jahr kam es zur Abtragung des Türmer- und Mesnerhauses, das bisher mitten auf dem Platz südlich der Kirche stand und auf älteren Darstellungen erkennbar ist[457].

Im Jahre 1890 starb in Baden Baron Alexander von Koller, an den eine Gedenktafel am vierten südlichen Langhauspfeiler — von vorne gerechnet —, u. zw. zum Mittelschiff gerichtet, erinnert. Die rechteckige verzierte Platte aus rötlichem Stein zeigt in ihrem Oberteil in einem Rundbogen ein Kreuz mit Weinranken und Ähren sowie in den beiden oberen Ecken je ein kleines Wappen. Auf dem darunterliegenden Querbalken der Platte findet sich der Spruch: *O Crux, ave spes unica.* Im Hauptfeld der Platte befindet sich eine Tafel mit folgender Inschrift: *In memor. Alexandri Koller, Bar. nat. Pragae die 3. Jun. MDCCCXIII. Mort. Aquis Pannon. die 29. Mai A.D. MDCCCLXXXX, qui erat Caes. et. Reg. Mai. ab intim. Cons. copiarum equestr. rector aceriorum primi ord. impertor. centurio qudm. rer. civ. et mil. regni Bohemici curator et dux bellic. totius imperii curator. Cuius corpus die 31. Mai MDCCCLXXXX in hac ecclesia praesentibus et Franc. Jos. I. Imperatore Austr. et Caesareae Domus agnatis sacro ritu compositum est in huius coemeterii monum. familae dedicato sepult. est. R.i.p.* In dem darunterliegenden schmalen Feld ist zu lesen: *Alexander filius gentisque ultima stips hoc monum. pos.* Laut Totenbuch der Pfarre St. Stephan in Baden starb Se. Exz. Alexander Freiherr von Koller, k. k. wirklicher Geheimrat, General der Kavallerie, Kapitän der k. k. I. Arcieren-Leibgarde, geb. in Prag, verehelicht, mit 76 Jahren am 29. Mai 1890 in Baden, Neugasse 11, und wurde am 31. Mai 1890 auf dem hiesigen Stadtpfarrfriedhof begraben.

1891 konnte die Wandtäfelung mit dem einreihigen Gestühl davor in dem zwischen Langhaus und Chorraum gelegenen Joch hergestellt werden. Daran erinnern zwei Holzschilde an der Eichenwand, nordseitig links von der Tür zur Kreuzkapelle ein von einem Kreuz gekröntes Schild mit der Inschrift: *Gestiftet von Josefa Schredt † 29. 5. 1891* und südseitig rechts von der Eingangstür ein von Kelch und Hostie gekröntes Schild mit der Inschrift: *Gestiftet von Dechant Johann Iby 1891.* Bei der Errichtung des neuen Volksaltares im Jahre 1974 wurden die vor diesen beiden Inschrifttafeln befindlichen Kniebänke entfernt. Die Sitze dienen jetzt für Priester und Altardiener. Ein stilmäßig dazu passender Kredenztisch fand vor den nordseitigen Sitzen Aufstellung. An den beiden Stühlen gegen den Altar hin sind Schilde mit einem Wappen angebracht.

Im Sommer 1891 fand die Restaurierung und Ausgestaltung der Kreuzkapelle im neugotischen Stil statt und wurde mit der Weihe am Fest Kreuzerhöhung, am 14. September d. J., abgeschlossen. Über dem neugotischen Altar dieser Kapelle und dessen Leuchterbank ragt in der Mitte ein großes Kruzifix auf, während am linken Ende der Leuchterbank eine Statue der trauernden Mutter Jesu und am rechten Ende derselben eine Statue des Apostels Johannes angebracht ist. Kruzifix und Statuen sind aus Holz, polychrom. Der Entwurf stammt wieder von Architekt Eugen G. Fassbender. Gegen Osten gerichtet, hat die Kapelle ein kleines Halbbogenfenster mit buntem, neugotischem Ornamentmuster als Glasmalerei[458].

1892 begann man mit der Restaurierung des vorderen Teiles des südlichen Seitenschiffes und errichtete einen neugotischen Marienaltar an der Stirnseite anstelle des barocken, den man abtrug. Außerdem wurden zwei Beichtstühle aus Eichenholz im neugotischen Stil hergestellt, alles nach Plänen von Architekt Fassbender[459].

Im Frühjahr und Sommer des Jahres 1892 besorgte die Stadtgemeinde Baden eine Regulierung des Pfarrplatzes, bei der das bisher unebene Niveau ausgeglichen wurde *(Abb. 34)*. Darnach erfolgte die Gestaltung der Außenseite des Chores, indem man die Steinplastik des hl. Johannes Nepomuk mit zwei Steinvasen von der Ecke des Pfarrhofgartens an die Südostseite versetzte und an der Ostseite eine Statue der Madonna anbrachte[460].

Als Krönung der Restaurierungsarbeiten wurde am 28. Oktober 1893 ein neuer Hochaltar fertiggestellt *(Abb. 35)*. Der mächtige in Grau gehaltene Holzaltar erreicht eine Höhe von 9,5 m und ist 3,6 m breit. Sämtliche Statuen sind aus Holz, polychrom. Hinter dem Altartisch befindet sich eine Predellawand mit einem etwas vorspringenden, spitzbogigen Tabernakel und in vier Nischen die sitzenden Figuren der Evangelisten mit ihren Symbolen. Über der Predella erhebt sich in der Mitte ein blockartiger Aufbau, der an der Stirnseite ein Bild Mariens mit dem geneigten Haupt und darüber einen Aussetzungsthron trägt, der von einem gotischen Türmchen gekrönt ist. Über eine steile Holzstiege an der Rückseite des Altares kann man von beiden Seiten her zu diesem Aussetzungsthron gelangen. Am Platz der Aussetzung steht für gewöhnlich ein neugotisches Kruzifix. Der Mittelbau des Altares ist absichtlich niedriger gehalten, um nicht die dahinter befindliche Glasmalerei mit der Steinigung des hl. Stephanus zu verdecken. Links und rechts sind überhöhte Türme aufgeführt, unter deren Kupferdachung sich im unteren Teil freistehende, überlebensgroße Statuen befinden, nordseitig die des hl. Petrus mit dem Schlüsselsymbol, südseitig die des hl. Paulus mit Schwert und Buch; im oberen Teil der Seitentürme ist nordseitig eine Statue des hl. Johannes des Täufers im Fellkleid und mit Kreuzesstab, südseitig des hl. Severin als Mönch mit Buch angebracht. Zwischen den Seitentürmen und dem Mittelbau flankieren stehende Engelsgestalten den Aussetzungsort. Die früher beiderseits des Altares am unteren Ende des Stiegengeländers befindlichen Säulenengel wurden später entfernt und durch Ewiglichtlampen ersetzt.

Hinter dem Hochaltar findet man an der Apsiswand eine graue Steintafel mit folgender Inschrift: *Die Restaurierung des Presbyteriums wurde 1884—1885 unter hochwürdigem Herrn Dechant Carl Lewinsky durch den Architekten Eugen G. Fassbender mit d. Steinmetzmeister Franz Breyer ausgeführt.* An der Rückseite des Altares ist unter dem Aussetzungsthron eine kleine Blechtafel mit der Inschrift angebracht: *Dieser Hochaltar wurde 1893 errichtet zur Ehre Gottes durch den Hochwürdigen Herrn Dechant und Stadtpfarrer Johann Iby mit dem landesfürstlichen Patronats-Commissär Johann Schiestl und den Kirchenvorständen Sebastian Kutler und Johann Müller aus Beiträgen der Frau Maria Bachhofer und des Kirchenrenovierungsfonds. Ausgeführt wurde der Altar nach dem Entwurfe des Architekten Eugen Fassbender vom Bildhauer-Atelier für Kirchliche Kunst des Franz Leimer in Wien.*

Das den Altarraum in seiner ganzen Breite absperrende schmiedeeiserne Kommuniongitter trägt ebenfalls die Stilformen der Neugotik; es stammt aus der Werkstätte des k.k. Hof- und Kunstschlossers Albert Milde in Wien[461].

Im Jahre 1908 erhielt die Kirche weitere zwei Beichtstühle im neugotischen Stil, hergestellt vom Tischlermeister Geyer. Kreuz und Kugel am Hauptturm wurden restauriert und neu vergoldet. Die feierliche Weihe des Turmkreuzes erfolgte am 18. Oktober d. J. durch Weihbischof Dr. Gottfried Marschall[462].

Am Weihnachtsfest des Jahres 1910 entstand während des Hochamtes in der Kirche eine Panik, als von der Decke des gotischen Gewölbes zwei mehrere Kilogramm schwere Stücke herunterfielen; zum Glück wurde dabei niemand verletzt. Durch diesen Zwischenfall veranlaßt, unterzog dann Stadtbaumeister Anton Breyer das Gewölbe einer genauen Untersuchung, was zu einer gründlichen Restaurierung in den folgenden Jahren führte[463].

Im Jahre 1911 brachte man über der Tür zum Aufgang zur Orgelempore eine Marmortafel an, die oben ein Medaillonrelief mit der Büste von W. A. Mozart und darunter die Inschrift trägt: *W. A. Mozart schuf*

32 Kanzel und Immakulata-Altar in der Stadtpfarrkirche St. Stephan

33 Prospekt der Hencke-Orgel in der Stadtpfarrkirche St. Stephan

34 Stadtpfarrkirche St. Stephan im Jahre 1895

35 Neugotischer Hochaltar der Stadtpfarrkirche St. Stephan

36 Der neue Volksaltar der Stadtpfarrkirche St. Stephan

37 „Heiligste Dreifaltigkeit“, sogenannter „Töpferaltar“, in der Kirche St. Helena

38 Seitenaltar in der Kirche St. Helena

39 Gedenk-Monument des Salomon von Piazzoni in der Kirche St. Helena

40 Pfarrkirche St. Christoph

41 Vorhalle der Pfarrkirche St. Christoph

im Jahr 1791 für seinen Freund Anton Stoll das „Ave verum“. — Am 15. August 1911 vom Kirchenmusikverein in Baden errichtet.

Bei der 1913 abgeschlossenen Kirchenrenovierung trug man die bisherigen, häßlichen Vorbauten bei den beiden südlichen Seiteneingängen ab; die Eingänge erhielten ihre heutige Gestalt. Zum Schutz gegen Zugluft brachte man im Kircheninnern Windfänge aus Eichenholz an. Ein bisher in das zweite Joch von hinten in den Kirchenraum ragender Vorbau der Orgelempore wurde abgetragen, die Brüstung der Empore neugestaltet und die zwei letzten vermauerten gotischen Fenster südlich und nördlich des Musikchores legte man frei.

Die Orgel selber versetzte man, wobei das Pfeifenwerk in das Innere des Westturmes gelangte. Die Weihe der neuen Orgel, von der Firma Franz Josef Swoboda aus Wien nach dem Geschmack der damaligen Zeit gebaut, erfolgte am 16. März 1913.

Ende des Jahres 1913 verfertigten der Bildhauer Leopold Kastner und der Kirchenmaler Josef Kastner eine neue Weihnachtskrippe mit großem Aufbau. Ähnlich dem Hl. Grab fand sie dann durch viele Jahre ihre Aufstellung am Marienaltar an der Stirnseite des südlichen Seitenschiffes[464].

Im Ersten Weltkrieg (1914—1918) mußten mehrere Kirchenglocken abgeliefert werden, ebenso die Kupferbedeckung des Turmes, der stattdessen eine rotgestrichene Eisenblechbedachung erhielt. Am 4. Oktober 1925 konnte dann wieder die Weihe neuer Glocken erfolgen, während der Turmhelm seine neue Kupferdeckung erst 1934 erhielt[465].

1928 brachte man an der südlichen Außenseite der Kirche, u. zw. an der Westseite des vierten südlichen Strebepfeilers — von vorne gerechnet — neben dem hinteren Seiteneingang eine trapezförmige Tafel aus Bronze in gemauerter Umrahmung an. Diese trägt in ihrem oberen Teil folgende Inschrift: *Zur Erinnerung an / Ernestine von Leddhin / eine liebe und / wahrhaft gütige Frau / 1928.* und im unteren Teil ein Türchen mit Glasfenster zu einer Lichtnische mit der Signatur: *Fec. A. Wagner v. d. M.* Wagner von der Mühl schuf 1932 auch eine Gedenktafel für Kaiser Karl in der Badener Frauenkirche.

Im Oktober 1932 führte Prof. Dr. E. Schaffran im gotischen Raum unter dem Chor der Kirche Probegrabungen durch, die die schon früher erwähnten interessanten Ergebnisse erbrachten[466].

Im Jahre 1942 mußten während des Zweiten Weltkrieges neuerlich drei Kirchenglocken abgeliefert werden[647], die 1949 durch neue ersetzt werden konnten[468].

1954 und 1955 stiftete die Familie Drechsler Glasmalereien für die beiden Fenster südlich und nördlich der Orgelempore. Das an der Südseite ist aus weißem Glas und stellt in dem Teil unter der Empore den hl. Aloisius von Gonzaga mit einem Kreuz auf dem Arm dar. Am Postament der Heiligenfigur finden sich die Worte: *St. Aloysius* und darunter: *Gewidmet 1954 von Louise und Guido Drechsler*. Auch das an der Nordseite ist aus weißem Glas und zeigt in dem Teil unter der Empore das Bild des hl. Guido als Pilger und darunter die Inschrift: *Zum Gedenken an Guido Drechsler 1955*. Beide Glasmalereien stammen von der Firma Geyling in Wien.

Im Sommer des Jahres 1959 wurde die besonders schadhafte Außenseite der Josefskapelle restauriert[469].

1962 erfolgte eine gründliche Erneuerung des Kreuzes an der äußeren Westwand des südlichen Turmvorbaues durch Restaurator Michel Pfaffenbichler. Dieses große Holzkreuz mit polychromem Korpus trägt die Aufschrift: *Rette deine Seele — Mission 1908*. Möglicherweise ist es identisch mit dem bereits 1890 genannten und damals an einer anderen Stelle der Südwand des Langhauses befindlichen Kreuz[470].

1963 restaurierte Prof. Franz Barwig die Pietà, die sich in einer Mauernische an der Westseite des zweiten südlichen Strebepfeilers — von vorne gerechnet — befindet. Diese Sandsteinplastik auf einem Postament weist gewisse Ähnlichkeiten mit der Pietà am Hause Elisabethstraße 35 auf, die aus dem Jahre 1614 stammt. Über die Herkunft und Entstehungszeit der Pietà an der südlichen Außenseite der Stadtpfarrkirche ist leider nichts bekannt. Dieses Stück wird wohl 1890 von Rollett kurz erwähnt, in der Kunsttopographie des Bezirkes Baden aber übergangen[471].

Im Sinne der Liturgiereform nach dem zweiten Vatikanischen Konzil errichtete man 1963 einen provisorischen Volksaltar aus Holz auf einem Podium vor den Stufen zum Chorraum. Den Entwurf lieferte Architekt Richard Schneider aus Baden. Später fand dieser Altar bei der Fronleichnamsfeier auf dem Pfarrplatz eine passende Verwendung[472].

Im Jahre 1969 wurde im Anschluß an die Fernheizung der Stadtgemeinde Baden eine Umluft-Heizanlage durch die Firma *Kraft und Wärme*, Wien, installiert. Bei dieser Gelegenheit kam es zu einer beträchtlichen Veränderung der Zubauten an der Nordseite des Langhauses. Der bisherige kleine Vorbau zum nördlichen Seiteneingang kam zur Abtragung, und es wurde westlich anschließend an die Josefskapelle ein niedriger, nur bis unter die gotischen Fensteröffnungen reichender Zubau geschaffen. Dieser enthält den Raum mit dem Heizaggregat, während daran anschließend ein Torvorbau zum Seiteneingang sowie eine Gerätekammer und, gegen Westen abschließend, ein Beicht- und Aussprachezimmer geschaffen wurden. Das bisherige barocke Fenster über der nördlichen Seitentür vermauerte man. Stattdessen setzte man ein neues, den übrigen gotischen Fenstern entsprechendes ein. Bei diesen Arbeiten traten Reste eines alten gotischen Fensters zutage, das aber etwas weiter westlich von der neugeschaffenen Fensteröffnung gelegen war. In diese wurde weißes Glas mit Wabenmuster eingesetzt, mit der Inschrift am unteren Teil: *O.A.M.D.G. 1969*, d. h. *Alles zur größeren Ehre Gottes.*

Beim Ausheben des Erdreiches für den Heizungsschacht fanden sich im nördlichen Seitenschiff Totengebeine, die gesammelt in der Krypta unter dem Chorraum zur Beisetzung gelangten. Architekt Prof. Dr. Hans Petermaier aus Wien lieferte die nötigen Entwürfe für die Umbauten des Jahres 1969 und leitete den Bau[473].

1971 wurde der spätgotische Taufstein restauriert, etwas weiter gegen die Nordwand versetzt und mit einem neuen Deckel versehen. Die Sakristei unterzog man im selben Jahr einer Außen- und Innenrestaurierung[474].

1972 brachte eine weitere Etappe der Außenrenovierung, nämlich der Westfront der Kirche, bei der man die Grabdenkmäler der Familie Rollett in der Südwestecke und die dort befindliche Ölberggruppe restaurierte. Die nordseitig gelegene Ölberggruppe mußte wegen zu arger Beschädigung entfernt werden[475].

Nach langen und gründlichen Überlegungen, untermauert durch genaue Vermessungen und Planungen von Architekt Prof. Dr. Hans Petermaier, entschloß sich der Pfarrer Prälat DDr. Josef Musger, an eine großzügige Innenrestaurierung der Kirche heranzugehen, bei der das bisherige Provisorium eines Volksaltares durch ein würdiges Definitivum ersetzt werden mußte. Die arge Sichtbehinderung der Gläubigen in ihrem Blick zum Altar durch die gotischen Pfeiler mit ihren teilweise beträchtlichen Umbauten ließ sich dabei mit bestem Willen nur in einem bescheidenen Ausmaß beseitigen. Aus technischen und auch finanziellen Gründen wurde der Gesamtplan in drei Abschnitten durchgeführt.

Mit dem ersten Abschnitt, der vom 7. Jänner bis zum 27. Feber 1974 dauerte, entstand eine neue Stufenanlage im vordersten Joch des Mittelschiffes im Anschluß an den erhöhten Chorraum mit einem mächtigen Volksaltar und einem stabilen Ambo aus rotem Salzburger Marmor *(Abb.*

36). Der Altartisch zeigt an der dem Volk zugewandten Seite des Stipes ein Relief mit dem Osterlamm, aus dessen Herzwunde Blut in einen Kelch strömt. Auf der dem Hochaltar zugewandten Seite befinden sich im Stipes das Reliquiengrab und auf der Verschlußplatte aus weißem Stein die Worte: *ex oss(ibus) S.S. Steph(ani) Protm(artyris) Leop(oldi) March (ionis) Clem(entis) Mar(iae) Hofb(auer).*

Zur nötigen Ausleuchtung der neugeschaffenen Altarzone und der Kirchenschiffe mußten umfangreiche Elektrikerarbeiten durchgeführt werden. Bei dieser Gelegenheit erfolgte eine gründliche Erneuerung der gesamten, veralteten Elektroanlagen in der Kirche, in die auch eine Neuanlage der Lautsprecheranlage eingeschlossen war[476].

Der zweite Abschnitt der Innenrenovierung dauerte vom 13. Jänner bis zum 22. März 1975. Er umfaßte folgende Arbeiten: Die künstlerisch wertlosen, neugotischen Seitenaltäre an den Stirnseiten der Seitenschiffe wurden entfernt, da sie mit ihren Stufenanlagen nur kostbaren Platz wegnahmen. Die beiden polychromierten Statuen mit der Darstellung des heiligsten Herzens Jesu und des Herzens Mariens beließ man als die besten Stücke. Aus Teilen der bisherigen Altäre baute man über diesen Figuren Baldachine zusammen, die dann auf erhöhten Plätzen an den Stirnwänden der Seitenschiffe wieder eingefügt wurden. Dadurch gewann man im vordersten Teil der Seitenschiffe Raum für quergestellte Bänke und für einen ungehinderten Kommunionempfang zu beiden Seiten des Volksaltares. Die umfangreichste Arbeit aber in diesem Bauabschnitt war die fachgerechte Neufärbelung des gesamten Kircheninnern durch die Firma Weidenauer aus Horn. Eine Freilegung der alten Steinstruktur an den Pfeilern und Gewölberippen konnte wegen zu arger Beschädigungen im Lauf der Zeit nicht mehr durchgeführt werden; so entschloß man sich, wie in anderen ähnlichen Fällen, eine Quaderimitation aufzumalen. Man restaurierte in einem Zug auch die beiden barocken Pfeileraltäre mit einer leichten Veränderung an den Altarplatten und Stufen. Die neugotischen Überdachungen der Kreuzwegbilder wurden entfernt und sämtliche Stationen ins Langhaus verlegt. Für eine später vorgesehene Konsekration der Kirche brachte man bereits die Weihestellen mit Kerzen an den Wänden an. Das Pest-Votivbild erhielt einen neuen Platz unter dem großen Trogerbild, das durch Scheinwerfer von der gegenüberliegenden Kirchenseite angestrahlt werden kann[477].

Mit einem dritten Abschnitt, der vom 2. Juni bis 12. Juli 1975 dauerte, kam die Innenrenovierung der Kirche zum Abschluß. Die alten, barocken, größtenteils vermoderten Kirchenbänke wurden entfernt; was daran noch verwendbar erschien, gelangte in die Kapelle des Lilienfelder Stiftshofes nach Pfaffstätten. Neue Kirchenbänke nach dem Entwurf von Architekt Prof. Dr. Hans Petermaier stellte man in einer z. T. neuen Anordnung auf gemauerte und isolierte Podien, damit von unten keine Feuchtigkeit mehr aufsteigen kann. Der Vorbau des Antoniusaltares wurde so gestaltet, daß er für die Aufstellung der Weihnachtskrippe bzw. des Hl. Grabes geeignet ist[478].

Am vierten südlichen Langhauspfeiler — von vorne gerechnet — befand sich früher eine wertlose Gipsfigur des hl. Judas Thaddäus. Diese wurde 1975 durch eine moderne, polychrome Holzfigur des Heiligen mit vergoldetem Mantel, 80 cm hoch, von Prof. Franz Barwig aus Wien ersetzt.

Bei der Umgestaltung des Raumes um den neuen Volksaltar fand ein großes Vortragskreuz, das nach der Kunsttopographie des Bezirkes Baden[479] aus der ersten Hälfte des 19. Jhdts. stammt, eine neue Verwendung. Hineingesteckt in einen kleinen roten Marmorblock bildet dieses Holzkreuz mit schwarzen Balken und polychromen Korpus, im gesamten ca. 210 cm hoch, das eigentliche Altarkreuz. Es wurde von Prof. Franz Barwig für diesen Zweck restauriert.

Nachdem in den Jahren 1959, 1969 und 1972 große Teile der Außenwände der Kirche einer Renovierung unterzogen worden waren, legten beträchtliche Schäden am Rauhputz der Turmanlage eine weitere Etappe der Außenrenovierung nahe. Nach eingehenden Beratungen mit dem Bundesdenkmalamt und dem Bauamt der Erzdiözese Wien entschloß man sich, die gesamten Mauerteile des Hauptturmes und der beiden Vorbauten neu zu verputzen und in Quaderimitation zu färbeln. Man hielt sich dabei an die alten Muster, die auf den Dachböden der Vorbauten im Originalzustand vorgefunden wurden. Anfang Juni 1978 begann man mit der Einrüstung. Die Maurer- und Malerarbeiten nahmen die Monate Juli und August in Anspruch. Gleichzeitig erneuerte man alle Blechteile, abgesehen vom Helm des Hauptturmes, in Kupfer. Noch während dieser Arbeiten traf man den Entschluß, auch die gesamte Außenseite des Chorbaues zu restaurieren. Die Strebepfeiler erhielten eine aufgemalte Quaderimitation, während die Flächen glatt verputzt und gefärbelt wurden. Infolge von Verzögerungen bei den Spenglerarbeiten kam diese umfangreiche Außenrestaurierung erst vor Weihnachten 1978 zum Abschluß.

Als Gegenstück zur Judas-Thaddäus-Statue schuf Prof. Franz Barwig 1978 eine moderne, polychrome Holzstatue des hl. Antonius von Padua, die anstelle der bisherigen Gipsfigur am vierten nördlichen Langhauspfeiler — von vorne gerechnet — unter dem vorhandenen kleinen neugotischen Baldachin angebracht wurde.

Im Mai 1980 erfolgte die Restaurierung des Steingewändes und neugotischen Giebels beim hinteren südlichen Seiteneingang der Kirche. Anstelle einer verblaßten Malerei im Giebelfeld über diesem Eingang schuf Prof. Franz Barwig ein Steinrelief, welches das Motiv der früheren Malerei aufgriff. Es stellt Jesus mit einladend ausgebreiteten Armen und beiderseits kniende Gestalten dar.

Als Krönung der großen Innen- und Außenrenovierung der Stadtpfarrkirche St. Stephan in Baden nahm Kardinal Erzbischof DDr. Franz König am 18. Mai die Konsekration des neuen Volksaltares und der ganzen Kirche vor. In sinnvoller Weise fiel diese Feier in das 500-Jahr-Jubiläum der Stadterhebung Badens.

Die Kirche St. Helena

(Helenenstraße 96)

Über den Ursprung des Namens und des in unseren Gegenden seltenen Patroziniums spricht der Stiftsarchivar von Heiligenkreuz P. Dr. Hermann Watzl O. Cist. eine interessante Vermutung aus[500]. Im Urbar Kämmererbuch 1431 des Klosters findet sich die Eintragung: *In die Symonis et Jude de Hellario plenum seruicum*[501]. Dies stimmt mit dem Gültenbuch des Stiftes überein, wo sich die Eintragung findet: *1294 Symonis et Juda unum frustrum et simila de Hella*[502]. Hella ist offensichtlich richtiger und bedeutet die Kurzform des Frauennamens Helena. Nach demselben Gültenbuch[503] ist ca. 1210 für den 28. Oktober ein Jahrtag mit Pitanz für Hugo de Eigen gestiftet worden, dessen Grablege und Grabstein im Kreuzgang des Klosters erhalten sind[504]. Es ist nun erwiesen, daß Helena von Steyr-Steinbach, Schwester Hartwids, des Propstes von Aquileja, Gemahlin eben des Hugo von Eigen-Weyerburg, des Stifters der obengenannten Pitanz in Heiligenkreuz, war[505]. Deren namentlich nicht bekannte Erbtochter aber war mit Otto dem Tursen auf Rauhenstein verheiratet. Hella-Helena, eine offensichtlich profilierte Frauenpersönlichkeit, dürfte das Servitium ergänzt haben. Vermutlich hat sie sich als Witwe zu ihrer Tochter nach Rauhenstein zurückgezogen. Als *Hella* lebte sie anscheinend in der Erinnerung des Volkes der Umgebung im Kloster Heiligenkreuz weiter. Das seltene Patrozinium der mit der Veste Rauhenstein verbundenen Kirche könnte also in Zusammenhang mit Hella von Steyr-Steinbach stehen. Vielleicht war diese Gründerin der ersten Kapelle von St. Helena zu Füßen der Festung Rauhenstein.

Zunächst soll ein kurzer Überblick über die Geschichte des Gotteshauses von *St. Helena* geboten werden. Erstmalig wird in einer Melker Urkunde des Jahres 1518 der Benefiziat Herr *Peter zu sand Helen unter dem Rauhenstein* genannt. 1566 scheint im Urbar Rauhenstein die *Capelle St. Hellena im Schloß Rauhenstein* auf. 1584 erhielt Georg Saurer von Sauerburg von Kaiser Rudolf II. den Auftrag, die Kapelle für den katholischen Gottesdienst wiederherzustellen, da sie durch die Reformation völlig heruntergekommen war. Der Bau wurde noch im selben Jahr begonnen und als Erdbegräbnis der Familie bestimmt. 1595 kam es zur Zusammenziehung des Stiftungsvermögens der Kapellen von Rauheneck und Rauhenstein zur Kapelle unter dem Rauhenstein mit einem eigenen Benefiziaten[506]. 1597 erlangte Maximilian Berger, Benefiziat von St. Helena, die Würde eines Kanonikus des Wiener Domkapitels[507].

1646 machte der Augustinerkonvent zu Baden beim Kaiser die Anzeige, daß das Benefizium zu St. Helena ganz in Verfall geraten, die Kapelle ohne Dach, ohne Fenster und ohne Altar sei, da der dortige Besitzer Hans Paul von Rauhenstein dem Luthertum anhinge[508]. Das gleiche Bild ergibt sich aus einem *Examen des Herrn Dechanten zu Baden* vom 17. Juni 1643[509]. Mit 13. Dezember 1647 richtete die kaiserliche Regierung an den Passauer Offizial in Wien die Anfrage, ob das Benefizium St. Helena der Pfarre Baden einverleibt sei[510]. Um diese Zeit bewarben sich die Badener Augustiner um das Benefizium von St. Helena und hatten Streitigkeiten mit dem Besitzer von Rauhenstein[511].

1737 wurde durch Salomon von Piazzoni ein Erweiterungsbau durchgeführt[512]. 1754 stiftete Anna Magdalena von Doblhoff, Witwe nach Salomon von Piazzoni, geborene von Quarient und Raal, ein Benefizium. 1761 wurde ein Priesterhaus mit Garten erbaut, daneben ein Haus für einen Eremiten oder Waldbruder. Die Eremiten von St. Helena versahen von 1757 bis zu ihrer Aufhebung durch Josef II. im Jahre 1783 den Kirchendienst.

1783 wurde St. Helena zu einer eigenen Lokalie erhoben, zwischen 1804 und 1807 aber vorübergehend von der Pfarre St. Stephan in Baden verwaltet. 1864 erhielt das Kirchlein statt eines bisherigen hölzernen Vorbaues einen gemauerten. 1865 errichtete man eine neue Sakristei und versetzte die Kanzel weiter zum Volk. 1892 erfolgte eine Kirchenrenovierung, bei der die seitlichen Glasfenster hergestellt wurden. 1914 kam es mit der Einleitung des elektrischen Lichtes zu einer neuerlichen Renovierung. 1917 und dann wieder 1942 mußten die Glocken abgeliefert werden. Im Herbst 1947 kamen die beiden Glocken von der devastierten und schließlich abgetragenen Weilburgkapelle auf den Turm von St. Helena, während die bisherige kleine Glocke vom Turm auf den Helenenfriedhof gelangte. Im Sommer 1948 brachte man den Töpferaltar vorübergehend als Exponat auf die Stephansdom-Ausstellung nach Wien. 1950 erfolgte eine Reparatur des Kirchendachstuhles, 1951 eine Außenrenovierung und 1952 eine Innenrenovierung des Gotteshauses. 1957 verkaufte man das Mesner- und Organistenhaus. Mit 1. September 1957 erfolgte schließlich die Verlegung der Pfarre von St. Helena nach St. Christoph. Die Helenenkirche wurde damit Filialkirche mit einem eigenen Rektor.

1971 kam es zur Errichtung des Volksaltares, wobei die Mensa des Töpferaltares Verwendung fand. 1974 schuf man einen gedeckten Durchgang zum Rektoratsgebäude. 1976 wurde eine Innenrenovierung durchgeführt, bei der sich herausstellte, daß die frühere gotische Kapelle größer war als man bisher annahm. Eine Außenrenovierung von Kirche und Rektoratshaus erfolgte 1979.

Die Helenenkirche zu Baden ist eine einschiffige Saalkirche mit einem Chorabschluß aus dem Achteck. An ihr sind drei Bauperioden erkennbar: 1. eine gotische Kapelle, wovon der Chor mit gratigen Gewölben und spitzbogigen Fenstern erhalten geblieben ist — 2. der östliche Teil des Schiffes, flachgedeckt, mit Rundbogenfenstern — 3. die westliche Erweiterung des Schiffes, breiter als dessen östlicher Teil und von diesem durch einen Unterzug getrennt; die Ecken des Erweiterungsbaues sind konvex eingebogen; auch hier finden sich Rundbogenfenster; vermutlich handelt es sich bei diesem dritten Teil um den Erweiterungsbau des Jahres 1737.

Außen stellt sich die Kirche als niedriger, gefärbelter Putzbau dar mit einem Vorbau im Westen, der Segmentbogen und flaches Dach aufweist. Die Gebäudeecken sind abgerundet. Das abgewalmte Satteldach hat einen Dachreiter mit rundbogigen Schallfenstern und einem Zwiebelhelm über dem Chor und einen weiteren kleinen Dachreiter an der Westseite.

Im Kircheninnern befindet sich an der Westseite eine Orgelempore aus Holz auf Eisentraversen und im südlichen Eck der schmale Aufgang zu dieser. Der freistehende Hochaltar aus marmoriertem Holz stammt aus dem Ende des 18. Jhdts., der Tabernakel mit seitlichen Engelsstatuen (Erzengel Michael und Raphael) aus der Mitte des 19. Jhdts. In den Schildbogen des Chorabschlusses befanden sich früher Bilder auf Leinwand mit den Darstellungen der hl. Helena, des hl. Petrus und des hl. Leopold mit der Signatur: *Franz Lair pinx. 1867*. Bei der Renovierung des Jahres 1976 legte man die Fenster frei und entfernte diese Bilder. Ein Bild der Kirchenpatronin fand dann an der rechten Stirnwand des Schiffes seinen Platz. Über der links vom Hochaltar befindlichen Sakristeitür zeigt sich ein schmales Spitzbogenfenster.

Der ganz freistehende Volksaltar aus marmoriertem Holz wurde 1971 aus der ehemaligen Mensa des linken Seitenaltares gestaltet.

Das an der linken Stirnseite des Schiffes befindliche Relief stellt zweifellos das wertvollste Stück der Kirche dar und trägt den Namen *Töpferaltar (Abb. 37)*. Dieses große Sandsteinrelief (in der Literatur vielfach irrtümlich als Tonrelief bezeichnet) stammt aus der Zeit um 1500 und bekam dann eine barocke Umrahmung von Cherubsköpfen und Putten. Nach einer Nachricht aus dem Jahre 1839 war es *meist himmelblau und gold bemalt*[514]. 1842 erhielt das Relief einen grauen Anstrich mit Ölfarbe. 1939 entfernte man diesen sorgfältig anläßlich einer Entlehnung des Stückes an die *Ausstellung altdeutscher Kunst im Donauraum,* die im Wiener Kunsthistorischen Museum stattfand. Dabei kam die ursprüngliche Fassung in Blau—Rot—Gold nur mehr schwach zum Vorschein. Das Relief stellt die heiligste Dreifaltigkeit, umgeben von kleinen gekräuselten Wolkenkämmen, dar, u. zw. die drei göttlichen Personen nebeneinander als thronende Könige mit gleichem Gesichtsausdruck, geteiltem lockigen Vollbart und langem Lockenhaar, das auf die Schultern herabfällt. Gottvater trägt eine Tiara, in der Rechten hält er ein Zepter (abgebrochen) und in der Linken einen Reichsapfel. Gottsohn ist mit einer Bügelkrone dargestellt und hält ebenfalls in der Rechten ein Zepter (wovon nur mehr ein Stumpf vorhanden ist) und in der Linken einen Reichsapfel. Gott Hl. Geist trägt einen Kronreif auf dem Haupt, in der Rechten einen Lilienstengel und in der Linken wieder einen Reichsapfel. In den vier Ecken finden sich zwischen gekräuselten Wolkenkämmen die Symbole der vier Evangelisten mit leeren Spruchbändern und dazwischen Cherubsköpfe. Die heiligste Dreifaltigkeit verehrte man als Schutzpatronin der Töpfer, wohl in Anklang an das Wort der Bibel von der Schöpfung des Menschen aus Lehm. Der heute in der Helenenkirche befindliche Dreifaltigkeitsaltar war ursprünglich eine Stiftung der Wiener Töpferzeche an die Domkirche von St. Stephan. Nach der Untersagung der Darstellung des Hl. Geistes in menschlicher Gestalt unter Papst Benedikt XIV. im Jahre 1745 wurde der Altar 1750 um 50 fl.

an den Herrn Anton von Quarient verkauft und von diesem an seinem heutigen Platz in St. Helena aufgestellt.

Der Seitenaltar an der rechten Wand hat eine gemauerte, marmorierte Mensa mit geschweiftem Profil *(Abb. 38)*. Beiderseits des Tabernakels befindet sich je eine Statue eines hl. Bischofs. Man datiert diese mit dem Ende des 18. Jhdts. Das Altarbild in Goldrahmen stellt Maria mit dem Jesuskind dar; beide tragen Metallkronen mit Glassteinen. Eine Inschriftkartusche besagt: *Dieses Bild ist in dem Türkenkrieg von den Tarttaren zerhauet aber nicht vertilget worden im Jahr 1683.* Das aus der Mitte des 17. Jhdts. stammende Bild zeigt tatsächlich einige Beschädigungen, die von Säbelhieben herrühren dürften.

Die an der Nordseite der Kirche angebrachte Kanzel ist aus marmoriertem Holz und weist einen geschweiften Fuß mit Voluten auf. An der Brüstung befindet sich ein Reliefmedaillon mit der Darstellung des 12jährigen Jesus im Tempel, umgeben von Schriftgelehrten. Die Rückseite trägt eine geschnitzte Füllung mit den Symbolen der drei göttlichen Tugenden, von einem Lorbeerkranz umwunden. Die einheitlich gestaltete Kanzel weist eine barocke Form mit klassizistischem Einschlag auf und wird mit 1780 datiert.

An der rechten Seite des Gläubigenraumes ist die Gedenktafel des Georg Saurer angebracht, die sich früher unter der Kanzel befand. Die rote Marmorplatte ist durch die Kirchenbänke stark verdeckt. Die Jahreszahl an den Ecken der Tafel ergibt: 1594. In der Mitte der Platte befindet sich ein ovales Medaillon mit einem Doppelwappen und Umschrift: *Str: ge: N: D: Georg Saurer E: S: Max: El: R: Pu: Ar: Au: Camerarius et N: S: Coniux Cathar: Kemptneri: aedem desertam S: S: exstruxerunt An: Dn: MDLXXXXIIII.*

An der Nordseite der Kirche erhebt sich ein Monument zur Erinnerung an Salomon von Piazzoni *(Abb. 39)*. Es besteht aus einem glatten, grauen Marmorsockel mit schwarzer Inschrifttafel; darauf befindet sich ein grauer Marmorsarkophag mit schräggestellter Wappenkartusche aus weißem Marmor. Rechts vom Sarkophag sitzt eine trauernde Frau, die sich mit der Rechten den Mantel übers Haupt zieht. Links lehnt eine junge Frau am Sarkophag mit einer Rolle in der Rechten. Über dem Sarkophag schweben zwei Putten; zu ihren Füßen ist ein Totenschild erkennbar; der eine Putto hebt ein dampfendes Weihrauchfaß hoch. Dahinter ist der Baum der Erkenntnis mit der Schlange, die einen Apfel im Maul hält, dargestellt. Die Inschrift der Tafel lautet: *D: O: M: perillustri domino Salomoni nobili domini de Piazzoni sac: rom: imp: equiti Austriae constatui, nec non sac: regiaeque cath: majestati Caroli VI. gloriosissimae memoriae excelsae camerae aulicae consiliario actuali . . . anno ab aeve Christi MDCCXLI die Maji aetatis suae LXV annorum Viennae in domino pie obdormivit ibid emque eius corpus tumulo datum est, in tenerrimam inextincti conjugalis amoris fideique immoriturae tesseram praesens monumentum hac in capella S. Helenae dicata et ab eodem pie defuncto concurrenter restaurata, simul ac decorose extensa moerenti animo extrui fecit vidua eius Maria Anna nata nobilis domina de Guarient et Raal. Requiscat in sancta Pace.*

Salomon Edler von Piazzoni starb am 24. Mai 1741 und wurde in Wien begraben. Als Gatte der Schwester und Erbin des Otto Joseph von Quarient und Raal gelangte er in den Mitbesitz der Herrschaft Rauhenstein.

An der Westseite der Kirche nördlich des Eingangstores erinnert eine rote Marmorplatte mit schwarzem, von einem Engel gehaltenen Inschriftcarteggio an den kaiserlichen Feldmesser Abraham Mass. Die Inschrift mit einem auf 1735 weisenden Chronogramm lautet: *Abraham Mass Kay. Feldmesser, so im Schloß Weikerstorff dem III. Maj verschieden und in der Stadt Pfarrkirche zu Baaden liegt in Friden. Ein wöchentliche Meess hat er hierher bestellt, damit sein arme Seel nicht etwa werd gequält, desgleichen diesen Stein anhero ordnen wollen, dass die Anwesende auf ihn gedencken sollen — Qui credit in me etiamsi mortuus fuerit, vivet. Joann. 11, 26.*

Ein weiteres Monument befindet sich an der Südseite der Kirche, links vom Seitenaltar. Es besteht aus einem glatten, roten Marmorsockel mit grauer Inschrifttafel, darüber einer konkav eingezogenen Stufe, an deren Enden zwei trauernde Putten aus Bronze sitzen. Der linke hält ein Stundenglas und trocknet mit einem Tuch seine Tränen; der rechte stützt sich auf einen Totenschädel und hielt ursprünglich wahrscheinlich eine Fackel, die jetzt fehlt. In der Mitte lehnt an der Stufe eine Wappenkartusche aus vergoldeten Bronze. Darüber befindet sich ein Porträtmedaillon aus schwarzem Marmor mit einem vergoldeten Bronzerelief, das eine Büstenfigur darstellt. Die Inschrift lautet: *D.O.M. Car. Jos. Nob. Dom. a Dier S. C. R. M. A. Cons. Aul. et ab aerario Ord. Equit. Aur. Veller. Heraldo Princ. Gratiam et omnium amorem promerito A. R. S. MDCCLVI Cal. Januar. Act. LXXII vita functo Elisabetha conjux M. P.* Das Denkmal ist eine gute Arbeit des bekannten Bildhauers Balthasar Moll. Es befand sich ursprünglich in der Lorettokapelle der Wiener Augustinerkirche, von wo es Josef II. entfernen ließ.

Karl Joseph von Dier starb am 1. Jänner 1756. Ihm hatte der Kaiser die Ermächtigung erteilt, Namen und Wappen seines Geschlechtes mit dem des Hofrates Carl Holler von Doblhoff zu vereinen, der in erster Ehe mit Theresia von Dier vermählt war.

In den Ecknischen des Langhauses sind auf hohen Sockeln mit Cherubsköpfen und verzierten Namensschilden polychrome Holzstatuen angebracht, links die von Maria ohne Jesuskind, rechts die des hl. Josef, zwei Arbeiten aus der zweiten Hälfte des 18. Jhdts.

Auch an der südlichen Außenseite der Kirche erhebt sich ein Gedenkmal. Eine trauernde Frauengestalt lehnt an einem Sockel, auf dem eine halb mit einem Tuch bedeckte Urne steht. Die Inschrift lautet: *Theresia de Doppelhoff Car. T. Dan. de Moser vidua pietate prudentia comitate insignis nata V. Kal. Mai. MDCCXXV diem obiit IX. Kal. Jun. MDCCXCII hic adquiescit.* — Theresia von Doblhoff, geboren 1725, vermählt mit Freiherrn Moser von Ebreichsdorf, starb 1792[515].

Die Pfarrkirche St. Christoph

(Friedrich-Schiller-Platz) *(Abb. 40)*

Die Errichtung der heutigen zweiten katholischen Pfarrkirche in Baden, St. Christoph, auch *Friedenskirche* genannt, hat eine lange Vorgeschichte.

Die erste Erwähnung eines *Kirchenbauvereines Weikersdorf* im Gedenkbuch der Pfarre St. Helena erfolgte am 5. November 1889. Dieser Verein erhielt am 31. Dezember 1889 seine Genehmigung durch die NÖ Statthalterei und konstituierte sich am 10. März 1890. Der Zweck seiner Gründung war die Errichtung einer Kirche in Weikersdorf, das damals noch eine eigene Gemeinde bildete. Am 30. August 1891 hielt man auf dem Leopoldsplatz zu Baden, dem heutigen Brusatti-Platz, eine öffentliche Tombola zugunsten des geplanten Kirchenbaues ab. Im Jahr 1910 bot Baron Heinrich von Doblhoff dem Verein ein Grundstück auf dem heutigen Weikersdorfer Platz zur Errichtung einer Kirche an, und der Gemeinderat von Weikersdorf bestätigte diese Widmung. Es wurde das Projekt einer neugotischen Kirche mit einem Turm erstellt. Der Vermögensstand des Kirchenbauvereines betrug Ende 1914 bereits 238.240,— Friedenskronen. Der Erste Weltkrieg machte aber den Kirchenbau unmöglich, und die folgende Geldentwertung ließ die angesparte Summe völlig zusammenschmelzen. Bei der Reaktivierung des Kirchenbauvereines im Jahre 1925 blieben nach der Währungsreform 238,— S übrig. Mit 9. Oktober 1930 bestätigte der Badener Gemeinderat die seinerzeitige Widmung des Baugrundes auf dem damaligen Hohenzollern-Platz. Ende 1935 betrug das angesparte Vereinsvermögen 23.062,— S in bar und 3.100,— S in Wertpapieren.

Da aber keine Aussicht bestand, in absehbarer Zeit mit dem Bau einer neuen Kirche zu beginnen, faßte die Generalversammlung des Kirchenbauvereines unter dem Vorsitz von Bürgermeister Josef Kollmann bereits am 10. Juli 1934 den einstimmigen Beschluß, den größten Teil des Vermögens, nämlich 20.000,— S, für die Erweiterung der Kapelle des Marienspitals in der Schimmergasse zu verwenden, um so wenigstens den Gläubigen dieser Gegend die Teilnahme am Gottesdienst zu ermöglichen. Dieser Erweiterungsbau kam dann auch zur Durchführung.

In der Zeit der Herrschaft des Nationalsozialismus in Österreich widerrief der Gemeinderat der Stadt Baden am 21. Oktober 1938 die Grundstückswidmung auf dem Hohenzollern-Platz, und am 30. April 1941 hielt der Kirchenbauverein seine letzte Generalversammlung vor der zwangsweisen Auflösung ab. Im Zuge der Aufhebung noch bestehender kirchlicher Vereine wurde auch der Kirchenbauverein in Baden lt. Zuschrift des Reichsstatthalters von Niederdonau vom 15. Mai 1941 aufgelöst und das Vermögen in Höhe von 5.089,— Rm am 1. August 1941 eingezogen.

Am 26. März 1944 starb der langjährige Pfarrer von St. Helena, Franz Artner. Sein Nachfolger wurde der bisherige Kaplan von St. Stephan in Baden, Josef Koch, zunächst als Provisor. Bei dessen Installierung als Pfarrer am 2. Juli 1944 erteilte ihm der damalige Erzbischof von Wien, Kardinal Dr. Theodor Innitzer, den ausdrücklichen Auftrag, eine neue Kirche im Stadtteil Weikersdorf zu bauen. Zunächst trug man sich mit dem Plan, dort eine Notkirche zu errichten.

Bald nach Beendigung des Zweiten Weltkrieges begannen die Verhandlungen zur Neugründung bzw. Reaktivierung des aufgelösten Kirchenbauvereines. Am 15. September 1946 fand eine erste Ausschußsitzung statt, worauf die Reaktivierung des Vereines erfolgte. Nach gründlichen Überlegungen kam es zu einem Grundtausch mit der Stadtgemeinde Baden: Statt des gewidmeten Grundes auf dem heutigen Weikersdorfer Platz erhielt der Kirchenbauverein ein Grundstück auf dem Friedrich-Schiller-Platz, das sich für die bereits geplante Neubesiedelung dieses Stadtteiles als zentraler gelegen erwies.

Inzwischen war auf Initiative von Pfarrer Josef Koch der Ankauf von elf Joch Grund des sogenannten *Trimpling-Ackers* unter sehr entgegenkommenden Bedingungen von Baron Heinrich Doblhoff zur Entstehung der *Friedenssiedlung* erfolgt.

1949 fanden entscheidende Verhandlungen zum Kirchenbau statt. Die ersten Pläne lieferte Architekt Josef Fischer. Am Fronleichnamstag 1950 erfolgte die Weihe des Kirchenbauplatzes durch Prälat Jakob Fried und am 15. November 1950 die Grundsteinlegung zur *Friedenssiedlung* durch Kardinal Erzbischof Dr. Theodor Innitzer. Im Dezember desselben Jahres erhielt Architekt Dr. Hans Petermair aus Wien den Auftrag für die Planung und den Bau der neuen Kirche. Am 15. November 1951 konnte Kardinal Innitzer schon die Segnung der ersten zwanzig Häuser der Friedenssiedlung vornehmen. Am 31. Oktober 1951 war bereits die Unterzeichnung des Schenkungsvertrages für den Baugrund durch die Stadtgemeinde erfolgt. Dies mußte verwunderlich erscheinen, da zu diesem Zeitpunkt Baden Sitz des Hauptquartiers der sowjetischen Besatzungstruppen war, auf deren Abzug man kaum hoffen konnte.

Die Kommissionierung des Baugrundes für die neue Kirche auf dem Friedrich-Schiller-Platz fand am 3. März 1953 statt; am 24. September d. J. erfolgte die Eröffnung des Anbotes für die Arbeiten, und am 15. Oktober d. J. begann man mit dem Bodenaushub. Die Grundsteinweihe am 7. Mai 1955 nahm der für Kirchenbauten zuständige Erzbischof-Koadjutor Dr. Franz Jachym vor. Den Höhepunkt bildete dann die feierliche Konsekration der neuen, dem hl. Christophorus geweihten Kirche am 21. und 22. September 1957, am 21. September mit der Außenkonsekration und feierlichen Glockenweihe und am 22. September mit der Konsekration des Innenraumes, des Altares und der Feier der ersten hl. Messe in der Kirche. Die Kirchweihe nahm wieder Erzbischof-Koadjutor Dr. Franz Jachym vor, ebenso am Nachmittag des 22. September die Segnung weiterer Häuser in der Friedenssiedlung. 1966 erfolgte die Umgestaltung des Tabernakels und 1973 eine gründliche Innenrenovierung der Kirche[516].

Wenn man die Kirche betritt, so nimmt einen sofort das große Fresko gefangen, das die ganze Wand über dem Hochaltar bedeckt. Es beherrscht gleichsam den sich zu einem Schiff erweiternden Raum. Das Werk Prof. Rudolf Eisenmengers stellt Christus als Friedensfürsten dar, umgeben von Engeln. Links unten findet sich die symbolische Darstellung des Friedensreiches auf Erden mit einer männlichen und einer weiblichen Gestalt, welche die Früchte der Erde ernten. Getreidefeld und Weingarten deuten zugleich auf die eucharistischen Gestalten von Brot und Wein hin. Rechts unten erkennt man den Apostel Johannes als Greis und Seher auf Patmos, auf einem Stuhl sitzend und meditierend. Die angelehnte kleine Harfe kennzeichnet ihn zugleich als den visionären Künder der endzeitlichen Herrlichkeit. Man könnte freilich auch bei dieser Gestalt an König David denken. Zur Mitte hin sieht man im Hintergrund einen Hirschen, der aus einem Bach trinkt, in Anspielung auf das Psalmwort *Wie der Hirsch nach dem Quell, so sehnt sich meine Seele nach dir, o Gott.*

Der mächtige Altarblock ist aus dunkelgrünem Marmor. Aus dem gleichen Material gestaltete man den hinter dem Altar aufragenden Aussetzungsthron mit Baldachin, in dessen Unterbau man nach der Trennung vom Altar den Tabernakel einfügte. Diesen schuf 1966 der Wiener Bildhauer Viktor Hammer. Der Zugang zum stark erhöhten Tabernakel ist seitlich über eine Stiege, die durch die helle Gravurwand verdeckt wird. Die Vorderseite dieses Schreines für das Allerheiligste zeigt einen großen roten Stein in der Mitte, umgeben von zwölf Bergkristallen, ein Symbol Christi und seiner Apostel.

Hinter dem freistehenden Altartisch ragt eine Steinwand auf, die in sanftem Bogen den Altarraum gleichsam umschließt. Die von Prof. Franz Kaulfersch geschaffenen Umriß-Gravuren auf Goldgrund an dieser Wand stellen — von links nach rechts gesehen — die hl. Helena als Patronin der früheren Pfarre, dann den hl. Urban als Patron der Winzer, in der Mitte den hl. Christophorus, an der rechten Seite zwei Heilige des 20. Jhdts., den hl. Papst Pius X. und die Märtyrerjungfrau Maria Goretti, dar.

Vom selben Künstler stammen die Steingravuren an den beiden blockartigen Ambonen mit den Symbolen der vier Evangelisten, des geflügelten Menschen für Matthäus, des geflügelten Löwen für Markus, des geflügelten Stieres für Lukas und des Adlers für Johannes. Auch hier handelt es sich um Umrißgravuren auf Goldgrund.

Der linke Seitenaltar befindet sich in einer Nische und trägt eine von Prof. Erwin Grienauer geschaffene Marienstatue ohne Jesuskind. Die ursprünglich polychromierte Holzfigur wurde 1957 mit einem hellen Fixativ auf Kreidegrund überzogen und kam in dieser Umgestaltung an die Kirche von St. Christoph. Die Holzstatue des hl. Petrus als jugendlicher Fischer in der rechten Seitenaltarnische stammt von Franz Kaindl aus Gaweinstal; es ist ein Geschenk eines Badener Geschäftsmannes und erhielt am 20. Oktober 1962 die kirchliche Weihe.

Prof. Franz Kaulfersch gestaltete die in einem sanften Bogen gegen das Kirchenschiff vorspringende Brüstung der Orgelempore mit singenden und musizierenden Engelsgestalten. Die Orgel stammt aus der Kapelle der

Barmherzigen Schwestern in Wien-Gumpendorf, die, nach schweren Bombenschäden umgebaut, eine neue erhielt. Diese Orgel wurde 1908 von der Wiener Orgelbaufirma Kauffmann hergestellt und von derselben Firma 1962 in der Christophoruskirche zu Baden aufgerichtet, wobei das Gehäuse aus braunem Holz neugestaltet wurde.

Die an den Seitenwänden des Gläubigenraumes angebrachten Kreuzwegstationen schuf 1963 Prof. Rudolf Eisenmenger als Eitemperamalereien auf Novopanplatten, die mit Leinen überzogen sind.

Die linkerhand vom Eingang angebaute Werktagskapelle hatte ursprünglich einen an die Wand gerückten Altartisch mit Tabernakel in der Mitte. Im Frühjahr 1978 erfolgte die Umgestaltung nach den Richtlinien der Liturgiereform mit freistehendem Altartisch und Wandtabernakel. Die Weihe des neuen Tabernakels vollzog Weihbischof Florian Kuntner als Bischofsvikar am 11. Juni 1978.

Die Außenseite der Kirche wird an der Eingangsfront von einem großen Sgraffito im Giebel über der Eingangshalle beherrscht *(Abb. 41)*. Es stellt den Schutzpatron der mit 1. September 1957 neugeschaffenen Pfarre, den hl. Christophorus, dar, wie er nach der Legende das Christuskind durch die Fluten trägt. Es ist ein Werk von Prof. Sepp Zöchling aus St. Pölten.

Die Portalreliefs mit der Darstellung Christi als Weltenrichter in der Mitte und Engelsgestalten über den beiden Seitentüren sowie die Kapitäle an der Wand der Vorhalle mit der Darstellung von Adler und Löwen als Hüter des Heiligtums schuf der akad. Bildhauer Franz X. Ölzant *(Abb. 42)*. Die Kapitäle der Säulen zur Vorhalle zeigen symbolische Tiergestalten: Eidechse (Licht) und Kröte (Finsternis); sie stammen vom akad. Bildhauer Prof. Franz Barwig.

Der weithin sichtbare Turm an der Nordostecke der Kirche mit seinem Zwiebelhelm birgt in seinem Innern einige Räume, die für seelsorgliche Zwecke verwendet werden können, und in seinem oberen Teil die Glockenstube. Das 1957 geschaffene Geläute wurde durch die noch fehlende große Helenenglocke ergänzt, deren Weihe am 3. November 1973 stattfand[517].

45 Kapelle im Mariazellerhof (Marchetstraße 15)

46 Deckenfresko der Nikolauskapelle im Schloß Leesdorf

47 Ehemaliges Bürgerspital mit St.-Anna-Kapelle (Heiligenkreuzer Gasse)

48 St.-Antonius-Kapelle im Herzoghof vor dem Neubau von 1908/09

49 Inneres der St.-Antonius-Kapelle im Herzoghof nach dem Neubau von 1908/09

50 Kapelle in der Friedenssiedlung (Babenbergerstraße 8)

51 „Urlaubs-Kapelle“ neben dem Haus Marchetstraße 22

52 Dreifaltigkeitssäule (Pestsäule) auf dem Hauptplatz

Die evangelische Pfarrkirche

(Wilhelmsring 54)

und das evangelische Gemeindezentrum

(Schimmergasse 33 a)

Ursprünglich gehörte Baden zur evangelischen Gemeinde in Wien. Nach der Gründung der evangelischen Gemeinde in Mödling im Jahre 1875 wurde Baden von dort aus betreut. Die gottesdienstlichen Versammlungen fanden zunächst im kleinen Saal der Mineral-Schwimmschule und 1887 vorübergehend im Redoutensaal statt. Wegen Schwierigkeiten in der Lokalbeschaffung mußte dann durch einige Jahre der Gottesdienst in Baden unterbleiben. Ab 1882 fand man für eine Zeitlang in einem Privathaus, Braitnerstraße 24, eine Unterkunft und stand 1886 wieder ohne Versammlungsraum da.

Am 27. März 1887 erfolgte endlich die Grundsteinlegung zur heutigen Kirche am Wilhelmsring, die im damals modernen, historisierenden neuromanischen Stil von Stadtbaumeister Anton Breyer errichtet wurde *(Abb. 43)*. Prominentestes Gründungsmitglied war Friedrich Wüste, der Besitzer der ersten Buch- und Steindruckfabrik Österreichs in der Leesdorfer Rohrmühle. Am 23. Oktober 1887 konnte dann die Einweihung der evangelischen Kirche in Baden erfolgen. 1891 wurde das nördlich davon gelegene Pfarrhaus fertiggestellt und Baden Filialgemeinde. Eine besondere Wohltäterin beim Bau von Kirche und Pfarrhaus war Frau Elise Hötsch, die auch wesentlich zur Stiftung eines Pfarrbesoldungsfonds beitrug. Mit 29. September 1894 wurde Baden schließlich selbständige Gemeinde mit damals 380 Seelen. Das Kircheninnere unterzog man 1946/1947 einer Renovierung, und 1979 konnte eine Außenrestaurierung des Kirchengebäudes durchgeführt werden.

Inzwischen war die Stadt Baden und damit auch die Zahl der Gläubigen evangelischen Bekenntnisses gewaltig angewachsen. So schuf man in der neuentstandenen Friedenssiedlung im Westen der Stadt mit Unterstützung des Martin-Luther-Bundes und des Lutherischen Weltkirchenbundes ein neues evangelisches Gemeindezentrum mit einem entsprechenden Mehrzweckraum und einer neuen Wohnung für den hiesigen Pfarrer, erbaut nach den Plänen von Architekt Dipl.-Ing. Rupert Weber aus Baden *(Abb. 44)*. Die Grundsteinlegung erfolgte am 5. Juli 1970, die feierliche Eröffnung am 14. November 1971.

Zur evangelischen Pfarre Baden Augsburger und Helvetischen Bekenntnisses gehören heute eine Reihe von Ortschaften in der Umgebung, darunter Traiskirchen mit einer eigenen evangelischen Filialkirche[518].

Die Notkirchen in Leesdorf

Nach dem Entstehen eines neuen Siedlungsgebietes im Südosten der Stadt Baden nach dem Ersten Weltkrieg wurde das Bedürfnis nach einer eigenen Gottesdienststelle für den östlich der Südbahn gelegenen Teil der Pfarre St. Stephan in Baden laut. Am 17. Jänner 1932 weihte Kardinal Erzbischof Dr. Gustav Piffl ein zu einer Notkirche adaptiertes Maschinenhaus der städt. Elektrizitätswerke in der Waltersdorfer Straße Nr. 24.

Aber bereits 1939 forderte die Stadtgemeinde Baden unter dem Regime des Nationalsozialismus dieses Gebäude wegen angeblichen Eigenbedarfes an. Am 21. Jänner 1940 wurde in der ersten Leesdorfer Notkirche der letzte Gottesdienst gefeiert und anschließend das Gebäude von der Pfarre geräumt.

Für kurze Zeit hielt man dann die Feier von Gottesdiensten an Sonn- und Feiertagen im Schloß Leesdorf in dem zu einer Kapelle umgestalteten Festsaal. Im Herbst 1940 mußten die Hartmannschwestern als Eigentümer des Schlosses dieses für Volksdeutsche Umsiedler räumen, und so wurde wieder die Abhaltung von Gottesdienstfeiern auch dort unmöglich gemacht.

Sofort nach Beendigung des Zweiten Weltkrieges war man neuerlich auf der Suche nach einem geeigneten Objekt, das sich dann in einem solid gebauten Magazin der Familie Georg Gehrer in der Leesdorfer Hauptstraße Nr. 63 anbot. Am 9. Dezember 1945 weihte Kardinal Erzbischof Dr. Theodor Innitzer diese für den gottesdienstlichen Zweck adaptierte zweite Leesdorfer Notkirche.

Die Einrichtung übernahm man teilweise von der früheren Notkirche in der Walterdorfer Straße, die man wohlweislich für eine spätere Verwendung gelagert hatte. Das Madonnenbild über dem Altar stammt aus einer aufgelassenen Wegkapelle, die in der Mühlgasse gegenüber dem Haus Nr. 65 stand. Das Bild trägt die Inschrift: *Das wahre Bilt so 1696 den 4. November zu Höch geweinet hat.* Es handelt sich um eine alte Kopie des Gnadenbildes *Maria Pötsch,* das im Wiener Stephansdom besondere Verehrung genießt.

Seit 1959 wurde das Projekt eines Kirchenneubaues und der Errichtung einer eigenen Pfarre Baden-Leesdorf ins Auge gefaßt. Ein der Pfarre St. Stephan zu Baden gehöriger Grund in der Waltersdorfer Straße bot sich zunächst dafür an. Die P.P. Kalasantiner erklärten sich damals bereit, nach Errichtung von Kirche und Pfarrhof diese neue Pfarre am Geburtsort ihres Ordensgründers P. Anton Maria Schwartz zu übernehmen. Wegen Mangel an Ordensnachwuchs zogen sie allerdings dieses Angebot später zurück.

Seit 1977 ergab sich dann im Zuge der Stadtplanung Badens eine andere, günstiger gelegene Stelle für den Kirchenbau in Leesdorf, nämlich in der Leesdorfer Hauptstraße gegenüber dem Schloß. Es setzten Verhandlungen mit dem Grundeigentümer, dem Stift Melk, ein. Immer wieder aber traten durch verschiedene Umstände Schwierigkeiten und Verzögerungen ein. Am 25. Feber 1977 faßte der Pfarrgemeinderat von Baden-St. Stephan den Beschluß zum Grundankauf für ein Seelsorgezentrum mit Kirche an dieser Stelle in Leesdorf. Später bildete sich ein Proponentenkomitee zur Gründung eines eigenen Kirchenbauvereines Leesdorf. Die konstituierende Sitzung dieses Vereines fand am 27. April 1980 statt. Am Christi-Himmelfahrts-Tag, dem 15. Mai d. J., erfolgte der erste Spatenstich zum Kirchenneubau in Leesdorf durch Vikar Weihbischof Florian Kuntner auf dem Grundstück gegenüber dem Leesdorfer Schloß[519].

Die Kapelle des Marienheimes

(Schimmergasse 1)

Das sogenannte *Marienspital* (Weilburgstraße 27—29) geht zurück auf eine Gründung der *Gesellschaft adeliger Frauen zur Förderung des Guten und Nützlichen.* Diese Gesellschaft wurde 1811 in Wien von Fürstin Karoline Lobkowitz, geb. Prinzessin Schwarzenberg, ins Leben gerufen. Das Haus in Baden, zu dem der Baron Doblhoff den Grund schenkte, sollte Fremden dienen, die hier erkrankten und kein Unterkommen fanden. Der Bau kam 1813 zur Vollendung, zunächst mit 12, später mit 35 Betten. 1860 berief die Gründergesellschaft die Barmherzigen Schwestern vom hl. Vinzenz von Paul hierher.

Von Anfang an bemühte man sich um einen regelmäßigen Gottesdienst in der Hauskapelle, die auch für die Gläubigen aus der Umgebung offen stand. Anna Doppler, 1884 im Marienspital verstorben, widmete für die Kapelle die Statuen der schmerzhaften Mutter, des hl. Josef und der hl. Barbara. 1888 schuf Baurat Paul Wasserburger die Marienstatue im Hof neben der Kapelle.

1878 erfolgte eine Erweiterung der Gebäude des Marienspitals, in denen 1879 auch eine Handarbeitsschule der Schwestern eröffnet werden konnte; das Schulgebäude erhielt später einen ersten Stock. Während des Ersten Weltkrieges 1914—1918 belegte man das Haus mit Leichtverletzten. Auf Betreiben des Badener Bürgermeisters Josef Kollmann wurde am 4. November 1929 nach entsprechenden Adaptierungen durch die Stadtgemeinde ein Kindergarten der Schwestern eröffnet.

Nachdem der Weikersdorfer Kirchenbauverein am 10. Juli 1934 den einstimmigen Beschluß gefaßt hatte, 20.000,— S für die Erweiterung der Kapelle des Marienspitals zu verwenden, konnte mit dem Umbau derselben begonnen werden. Er erfolgte zwischen dem 17. Feber und dem 23. Juni 1936. Am 30. Juni gelangte die Orgel zur Aufstellung, und am 1. Juli 1936 konnte die neue Kapelle zugleich mit einem ersten Stockwerk und einer neuen Halle des Hauses geweiht werden. 1939 wurde die Sakristei erweitert. Damit war den Gläubigen der Umgebung eine Teilnahme am Gottesdienst in reicherem Ausmaß geboten. Die beiden Pfarrkirchen St. Stephan und St. Helena waren doch für viele ziemlich entlegen.

Vorübergehend diente 1938 das Marienspital der Unterbringung von Flüchtlingen. Am 30. Juni 1939 erfolgte dann die zwangsweise Schließung des beliebten Kindergartens und die Beschlagnahme von dessen Inventar durch das nationalsozialistische Regime. Aber schon kurz nach Kriegsende, nämlich am 22. Mai 1945, konnte der Kindergarten wieder eröffnet werden. Von 1945 bis zum 14. Juni 1952 führten die Schwestern außerdem eine Nähschule.

Im Feber 1950 restaurierte man das den ganzen Kapellenraum beherrschende Altarbild mit der Darstellung der Unbefleckten Empfängnis, und 1959 erfolgte eine Restaurierung der gesamten Kapelle.

Die größte Veränderung fand aber zwischen dem Herbst 1961 und dem Winter 1965 statt. Alle Gebäude, mit Ausnahme der Kapelle und des neuen Teiles des Kindergartens, kamen zur Abtragung, und es wurde der heutige moderne Bau mit Einzelzimmern für 75 Patienten und einigen Appartements errichtet. Die Weihe des neuen Hauses, das nun den Namen *Marienheim* erhielt, vollzog am 30. Dezember 1964 Kardinal Erzbischof DDr. Franz König. Eine moderne Madonnenplastik aus Stein an der Fassade des Gebäudes unterstreicht den Namen des Hauses.

Schließlich erneuerte man 1975 auch den Altar der Kapelle[520].

Die Kapelle im NÖ Landes-Pensionistenheim, früher Bezirks-Altenheim

(Wiener Straße 70)

Das Gebäude wurde 1903—1905 vom damaligen Bezirksarmenrat für den Gerichtsbezirk Baden als sogenanntes *Armenhaus* errichtet. Im Zuge der etappenweisen Renovierung bzw. des Umbaues der verschiedenen Trakte zwischen 1959 und 1968 kam es auch zur Restaurierung der Kapelle. Diese ist insofern bemerkenswert, als sie Stilelemente des *Jugendstiles* zeigt, so das kreisrunde Glasfenster über dem Altar mit Maria, den Jesusknaben im Arm haltend, umgeben von einem Kranz von Blüten. Auch die sparsame Verzierung an den oberen Enden der Pfeiler trägt die Züge dieser Stilperiode. Der frühere, ebenfalls in den Formen des Jugendstils gestaltete Tabernakelaufbau in der Mitte des höher gelegenen rechteckigen Altarraumes wurde bei der Restaurierung entfernt. Der nun freistehende Altar und der seitlich in die Wand versetzte Tabernakelschrein sowie die übrige Einrichtung der Kapelle sind modern und nach den Richtlinien der erneuerten Liturgie gestaltet. Am Raum selber mit seinen beiden, durch Pfeiler getrennten Seitenschiffen wurde nichts geändert[521].

Gottesdienst wurde früher regelmäßig durch den im Hause wohnenden Seelsorger gehalten. Seit kein Hausgeistlicher mehr angestellt werden konnte, sorgt die Pfarrgeistlichkeit von St. Stephan in Baden für die Feier der hl. Messe an allen Tagen. Die Betreuung der Insassen des Hauses steht unter der Leitung der Kreuzschwestern (Kongregation der Barmherzigen Schwestern vom hl. Kreuz).

Die Kapelle im Krankenhaus der Stadt Baden

(Wimmergasse 19)

Das *Rathsche Krankenhaus* in Leesdorf wurde 1885 mit bedeutender Unterstützung von Frau Franziska Rath gegründet. Aus der Zeit des ursprünglichen Baues stammt auch die Kapelle im ersten Stock des alten Mitteltraktes.

1942 kam zum alten Krankenhausbau die in Baracken untergebrachte *geburtshilfliche Abteilung*. Dieses Provisorium entfernte man dann im Zuge des großen Neubaues. 1949 erfolgte der Neubau eines im Garten gelegenen eigenen Gebäudes, das zunächst für die *Interne Abteilung* sowie teilweise als Infektionsstation bestimmt war. 1962—1969 erweiterte man das alte Hauptgebäude bedeutend. Bei dieser Gelegenheit wurde die hinter dem Altar der Kapelle befindliche kleine Sakristei abgetragen. 1966—1968 errichtete man im Garten einen eigenen Baukörper als Schwesternwohnheim. 1972—1974 erfolgte eine Neugestaltung der Röntgenabteilung, die nun eine selbständige Leitung bekam. Seit 1977 kommt es zu einem großzügigen Neubau in mehreren Etappen, dem das alte Hauptgebäude zur Gänze weichen muß. Im Zuge dieses Neubaues wird dann auch die alte Kapelle mit ihrer im historisierenden Stil des ausgehenden 19. Jhdts. neugotisch gestalteten Einrichtung abgetragen und im modernen Spitalsgebäude eine neue errichtet werden[522].

In der Kapelle wird durch den Krankenhausseelsorger regelmäßig Gottesdienst gefeiert, an dem auch Gläubige aus der Umgebung teilnehmen können.

Die Kapelle des Mariazellerhofes

(Marchetstraße 15)

1273 schenkte Poto von Merkenstein dem Kloster Mariazell in Österreich, auch Klein-Mariazell genannt, seinen Hof und Garten samt der in diesem befindlichen Schwefelquelle bei Baden. Im 15. Jhdt. kam es mehrfach zu einer Erweiterung des sogenannten *Mönchshofes* durch Schenkungen und Kauf. Im Visitationsprotokoll der Pfarre Baden von 1544 wird berichtet, daß der Hof des Stiftes Mariazell nur einen Weinzierl, aber keinen eigenen Hofmeister habe. Der Gültenauszug von 1563 und die Inventarien des Klosters Mariazell von 1566, 1576, 1584 geben Einblick in den Besitzstand und den Umfang des Badener Hofes; das Stiftsinventar von 1744 zeigt den Ertrag der Badener Weingärten. In Gaisrucks Bericht von 1746 wird das Gebäude des Badener Mariazellerhofes auf 1000 fl. geschätzt. Nach der Aufhebung des Klosters Klein-Mariazell am 30. Oktober 1782 wurde die Verwaltung des Badener Hofes zuerst von Melk, dann von Kremsmünster bzw. Lilienfeld geführt, seit 1798 von der Staatsgüteradministration namens des Religionsfonds. Für den 2. August 1799 kam es zur Ausschreibung einer öffentlichen Versteigerung des Hofes, die aber am 24. August d. J. widerrufen wurde. 1800 erlaubte Kaiser Franz der Frau Eleonore von Fraißl und ihrer Familie die Benützung des Objektes zum Kurgebrauch. Ein kaiserliches Dekret ließ 1801 eine Schätzung durchführen und beschloß den Mariazellerhof für arme Badebedürftige herrichten zu lassen. 1804 erfolgte die Übergabe an die k. k. Wohltätigkeitskommission. Mit Stiftsbrief vom 2. Juni 1808 widmete Kaiser Franz das nötige Kapital. 1818 baute man einen Trakt dazu. Da die vorhandenen Gebäude immer noch zu klein waren, schritt man an einen Neubau, dessen Grundsteinlegung am 29. Juli 1826 Erzherzog Anton vornahm. Am 18. Mai 1827 erfolgte die Wiederweihe der Kapelle. 1882 wurde ein weiterer Trakt dazugebaut. Unter dem Namen *Wohltätigkeit* erfüllte das Gebäude weiterhin seinen widmungsgemäßen Zweck, während der beiden Weltkriege teilweise als Lazarett. 1945 bis 1955 quartierten sich die russischen Besatzungstruppen ein. 1956 diente das Haus vorübergehend der Unterbringung von Ungarnflüchtlingen. Schließlich pachtete die Stadtgemeinde Baden die bisherige *Stiftung Wohltätigkeitshaus Baden*. Jetzt beherbergen die Gebäude neben den Badeanlagen und Räumen für Badegäste ein Rehabilitationszentrum und ein kleines Altenheim. 1975 erfolgte die Renovierung des Kapellenraumes, der von der sowjetischen Besatzungsmacht unberührt geblieben war.

Der einfache, einstöckige Bau zur Marchetstraße hin trägt über dem Eingangstor die Inschrift: *Franz I. den armen Badebedürftigen MDCCCV erweitert MDCCCXXV.*

Im Hof befindet sich der kleine Bau, der gewöhnlich als *Cäcilienkapelle* bezeichnet wird *(Abb. 45).* Anton von Geusau nennt sie 1802 in seiner *Historisch-topographischen Beschreibung der landesfürstlichen Stadt Baden* aber *Jakobuskapelle.*

Das Innere der Kapelle zeigt sich als rechteckiger Raum mit zwei Platzl-Gewölben und einer aus dem Sechseck konstruierten, gewölbten Apsis. Über dem Triumphbogen befinden sich folgende Inschriften mit Chronogrammen: *Summo deo sacrum Ildefons. Mannagetta praesul restaurans fieri fecit (1719)* und *Jacobus Pach Cellae abbas hoc labens sacellum erexit (1772).* Die beiden geschweiften Deckenfelder tragen Fresken, im vorderen Platzl-Gewölbe die Darstellung eines hl. Papstes, in der Literatur als Gregor der Große bezeichnet, dem Traubensymbol nach zu schließen aber die des hl. Urban, auf Wolken thronend, mit zwei spielenden Putten; im zum Eingang gelegenen Platzl-Gewölbe findet sich die Darstellung des hl. Jakobus, ebenfalls auf Wolken und mit Putten, die ein Buch bzw. eine Kürbisflasche halten. Die weitere Bemalung des Raumes aus der Barockzeit wurde wegen zu arger Beschädigungen bei der Restaurierung des Jahres 1975 übertüncht. Die Fresken erinnern an die Art des Johann Bergl, der in der Klosterkirche Klein-Mariazell unter Abt Jakobus Pach die großartigen Wandmalereien schuf[523].

In der Kapelle wurde früher täglich hl. Messe gefeiert; derzeit muß man sich auf die Feier eines Gottesdienstes an Sonn- und Feiertagen beschränken.

Die Nikolauskapelle im Schloß Leesdorf

(Leesdorfer Hauptstraße 69)

Zunächst soll ein kurzer Überblick über die Geschichte der alten Wasserburg Leesdorf gegeben werden. 1114 wird erstmalig Hugo von Levisdorf urkundlich genannt. Die Herren von Leesdorf werden ausdrücklich als Ministeriale bezeichnet. Die letztmalige Erwähnung des Geschlechtes — damals allerdings nicht mehr im Besitz der Veste — erfolgte 1378. Die Burg Leesdorf war schon früher an Sigmund Kastner übergegangen, der sie 1312 an seinen Vetter Erhard von Leutfaringer verkaufte. In diesem Kaufbrief findet eine *sand Niclas capellen* Erwähnung. Mitte des 14. Jhdts. waren die Walseer Besitzer des Schlosses. Dieses schwäbische Geschlecht kam mit den Habsburgern nach Österreich und erwarb binnen kurzer Zeit Liegenschaften in Niederösterreich, Oberösterreich und in der Steiermark. Es zerfiel in vier Linien: die Linzer, die Ennser, die Grazer und die Drosendorfer. Die Drosendorfer gewannen auch in Baden und Umgebung verschiedene Besitzungen. Der Begründer dieser Linie, Friedrich von Walsee, mit Adelheid vermählt, saß auch zu Leesdorf. Die Söhne Eberhart und Heinrich teilten ihren Besitz. Eberhart erhielt Merkenstein, Hirtenberg und Pottenstein, Heinrich Enzesfeld und Leesdorf. Heinrich starb 1367. Seine Söhne Jans, Heinrich und Wolfgang verwalteten den väterlichen Besitz gemeinsam. Jans starb 1370 und hinterließ einen Sohn namens Ulrich. Dieser und sein Onkel Wolfgang verkauften 1380 die Veste Leesdorf an Stephan von Zelking. Mit dem Tod Ulrichs von Walsee erlosch dann im Jahre 1400 die Drosendorfer Linie. Von Stephan von Zelking ging Leesdorf an seine Witwe Cäcilia über. Die Herrschaft war aber durch Mitgifte und Witwenversorgungen belehnt. So erscheinen auch die Herren von Ebersdorf, Sachsengang und Sumberg als Mitbesitzer urkundlich auf.

Anfang des 15. Jhdts. wurde die Burg landesfürstlich. 1617 kaufte das Stift Melk die Herrschaft und die ziemlich baufällige Veste von Hans Friedrich Kielmann von Kielmannsegg. 1719—1721 erfolgte unter Abt Berthold Dietmayer ein durchgreifender Umbau. Unter dem Verwalter P. Balthasar Stürzl wurde die Kapelle restauriert und ein neuer Altar errichtet. Dabei verdrängte ein *Maria-Bründl-Bild,* eine Kopie nach dem von Kroissenbrunn, die alte, wurmstichige Holzstatue des hl. Nikolaus. Manche meinen, daß die Fresken in der Kapelle von Johann Bergl stammen, den Abt Urban Hauer (1763—1782) gerne beschäftigte. Am 31. März 1776 wurde in der restaurierten Kapelle das erste Meßopfer gefeiert. 1852 verkaufte das Stift Melk das Schloß Leesdorf an den Wiener Advokaten Dr. Stanislaus Neumister, nach dem die Neumistergasse in Baden benannt ist. Dieser ließ den Graben zuschütten und wendete eine hohe Summe für die Restaurierung des Schlosses auf. Dann wechselte dieses mehrmals den Besitzer. 1907 erwarb es Henry Baltazzi, der es wieder einer umfangreichen Erneuerung unterzog. Architekt Walcher, Ritter von Maltheim, der Restaurator von Liechtenstein und Kreuzenstein, führte im Jahre 1909 die Erneuerungsarbeiten durch. Die Witwe Paula Baltazzi, geb. Freifrau Scharschmid von Adlerstreu, verkaufte am 2. Jänner 1934 das Schloß an die Kongregation der Schwestern des 3. Ordens vom hl. Franziskus, genannt *von der christlichen Liebe,* bekannt unter dem Namen *Hartmannschwestern.* Diese ließen Schloß und Nikolauskapelle restaurieren, so daß am 22. März 1934 in der Kapelle wieder der erste Gottesdienst gehalten und am 8. Juli 1934 die Turmkreuzweihe durch den Badener Stadtpfarrer Kanonikus Josef Stoiber vorgenommen werden konnten. Ab 25. Jänner 1935 wohnte im Schloß auch ein Hausgeistlicher, der für den regelmäßigen Gottesdienst sorgte. Am 18. November 1935 wurde mit der Segnung des Hauses durch Kardinal Erzbischof Dr. Theodor Innitzer dieses unter den Schutz der hl. Elisabeth gestellt.

Im Herbst 1938 quartierte man vorübergehend Flüchtlinge im Schloß ein; Teile des Gebäudes wurden an die N. S. D. A. P. bzw. die Stadtgemeinde vermietet. Nach Räumung der Notkirche von Leesdorf hielt man vom 28. Jänner bis zum 8. September 1940 in dem zu einer Kapelle umgestalteten Festsaal für die Leesdorfer Bevölkerung an Sonn- und Feiertagen Gottesdienst, für dessen Abhaltung die Pfarrgeistlichkeit von St. Stephan in Baden sorgte. Aber schon am 12. September 1940 erfolgte die gewaltsame Beschlagnahme des Schlosses durch die N. S. D. A. P. und die Vertreibung der Schwestern aus ihrem Eigentum.

In der Zeit vom 2. November 1941 bis in das Jahr 1942 hinein quartierte man Volksdeutsche Umsiedler aus Bessarabien im Schloß ein, deren Pfarrer wieder Gottesdienst hielt. Schließlich übernahm die Deutsche Wehrmacht das Haus als Reserve-Lazarett. Ab 12. April 1942 konnte dann an Sonn- und Feiertagen für die Wehrmachtsangehörigen in der Nikolauskapelle Gottesdienst gefeiert werden, für den der Standortpfarrer von Baden sorgte. Bis zum Heranrücken der sowjetischen Armee in den ersten Apriltagen des Jahres 1945 blieb das Schloß Lazarett.

Die Kriegsereignisse verschonten das Schloß Leesdorf zwar weitgehend von Bomben und Geschoßeinschlägen, Plünderungen devastierten es aber weitgehend. Mit Ausnahme des Gärtnerhauses, in dem die Hartmannschwestern auf der Flucht einen Unterstand fanden, quartierten sich in den Gebäuden Soldaten der russischen Besatzungsmacht ein. Am 20. Jänner 1948 wurde das Schloß in trostlosem Zustand den Schwestern wieder als ihr Eigentum freigegeben. Im Oktober 1948 kam dann ein Pachtvertrag mit der Malerschule zum Abschluß. Langsam konnten das Schloß und auch die Kapelle wiederhergestellt werden. Jetzt ist im Haus die *Meisterschule des österreichischen Malerhandwerks* untergebracht. Der vom Schloß abgetrennte große Garten wird von den Hartmannschwestern betreut, die im ehemaligen Gärtnerhaus wohnen.

Die Schloßkapelle liegt im Erdgeschoß des Südtraktes. Durch eine spitzbogige Tür betritt man den rechteckigen, mit einem Platzl gewölbten Raum. Die halbkreisförmige Apsis wird durch einen breitvorspringenden Triumphbogen abgetrennt. Im Schiff befinden sich zwei hochliegende Fenster mit aufgebogenem Sturz in Segmentbogennischen, in der Apsis hinter der Kulisse des Triumphbogens zwei tiefliegende Segmentbogenfenster. Das Schiff ist bemalt, an den Wänden mit leuchtertragenden Engelsfiguren in Rundbogennischen (Scheinarchitektur), in der Decke in den Zwickeln mit den Gestalten der vier Evangelisten in kartuschartiger Umrahmung; das von einem gemalten, verkröpften Gesimse umrahmte Mittelfeld der Decke zeigt eine Dreifaltigkeitsgruppe, umgeben von Engeln *(Abb. 46)*. Über dem Triumphbogen findet sich, von zwei Putten gehalten, das Wappen des Abtes Berthold Dietmayer.

Die Bemalung der Apsis und der 1776 errichtete Altar konnten bei der Restaurierung der Kapelle wegen zu arger Beschädigung nicht mehr erneuert werden. Man schuf einen einfachen, freistehenden Altartisch und versah die Wand dahinter mit einem großen, in weißer Farbe gehaltenen Kreuz auf dunklem Grund in einem Rechteck. Da auch die frühere Orgelempore irreparabel geworden war, gestaltete man sie neu mit einer Brüstung in Holzschnitzarbeit[524].

In der Kapelle wird nur mehr gelegentlich Gottesdienst gefeiert. Für die Hartmannschwestern errichtete man eine Hauskapelle im ehemaligen Gärtnerhaus.

Die Annakapelle im ehemaligen Bürgerspital

(Heiligenkreuzergasse 4) *(Abb. 47)*

Am 24. April 1542 stiftete Gerowich Auer von Herrnkirchen seinen Edelsitz vor dem Heiligenkreuzer Tor samt der Bruckmühle zu einem *Bürgerspital,* das nach heutigen Begriffen eher einem Altenheim entspricht. Zwischen 1545 und 1584 wurden die Einkünfte des vorübergehend aufgelassenen Augustinerklosters in Baden diesem Bürgerspital zugesprochen mit der Auflage, Klostergebäude und Kirchen der hiesigen Augustiner-Eremiten instand zu halten.

1701 erhielt die nach der Zerstörung der Türkeninvasion des Jahres 1683 wiederhergestellte Kapelle in diesem Bürgerspital eine Glocke[525]. Zur 200-Jahr-Feier der Gründung im Jahre 1742 wurde unter dem Stadtrichter Georg Reinwald eine große Gedenktafel mit Chronogramm im ersten Hof des Gebäudes angebracht[526]. 1745 erfolgte eine Neuweihe der St.-Anna-Kapelle durch Weihbischof Josef Heinrich Breitenbucher. Die im Badener Städt. Rollett-Museum befindliche Inschrifttafel mit Chronogramm trägt die Worte: *Anno in quo capella huius xenodochii Baadensis ab Archiepiscopi Viennensis suffaganeo consecrata est.* 1753 wurde die angrenzende Mühle samt Hof und Garten verkauft und wechselte in der Folge verschiedene private Besitzer. Der zur heutigen Heiligenkreuzergasse gelegene Trakt blieb Bürgerspital der Stadt Baden. 1836 errichtete man anstelle des früheren Kapellentürmchens bei einer Renovierung den jetzigen Turmaufbau. 1895 kam es wieder zu einer Erneuerung, bei der über dem Tor folgende Inschrift angebracht wurde: *Bürgerspital gestiftet 1542.* Die letzte Renovierung erfolgte 1979. Bei dieser Gelegenheit unterzog man auch die links vor dem Tor in der Höhe des ersten Stockwerkes in einer rundbogigen Nische befindliche polychromierte Steinstatue aus dem 17. Jhdt. einer gründlichen Restaurierung. Diese stellt die hl. Elisabeth von Thüringen dar, wie sie einem Krüppel Almosen reicht

In der konkaven Krümmung der Heiligenkreuzergasse gelegen, bildet das Gebäude des ehemaligen Bürgerspitals ein für das Badener Stadtbild bedeutsames, malerisches Motiv. Dieses Gebäude ist zweigeschossig. Über dem Segmentbogentor erhebt sich ein dreigeschossiger Turmaufbau mit einem vierseitigen Pyramidendach, dessen Ecken abgekantet sind. An der Spitze des Turmaufbaues befindet sich eine kleine Blechhaube.

Die von der Einfahrtshalle zugängliche Annakapelle ist ein einschiffiger Raum mit Tonnengewölbe und Stichkappen. Im ersten Stock, über der Einfahrtshalle, befindet sich ein gegen die Kapelle in einem Korbbogen geöffnetes Oratorium mit gotischem Sterngewölbe und birnförmigem Rippenprofil.

Der Altar ist aus Holz, marmoriert. Über dem Tabernakel findet man eine Halbfigur der hl. Mutter Anna mit ihrer Tochter Maria, ein Hochrelief aus Wachs, polychromiert, in ovalem Rahmen unter Glas. Es handelt sich um eine interessante Arbeit aus der zweiten Hälfte des 18. Jhdts. Der Altar besitzt einen Pilasteraufbau mit geschweiftem Gebälk, in der Mitte vor einem gemalten Hintergrund einen polychromen Holzkruzifixus. Vor den Pilastern befinden sich auf Voluten Statuen der hl. Maria und des

Apostels Johannes, sozusagen Teile der Kreuzigungsgruppe, ebenfalls aus der zweiten Hälfte des 18. Jhdts. Zwischen den seitlichen Pilastern und dem Mittelrelief erheben sich beiderseits pyramidenförmige barocke Glasbehälter, im Unterteil mit Reliquien, im Oberteil mit Votivzeichen. An den Seitenwänden sind auf Konsolen Statuen angebracht, Arbeiten des 18. Jhdts., linkerhand die des hl. Johannes Nepomuk und rechterhand die der Muttergottes. Die übrigen zahlreichen Figuren und Bilder in der Kapelle sind ohne künstlerischen Wert[527].

Früher befand sich in der kleinen Sakristei eine polychrome Dreifaltigkeitsgruppe aus Holz, ebenfalls aus dem 18. Jhdt.; diese gelangte 1978 nach einer gründlichen Restaurierung als Leihgabe an die Stadtpfarrkirche, wo sie nun über dem Eingang zur Kreuzkapelle einen würdigen Platz gefunden hat.

Die Antoniuskapelle im Herzoghof

(Theresiengasse 5)

Der *Herzoghof* dürfte ursprünglich im Besitz der Babenberger gewesen sein. 1420 wurde er mit der Burg Baden vereinigt, die westlich der Stadtpfarrkirche lag. Im Jahre 1575 schenkte Kaiser Maximilan II. das Herzogbad den niederösterreichischen Ständen. 1673 gelangte der Herzoghof an den Grafen Sprinzenstein und von diesem an seine Schwester Eleonore Gräfin von Lamberg. Im Türkenkrieg 1683 wurde das Gebäude zerstört. Im Jahre 1704 trug sich die Gräfin Katharina von Lamberg mit dem Plan zur Errichtung einer Kapelle zu Ehren des hl. Antonius, und 1708 wurde diese fertiggestellt. Dies ging aus einer Jahreszahl hervor, die sich mit dem Wappen der Lamberg (weißes Lamm auf einem Berg) und einer Sonnenuhr an der Südseite des ehemaligen Gebäudes befand. 1716 kaufte die Stadt Baden das Herzogbad. Beim großen Stadtbrand des Jahres 1812 blieb das Gebäude vom Feuer verschont *(Abb. 48)*. 1876 kam es zur Demolierung des zur Renngasse gelegenen *Stöckels*, an dessen Stelle dann das Hotel *Zum grünen Baum* errichtet wurde. 1908/1909 erfolgte der Abbruch des ganzen Gebäudekomplexes samt der Kapelle und ein vollständiger Neubau im Jugendstil.

Die heutige Antoniuskapelle trägt in ihrer Baulichkeit ebenfalls die Züge des Jugendstils. Sie ist zugänglich von der Einfahrtshalle des Herzoghofes.

Der Altar wurde aus der alten, barocken Kapelle übertragen. Die freistehende Mensa ist aus Holz, in Weiß mit Gold. Die Retabel besitzt seitlich Voluten, auf denen anbetende Putten knien *(Abb. 49)*. In der Mitte befindet sich unter einem baldachinartig drapierten grünen Vorhang ein Marienbild und darüber eine große vergoldete Krone. Beiderseits des Bildes sitzen Putten mit Leuchtern. Der Altar stammt aus der Mitte des 18. Jhdts. Auf dem Altartisch steht in der Mitte eine barocke Kreuzigungsgruppe aus Holz, vergoldet, das Kreuz schwarz, mit den Gestalten der Maria Magdalena, der Mutter Jesu und des Jüngers Johannes. Seitlich davon befinden sich barocke, vergoldete Holzleuchter.

An der Wand über dem Altar hängt ein Bild in altem, geschnitztem Rahmen, das den hl. Antonius von Padua darstellt, wie er von Maria das Jesuskind empfängt, eine unbedeutende Arbeit aus der Mitte des 18. Jhdts. Beiderseits des Bildes sind schwebende Engel angebracht .

An den Seitenwänden der Kapelle befinden sich auf Konsolen polychrome Statuen, darstellend den hl. Johannes Nepomuk, den hl. Antonius von Padua mit dem Jesuskind auf dem Arm, die hl. Mutter Anna mit Maria als Kind im Arm, und Maria, deren Brust von einem Schwert durchbohrt erscheint. Die Rückwand ist mit Statuen in Weiß, ebenfalls auf Konsolen, versehen, darstellend zwei hl. Diakone. Diese Figuren stammen aus dem 18. Jhdt.[528]

Das aus der Magdalenenkapelle stammende Bild von Matthäus Mutz *Maria Magdalena zu Füßen des Kreuzes,* das nach Rollett in die Herzoghofkapelle gekommmen war[529], wird 1924 als bereits verschollen bezeichnet.

In der Kapelle des Herzoghofes wird nur sehr selten ein Gottesdienst gehalten.

Die Kapelle im Garten der ehemaligen Rainervilla

(Rainerweg 3)

1874 erwarb Erzherzog Rainer die Liegenschaft und ließ 1875 durch den Badener Baumeister Anton Breyer eine Privatkapelle im Garten erbauen. Diese trägt die Züge des zur Zeit der Errichtung beliebten historisierenden neoromanischen Stils als ein Rohziegelbau, dessen Eingangsfassade mit Säulen in Stein gestaltet ist[530].

In dieser Kapelle wird nur selten Gottesdienst gefeiert.

Die Seelsorgestation St. Johann auf der Heide

(Haidhofsiedlung, Sagerbachgasse)

Nach dem Zweiten Weltkrieg begann man in notdürftig adaptierten Räumen des Wirtschaftsgebäudes der sogenannten *Kiebitzmühle* an Sonn- und Feiertagen für die von der Pfarrkirche weit entfernt wohnenden Gläubigen der Haidhofsiedlung Gottesdienst zu feiern. Nach langen Bemühungen konnte dann 1969 unter Mitwirkung der Mitglieder der Badener Kolpingfamilie und der benachbarten Siedler aus Holzfertigteilen ein Mehrzweckraum errichtet werden, der nach außen als Kapelle kenntlich gemacht ist. Unter günstigen Bedingungen erwarb die Pfarre St. Stephan in Baden das Grundstück, und die Stadtgemeinde erteilte die Baugenehmigung.

Die Grundfläche des Mehrzweckraumes beträgt 8 × 13 m, die Höhe 3,5 m. Gegenüber dem Eingang befindet sich der Altarraum, daneben eine kleine Sakristei und auf der anderen Seite ein kleiner Abstellraum. Neben dem Eingang wurde ein WC-Raum eingerichtet. Auf dem leicht geneigten Dach ist ein kleines Glockentürmchen aufgesetzt. Die darin befindliche kleine Glocke stammt vom Dachreiter des südlichen Vorbaues der Stadtpfarrkirche und diente früher als sogenanntes *Zügenglöcklein,* das nach Bekanntwerden eines Todesfalles geläutet wurde.

Am 15. November 1969 erfolgte die schlichte Eröffnungsfeier und Segnung dieser Seelsorgestation, über die die Badener Kolpingfamilie die Patronanz übernommen hat. Seither wird hier regelmäßig an Sonn- und Feiertagen, meist in Form einer Vorabendmesse, Gottesdienst gefeiert[531].

Die Hauskapelle der Hartmannschwestern

(Göschlgasse 18)

Nachdem die Schwestern der *Kongregation des 3. Ordens des hl. Franziskus,* genannt *von der christlichen Liebe,* bekannt als *Hartmannschwestern,* sich aus dem ihnen gehörigen Schloß Leesdorf zurückziehen mußten, siedelten sie sich seit 1945 im Gärtnerhaus des Schlosses in der Göschlgasse an. 1948 wurde der Garten, den die Ordensfrauen betreuen, vom nunmehr verpachteten Schloß abgetrennt.

Mit 9. Feber 1949 erteilte das erzbischöfliche Ordinariat Wien den Schwestern die Erlaubnis zur Errichtung einer Hauskapelle, deren Weihe am 6. Juli 1949 durch den Badener Stadtpfarrer Prälaten Josef Stoiber erfolgte. Die Kapelle erhielt den Titel *Zu Ehren der unbefleckten Braut des Hl. Geistes.* Da man aber kein passendes Marienbild fand, brachte man ein Herz-Jesu-Bild am Altar an. 1950 wurde diese Hauskapelle in Eigenarbeit der Schwestern erweitert[532].

An Werktagen wird hier häufig hl. Messe gefeiert.

Der Altarraum im Michaelshaus

(Antonsgasse 20 a)

Für die umfangreichen seelsorglichen Bedürfnisse der großen Pfarre St. Stephan in Baden wurde nach dem Zweiten Weltkrieg die Errichtung eines eigenen Pfarrzentrums eine dringende Notwendigkeit. Nach langen Verhandlungen und der Durchführung eines Grundtausches konnte am 10. September 1960 der erste Spatenstich zum Neubau in der Antonsgasse erfolgen. Am 15. Jänner 1961 segnete Abt Karl Braunstorfer von Heiligenkreuz den Grundstein. Der Badener Architekt Kurt Bartak lieferte die Pläne und überwachte den Bau des modernen zweistöckigen Hauses. Nach fünfjähriger Bauzeit konnte schließlich am 20. November 1965 Weihbischof Dr. Jakob Weinbacher die feierliche Segnung des Gebäudes vornehmen, das unter den Schutz des hl. Erzengels Michael gestellt wurde.

Neben verschiedenen Seelsorgeräumen und einer Dienstwohnung birgt das Haus im ersten Stock einen kleinen Saal, an den gegen Westen eine geräumige Altarnische anschließt. Diese kann gegebenenfalls auch als Bühne verwendet werden. Die Entwürfe für die einfache Einrichtung schuf ebenfalls Architekt K. Bartak. An der westlichen Stirnwand des Raumes brachte man einen großen, bunten Wandteppich mit dem Bild des hl. Michael als Sieger über das Böse an. Der Entwurf stammt vom Badener Ralph Vock. So wurde ein würdiger Raum für gelegentliche Gottesdienstfeiern geschaffen.

Die Seelsorgestation St. Anna

(Allandgasse 6)

1961 kam dieses Haus mit einem kleinen Gartengrundstück durch einen Leibrentenvertrag mit Frau Anna Lechner an die Stadtpfarre Baden-St. Stephan. Nach dem Tod von Frau Lechner begann man mit umfangreichen Adaptierungsarbeiten zu einem Heim für seelsorgliche Zwecke mit der Möglichkeit zu einer Meßfeier im kleinen Kreis.

Nachdem Kardinal Erzbischof DDr. Franz König im Rahmen seiner kanonischen Visitation in Baden noch vor dem endgültigen Abschluß der Erneuerungsarbeiten dem Objekt im April 1975 die kirchliche Weihe erteilt hatte, konnte das Haus am 21. September 1975 eröffnet werden. Im Namen dieser Seelsorgestation, auf der auch gelegentlich hl. Messe gefeiert wird, sollte die Erinnerung an die Spenderin festgehalten werden[533].

Der Gottesdienstraum im Bundesgymnasium und Bundesrealgymnasium

(Biodekgasse 6)

Am Ende des 19. Jhdts. wurde das Gebäude des damaligen *Kaiser Franz Josef Landes-, Real und Obergymnasiums* im neogotischen Stil nach den Plänen des Architekten Baurat Ludwig Baumann vom Badener Baumeister Anton Breyer errichtet und am 20. Dezember 1899 eröffnet. Außer den notwendigen Räumen für Unterricht und Schulbetrieb schuf man auch einen Festsaal im ersten Stock mit einem durch Vorhänge getrennten kapellenartigen Zubau an der Stirnseite. In diesem Raum befanden sich ein im Stil dazupassender Altar und ein Bild mit der Darstellung der Stigmatisierung des hl. Franziskus von Assisi. Der Festsaal war auch als Gottesdienstraum der Schule vorgesehen und wurde für diesen Zweck — abgesehen von der Zeit des Nationalsozialismus — verwendet[534].

Bei der großen Erweiterung und dem Umbau der Anstalt, die mit einer Eröffnungsfeier und Segnung am 9. Oktober 1969 ihren Abschluß fanden, kam es auch zu einer Umgestaltung und Erweiterung des Kapellenraumes, der nun durch Öffnen der Falttüren mit dem ebenfalls neugestalteten Festsaal verbunden werden kann. Das Franziskusbild blieb erhalten, ein transportabler, freistehender Altartisch wurde neugeschaffen. Im Festsaal finden die großen Schulgottesdienste, im Kapellenraum Meßfeiern für kleinere Gruppen statt.

Der Stadtpfarrfriedhof und die Einsegnungshalle der Stadt Baden

(Friedhofstraße)

Durch Jahrhunderte befand sich der Friedhof von Baden um die Kirche St. Stephan; er wurde durch das Kirchengebäude in einen inneren, südlich gelegenen, und einen äußeren, nördlich gelegenen geteilt. Den inneren löste man 1785 auf und verlegte ihn in ein von Pfarrer Johann Andreas Bürgler († 1697) der Pfarre testamentarisch vermachtes großes Gartengrundstück, das etwa an der heutigen Ecke Kaiser-Franz-Ring/Welzergasse lag. Nach langen Verhandlungen zwischen 1807 und 1812 wurde der Friedhof der Pfarre St. Stephan in Baden endgültig an seinen heutigen Platz, in der Gegend des damaligen *Eichenwäldchens,* verlegt und am 18. August 1812 geweiht.

1864 mußte eine erste Erweiterung und mit der Weihe am 1. November 1939 eine zweite Vergrößerung bis zur Rudolf-Zöllner-Straße hin vorgenommen werden. Bei letzterer Erweiterung errichtete man als gedachten Mittelpunkt des ausgedehnten neuen Teiles die Priestergruft und dahinter die hochaufragende Steinfigur des Auferstandenen. Im Jahre 1945 mußte dann ein großes Stück des neuen Teiles an der Nordwestecke als Begräbnisstätte für die zahlreichen Toten der sowjetischen Armee und Besatzungsmacht, die in Baden bis 1955 ihr Hauptquartier hatte, abgetreten werden.

1960 begann die Stadtgemeinde Baden im südwestlich an den Stadtpfarrfriedhof gelegenen Grundstück mit der Errichtung einer modernen Aufbahrungs- und Einsegnungshalle nach den Plänen der Badener Architekten Kurt Bartak und Anton Wichtl. Diese erhielt am 1. November 1962 die kirchliche Weihe. Die Einsegnungshalle ist so beschaffen, daß dort auch gelegentlich hl. Messe gefeiert werden kann[535].

Friedhof und Einsegnungshalle der Pfarre St. Helena — St. Christoph

(*Helenenfriedhof* in der Steinbruchgasse)

Der älteste Friedhof der Pfarre St. Helena lag bei dieser Kirche. Da er bei einer großen Überschwemmung der Schwechat im Jahre 1830 unter Wasser gesetzt worden war, mußte man an eine Verlegung denken. Nach langen Verhandlungen kam es 1832 zur Weihe des Friedhofes an der heutigen Stelle. 1868 ließ Baron von Paumgarten die Johanneskapelle über einer Familiengruft errichten, die dann als Einsegnungsraum verwendet wurde. Nach Errichtung der neuen Einsegnungshalle wandelte man diese kleine Kapelle in eine Urnenhalle um. Mehrfach erfuhr der Helenenfriedhof Erweiterungen; 1909 kam der unterste Teil mit Verwaltungsgebäude dazu. 1924 erfolgte die Weihe des neuen oberen Teiles, der inzwischen auch wieder vergrößert werden mußte.

1969 schritt die Pfarre St. Christoph als Nachfolgepfarre von St. Helena an die Errichtung einer modernen Aufbahrungs- und Einsegnungshalle nach den Plänen von Architekt Kurt Bartak aus Baden. Am 1. November 1969 erfolgte die Grundsteinsegnung und am 29. November 1970 die Weihe. Die Halle eignet sich auch für die gelegentliche Feier einer hl. Messe[536].

Die Ortskapelle Leesdorf

(gegenüber dem Haus Leesdorfer Hauptstraße 60)

Außerhalb der dem hl. Nikolaus geweihten Kapelle im Schloß Leesdorf gab es schon früh eine Ortskapelle. Gustav Calliano hielt das angeblich älteste Privathaus von Baden, 1378, jetzt Göschlgasse 29, für die ursprüngliche Orts- oder Knappenkapelle von Leesdorf[537].

Auf einem im Stift Melk befindlichen Aquarell von Fr. Mayer aus der Mitte des 18. Jhdts. sind eine freistehende Kapelle am oberen Ende der Leesdorfer Hauptstraße und ein kapellenähnlicher Bau in der Südwestecke der Gartenmauer des Schlosses Leesdorf dargestellt, während an der Stelle der heutigen Ortskapelle ein Brunnen deutlich erkennbar ist[538].

Die heutige Kapelle befindet sich über einem der beiden ehemaligen Ortsbrunnen von Leesdorf. Im Katastralplan von 1819 finden wir an dieser Stelle noch keine Kapelle. Kurt Drescher gibt an, daß nach mündlicher Überlieferung bald nach 1819 die heutige Kapelle durch eine Spende der Leesdorfer Familie Forstner im Einvernehmen mit der Herrschaft des Stiftes Melk errichtet worden sei.

Eine Glocke für diese Kapelle wurde angeblich von der bekannten Badener Wohltäterin Theresia Göschl gestiftet. Diese Frau spendete 1884 auch die drei östlichen Glasmalerei-Fenster beim Hochaltar der Stadtpfarrkirche. Die Göschlgasse in Leesdorf erinnert an diese Wohltäterin. Die jetzige kleine Glocke im Türmchen der Leesdorfer Ortskapelle wurde am 4. Mai 1958 geweiht und aufgezogen. Das Fundament des Kapellenbaues hat sich — vermutlich durch den darunterliegenden Brunnen — merklich gesenkt, was ihm den Scherznamen *schiefer Turm von Leesdorf* eintrug.

Im Innern der Kapelle befindet sich in der Mitte der Altarbank ein künstlerisch wertloses, altes Bild der Unbefleckten Empfängnis, flankiert von zwei barocken Engelsfiguren mit Kerzenleuchtern, in der linken Seitennische eine ungefaßte Holzstatue des hl. Sebastian und in der rechten eine solche des hl. Rochus. Wahrscheinlich stammen die beiden barocken

Figuren der Pestheiligen und die beiden Engel aus der Kapelle im Hause Marchetstraße 14, wo sie heute fehlen, aber nach Rollett am Ende des 19. Jhdts. noch vorhanden waren[539].

In der durch eine Holztür mit Glasfenstern abgeschlossenen kleinen Kapelle wird kein Gottesdienst gehalten[540].

Die Kapelle in der Friedenssiedlung

(Babenbergerstraße 8) *(Abb. 50)*

Diese Kapelle wurde von der Siedlergemeinschaft *Frieden* errichtet und am 1. Mai 1959 vom Abt des Stiftes Heiligenkreuz, Prälaten Dr. Karl Braunstorfer, geweiht. Der gemauerte Bau mit Satteldach ist an den Hang im Garten des Hauses Babenbergerstraße 8 gebaut und an der Vorderseite mit einem Metallgitter verschlossen; über der Eingangstür, zu der man über einige Stufen gelangt, befindet sich ein einfaches Kreuz. Auf der Altarbank im Innern der Kapelle steht in der Mitte eine ungefaßte, barocke Holzstatue, darstellend die schmerzhafte Mutter Maria in stehender Haltung; die Plastik stammt aus dem Stift Heiligenkreuz. Links und rechts der Statue befindet sich je ein dreiarmiger Metalleuchter mit Kerzen. Am Stipes der Altarbank hat man eine Steintafel mit der Inschrift: *Msrg. Josef Koch, Dechant von Baden, Gründer der Pfarre St. Christoph und Förderer der Siedlung Frieden in dankbarem Gedenken* angebracht. Diese Gedenktafel wurde am 26. März 1977 in einer ökumenischen Feier enthüllt. Für die Feier von Gottesdiensten eignet sich die Kapelle wegen ihrer räumlichen Enge nicht. Der Platz vor der Kapelle wurde mehrmals als Statio, etwa am Palmsonntag für die Weihe der Palmzweige, verwendet[541].

Die kleine Wegkapelle beim Haus Marchetstraße 14

Ursprünglich war der Standort dieser Kapelle, die offensichtlich mit dem Pestjahr 1713 in Zusammenhang steht, etwas weiter östlich an der gegenüberliegenden Seite der heutigen Marchetstraße, ungefähr neben dem jetzigen Eingang zum Garten der Mineralschwimmschule. Nach Rollett befanden sich Ende des 19. Jhdts. über der Türöffnung die Jahreszahl 1713 und im Innern Statuen der Pestpatrone Rochus und Sebastian, die später wahrscheinlich in die Leesdorfer Ortskapelle gelangten. Heute ist über der

Eingangstür, die durch ein Gitter verschlossen wird, die Inschrift zu lesen: *Im Kreuz ist Heil.* Das Innere des winzigen Kapellenraumes ziert nur mehr ein Kruzifix ohne künstlerischen Wert. Dieses kleine gemauerte Kapellchen steht in keinem Zusammenhang mit dem nahegelegenen *Kalvarienberg*[542].

Die sogenannte „Urlaubskapelle"

(westlich neben dem Haus Marchetstraße 22) *(Abb. 51)*

Ursprünglich war der Standort dieser Kapelle an der gegenüberliegenden Straßenseite, an der Ecke Pelzgasse/Marchetstraße 17. Rollett weist auf eine naturgetreue Abbildung der alten Urlaubskapelle, eine farbige Kreidezeichnung von Jac. Kampter (1823), hin, die sich im Stadtarchiv befand. Die heutige Kapelle errichtete man im Mai 1854; sie ist ähnlich den Stationskapellen des Kalvarienberges gestaltet und birgt im Innern zwei polychrome Holzfiguren vom Anfang des 18. Jhdts, darstellend Christus und Maria, wie sie voneinander Abschied nehmen[545].

Die Stationskapellen des Kalvarienberges im Kurpark

Seit wann die Bezeichnung *Kalvarienberg* bei Baden üblich ist, läßt sich mit Sicherheit nicht mehr feststellen. In einem Aktenstück, betreffend die Konversion von Kurfürst Friedrich August von Sachsen zum Katholizismus, deren erster Teil sich 1697 in Baden abgespielt hat, ist bereits die Rede vom *mons et sacellum, in quo Christus cruzifixus medius inter latrones exstat.* Auf die Stiftung des Kalvarienberges durch Michael Schlachtner, der 1687—1697 und 1699—1704 Stadtrichter von Baden war, verweist die Inschrift auf dessen Epitaph in der Stadtpfarrkirche. Bei der ersten, der Ölbergstation, lag früher das Kapitelhaus der Einsiedler. Schon 1632 ist ein Einsiedler *am Berg bei Baden* und 1662 ein solcher *oberhalb des Hemmerleinsgraben im Hunoldstal* urkundlich erwähnt. Im Jahr 1697 erhielt Adam Hermansperger aus Kolnbrunn die Erlaubnis, am Kalvarienberg ein Einsiedlerhaus zu erbauen[543]. Das sogenannte *Kapitelhaus* der Badener Einsiedler blieb nach der Aufhebung der *Waldbrüder* durch Josef II. mit kaiserlicher Resolution vom 27. Jänner 1782 verlassen und wurde dann in das *Bergwirtshaus* umgewandelt. Am Anfang der siebziger Jahre des 19. Jhdts. kam es dann zur Errichtung der Villa *Berghof* an dieser Stelle.

Die Ölbergkapelle wurde mit dem Ergebnis einer Sammlung unter den Badener Bürgern 1834 restauriert. Für die Erhaltung der übrigen Stationen sorgte man unter Stadtpfarrer Johann Bapt. Weber (1839—1842), wobei sich als besonderer Wohltäter der in Baden als Kurgast weilende Propst von Raab, Laurenz Hohenegger, hervortat.

Um 1880 gingen die Gründe des Kalvarienberges aus dem Besitz der sogenannten *Gamminger Bürgergesellschaft* größtenteils durch Kauf an die Stadtgemeinde Baden über, welche die Wege regulieren und Bäume und Sträucher anpflanzen ließ. Bei dieser Gelegenheit erfolgte eine neuerliche Renovierung der Stationen. 1891 ließ die Stadtpfarre die Kapellen durchgreifend restaurieren. Die letzte Renovierung erfolgte durch die Stadtgemeinde im Jahre 1976.

Die vier Kapellen am Abhang des Berges sind einfache Bauten mit großen, offenen Rundbogen und flachen, geschindelten Satteldächern. Im Innern befinden sich polychrome Holzfiguren vom Anfang des 18. Jhdts., u. zw. in der ersten Stationskapelle: Christus am Ölberg; in der zweiten: Christus gegeißelt an der Martersäule; in der dritten: als mit Dornen gekrönter Schmerzensmann sitzend; in der vierten: Christus das Kreuz tragend.

Die Hauptkapelle auf dem Scheitel der Anhöhe ist ähnlich den übrigen Kapellen gestaltet, nur viel größer und mit einer ganzen polychromen Figurengruppe ausgestattet, darstellend Christus am Kreuz, zwischen den beiden gekreuzigten Schächern, und darunter Maria, Johannes und Maria Magdalena.

Die fünf Kapellen entsprechen den fünf Geheimnissen des schmerzhaften Rosenkranzes und bilden daher keinen eigentlichen Kreuzweg[544].

Die Dreifaltigkeits- oder Pestsäule

(auf dem Hauptplatz) *(Abb. 52)*

Ende 1712 bis Anfang 1714 forderte die von Wien eingeschleppte Pest in Baden zahlreiche Opfer. Der Höhepunkt der Seuche wurde in den Monaten März bis Mai 1713 erreicht. Im Zeitraum von insgesamt sechzehn Monaten starben 130 Personen an der Pest. Bereits am 8. Juli 1713 beschloß der Stadtrat von Baden, aus Anlaß der überwundenen Epidemie eine Säule zu Ehren der heiligsten Dreifaltigkeit auf dem Hauptplatz zu errichten. Auch eine jährliche Dankwallfahrt nach Gutenstein und eine jährliche Prozession nach Pottenstein gelobte die Bürgerschaft. An dieses Gelöbnis erinnert das Votivbild der Stadt Baden auf dem Mariahilfberg bei Gutenstein, das 1979 einer gründlichen Restaurierung unterzogen wurde.

Am 4. August 1713 bewilligte das Passauersche Konsistorium in Wien die Eingabe des Badener Pfarrers wegen Errichtung der Pestsäule. Am 12. September d. J. genehmigte der Badener Stadtrat den Kontrakt mit dem Bildhauer Giovanni Stanetti aus Wien, der für Arbeit und Material 2000 fl. bekommen sollte. Die Grundsteinlegung erfolgte am 3. Juni 1714 durch Johann Albert Grafen von Saint Julian in Vertretung des Kaisers und durch den Prälaten von Heiligenkreuz, Abt Gerhard Weixelberger. Am 27. September 1717 wurde dann ein Vertrag mit dem hofbefreiten Messerschmied in Wien, Anton Oxmann, über die Vergoldung um 300 fl. geschlossen. Die feierliche Weihe der Säule nahm am 12. Juni 1718 wieder der Heiligenkreuzer Abt Gerhard Weixelberger vor. Immer wieder mußte die Säule restauriert werden, so 1756, 1833, 1844, 1884, 1932, 1961 und zuletzt im Jubiläumsjahr der Stadterhebung Badens 1980[546].

Die Badener Dreifaltigkeitssäule erhebt sich auf zwei Stufen, eingefaßt von Steindocken mit Ketten. Sie weist einen dreiseitigen, hohen Unterbau auf, mit strebepfeilerartigen Vorlagen an den Ecken, während die Stirnseiten konvex abgerundet sind. An der gegen Norden gerichteten Vorderseite befanden sich ursprünglich zwei Putten. 1833 brachte man hier einen Brunnen mit ovalem Becken an, in dessen Mitte sich auf hohem Sockel eine ovale Schale mit einem Abflußrohr befindet. Am Unterbau der Säule finden sich Tafeln aus rotem Marmor mit lateinischen Inschriften, teilweise mit Chronogrammen, die Errichtung und Restaurierungen festhalten.

Zwei Inschriften beziehen sich auf das Jahr 1714; eine rechteckige Tafel an der nördlichen Vorderseite unten am Sockel hinter dem Brunnen mit der Inschrift: *S. S. aeterna Trinitati quod in contagione faventibus divis depreca / toribus I.M.R. Caes. Caroli VI. Aug. constantiam / extremo periculo non cedentem atque hanc / ivitatem precibus compotem fecerit A. D. MDCCXIV. / Columnam votivam libentes pos. cives Aquenses / precati Deum immortalem ut velts soluta vota / supplicationibus rite signari.* und am Sockel der Südostseite unten eine Tafel, deren Unterkante schmäler ist als die Oberkante und deren Ecken nach innen ausgebuchtet sind, mit der Inschrift: *electi ac dilecti / vos sancti patroni / factorem omnium deprecemini / ut a peste saeva / fame ac ingenti / incendio / in diebus nostris simus liberi* mit Chronogramm 1714 in der vierten, fünften und sechsten Zeile.

An der dritten, südwestlichen Seite ist wieder unten am Sockel eine Tafel ohne Jahrzahl, wohl aus der Zeit der Errichtung stammend, angebracht, deren Unterkante etwas schmäler ist als die Oberkante und deren Ecken eine Ausbuchtung nach innen zeigen. Die Inschrift darauf lautet: *electae ac dilectae / sine labe conceptae Dei genetrici / in peste tutrici / Mariae semper virgini / pie sacravit senatus popolusque Badensis.*

Eine typisch spätbarocke Inschrifttafel am oberen Sockelrand der Südwestseite der Pestsäule bezieht sich auf eine Restaurierung im Jahre 1756 und lautet: *Sancta Trinitas unus Deus / miserere nobis et Theresia / reginae nostrae quae in nostras / pro statuae tuae reparatione / exhibitas preces gratiose / favebat.* (Chronogramm)

Zwei Inschrifttafeln verweisen auf das Jahr 1833, als der Brunnen an der Säule zur Erinnerung an das glücklich vereitelte Attentat auf den Erzherzog Ferdinand, den späteren österreichischen Kaiser, errichtet wurde. Eine ovale Tafel am oberen Rand des nördlichen Sockels über dem Brunnen besagt: *Aquaeductus Ferdinandeus MDCCCXXXIII.* Eine rechteckige Tafel mit abgekannteten Ecken befindet sich am oberen Sockelrand an der Südostseite der Säule; die Inschrift mit Chronogramm (1833) lautet: *statua haec illustris in / honorem Dei ab insignibus / benefactoribus renovata.*

Eine rechteckige Inschrifttafel an der Südseite des südlichen, vorspringenden Pfeilers mit Chronogramm (1884) trägt die Worte: *statua restaurata / eximia liberalitate / Theresia Goeschl / civis honorariae Badensis.*

Im oberen Teil der drei vorspringenden Pfeiler befinden sich neun ovale Medaillons mit vergoldeten Reliefs, die folgende Szenen festhalten: am nordwestlichen Pfeiler, in der Mitte: Abraham mit den drei Gestalten der Gottesbegegnung — links: Hagar in der Wüste — rechts: Jakob ringt mit dem Engel um den Segen — am nordöstlichen Pfeiler, in der Mitte: die eherne Schlange — links: Christus heilt einen Gelähmten — rechts: Lot mit dem Engel — am südlichen Pfeiler, in der Mitte: die Herabkunft des Hl. Geistes — links: die Arche Noahs — rechts: die Verkündigung der Geburt Jesu an Maria.

Die obere Stufe des Unterbaues der Säule ist an drei Seiten in Korbbogen durchbrochen, so daß grottenartige Öffnungen entstehen, in denen sich liegende Figuren befinden: unter der nördlichen Wölbung eine Steinfigur der hl. Rosalia *(Abb. 53)*, unter der südöstlichen Wölbung eine solche der hl. Maria Magdalena als Büßerin und unter der südwestlichen Wölbung die des reuigen Apostels Petrus *(Abb. 54)*.

Auf den drei Vorlagen der Säule erheben sich die Steinstatuen der Pestpatrone: auf der nordwestlichen die des hl. Rochus, auf der nordöstlichen die des hl. Sebastian und auf der südlichen die des hl. Karl Borromäus.

Auf dem Unterbau der Dreifaltigkeitssäule ruhen drei Wolkenballen, die sich dreifußartig zu einer vergoldeten Weltkugel und darüber zu einer Wolkensäule vereinigen. Auf der nördlichen Vorderseite der Wolkensäule befindet sich, über der Weltkugel stehend, die Statue der Unbefleckten Empfängnis mit der Schlange zu Füßen. Die aufragende Wolkensäule verzieren Putten und Cherubsköpfe. An der Spitze der Säule sitzen nebeneinander Gottvater und Christus mit einem vergoldeten Kreuz; darüber erhebt sich in einem vergoldeten Strahlenkranz der Hl. Geist in der bekannten Taubengestalt.

Der Bildstock an der Grenze zu Pfaffstätten — 1578

(an der Ecke vor dem Trabrennplatzkomplex, Wiener Straße 82) *(Abb. 55)*

Die Steinsäule bezeichnete die östliche Grenze des mit der Stadterhebung des Jahres 1480 festgelegten *Burgfriedens* von Baden. Wir finden sie dargestellt sowohl auf der Planskizze von 1652 *Gemainer Statt Baaden*

Purckfriedts gemarckh im Stadtarchiv Baden wie auch auf der Federzeichnung von ca. 1670, bekannt unter dem Namen *Baden mit dem Burgfrieden der Stadt und mit Umgebung.* Auf letzterer erscheint dieses Wegzeichen unter: *C. Das erste in Privilegio einkombende Purgfriedt oder Landgrichtz gemörck, das Creutz in der Ainödt genannt*[549].

Der achteckige, ziemlich verwitterte Pfeiler aus Sandstein ist unten in ein Quadrat übergeführt, das jetzt vom Fußboden bedeckt erscheint. An der Vorderseite des viereckigen Kopfes befindet sich ein auf Blech gemaltes Dreifaltigkeitsbild, eine volkstümliche Arbeit. Die Spitze der Säule mündet in eine Steinpyramide mit einem Eisenkreuz. Unter dem Dreifaltigkeitsbild ist an der Vorderseite in den Stein gemeißelt: *Pfaffstetten,* an der linksseitigen Fläche: *Chrs* (Christus) und darunter: *1578,* an der rechtsseitigen, gegen Baden gewandten Fläche: *P.V. 1824*[547].

Der Bildstock an der Ecke Albrechtsgasse-Isabellestraße — 1584

(vor dem Haus Albrechtsgasse 26) *(Abb. 56)*

Die Gegend, in der sich der Bildstock befindet, hieß früher *Dörfl* oder *Point.* Die Säule aus Sandstein hatte früher ihren Platz am Hause Albrechtsgasse 22 (heute 26) und trug in ihrem *Tabernakel* eine bemalte Holzstatue der Schmerzhaften Mutter Maria, die abhanden kam. Beim Umbau des Hauses erhielt der Steinpfeiler seinen neuen Standort am Gehsteigrand. Die achteckige Säule, seitlich mit Eisenklammern armiert, geht ganz unten in ein Quadrat über. Der laternenförmige Aufsatz, Tabernakel genannt, ist an der westlichen Rückseite glatt und hat an den drei übrigen Seiten seichte Rundbogennischen. Die linke, südliche und die rechte, nördliche Nische sind leer. In der östlichen Vorderseite befindet sich seit 1977 ein buntes Sgraffito, das Prof. Franz Kaulfersch schuf *(Abb. 57).* Es zeigt die Madonna mit Kind, links oben das Schloß Rauhenstein, darunter das Badener Stadtwappen, rechts unten die alte Pfarrkirche St. Helena. An der rechten nördlichen Seite des sich nach oben etwas auswölbenden Pfeilers findet sich die Inschrift: *Anno 1584.* Nach oben geht der Tabenakel in eine Steinpyramide mit einem Steinkreuz über[548].

Der Bildstock auf der Anhöhe vor der Kaserne — 1600

(an der Ecke Vöslauer Straße — Albrechtsgasse) *(Abb. 58)*

Auf dem Plan von ca. 1670 *Baden mit dem Burgfrieden und mit Umgebung*[549] erscheint die Säule als Grenzstein unter der Bezeichnung *Y* — *Der Baadenerische Zieglstadl und Creutz beij welchem die von Baaden ihre Maleficanten verbrennen, mit dem Schwerdt und Radt hinrichten lassen.* Darum sind neben der Säule ein Rad und ein brennender Holzstoß gezeichnet. Hier befand sich also früher eine Hinrichtungsstätte. Auf demselben Plan ist das Badener Hochgericht mit Galgen am sogenannten *Richtberg* eingezeichnet.

Der achteckige, stark verwitterte Steinpfeiler, der unten in ein Quadrat übergeführt ist, trägt einen Steintabernakel, gekrönt von einer Steinpyramide mit verziertem, schmiedeeisernem Doppelkreuz. An der Rückseite ist die Säule mehrfach mit Eisenklammern armiert. Der Tabernakel war nach Rollett ohne bildlichen Schmuck, nach der Kunsttopographie des Bezirkes Baden im Jahre 1924 mit einem auf Blech gemalten Dreifaltigkeitsbild versehen. Jetzt befindet sich in der Rundbogennische der Vorderseite hinter einem Schutzgitter ein Bild der hl. Barbara, der Schutzpatronin der Artillerie. Die beiderseitigen Rundbogennischen sind leer. An der Vorderseite des Pfeilers finden sich heute kaum mehr erkennbare Spuren einer eingemeißelten Jahrzahl: *1600.* Am Fuß der Säule brachte man bei der Restaurierung eine Messingtafel an, die folgende Inschrift trägt: *Wiedererrichtet A.D. 1964 — I/Artillerieregiment 1 Baden*[550].

Die Pieta am Haus Elisabethstraße 35 — 1614

(Ecke Vöslauer Straße) *(Abb. 59)*

Diese Steinplastik befand sich früher an der Hausfront in der Elisabethstraße und ursprünglich auf einer Steinsäule in einer Laterne. Auf der Ansicht von Baden und Umgebung aus der Zeit um 1670 finden wir sie dargestellt unter *X* als *Creutz vor der Allentgasse, der Stadt Baaden gehörig*[549]. Nachdem das Haus Elisabethstraße 35 im Jahre 1945 durch Brand zerstört worden war, erhielt die Statue beim Wiederaufbau des Gebäudes ihren jetzigen dominierenden Platz an der Hausecke in der Höhe des ersten Stockwerkes. Am Sockel der Figur Mariens mit dem Leichnam Jesu auf dem Schoß ist an der Vorderseite die Jahrzahl *1614,* an der linken

Seite ein *S* und an der rechten Seite ein *B* (Stadt Baden) erkennbar. Über der Steinplastik befindet sich eine geschweifte Verdachung aus Metall[551].

Die Passionssäule an der Ecke Wiener Straße-Flamminggasse — 1651

(das sogenannte *Wiserkreuz* im Vorgarten des Hauses Wiener Straße 37) *(Abb. 60)*

Diese Säule wurde aus Anlaß der Beendigung des Dreißigjährigen Krieges errichtet. Die erste Zeile der Inschrift erscheint durch kaiserliches Patent festgelegt. Früher befand sich dieser Bildstock am Eingang der oberen Flamminggasse. Er wurde bei der Verbreiterung der Straße an seinen heutigen Platz versetzt. Anläßlich der 500-Jahr-Feier der Stadterhebung Badens im Jahre 1980 unterzog man ihn einer gründlichen Restaurierung.

Der quadratische Steinpfeiler trägt einen prismatischen Kopf, der an allen vier Seiten Reliefs aufweist, u. zw. an der südlichen Vorderseite die Darstellung des Gekreuzigten mit Maria und Johannes unter dem Kreuz, an der westlichen Seite die von Christus am Ölberg, an der nördlichen Rückseite die der Geißelung Jesu und an der östlichen Seite die des unter dem Kreuz zusammenbrechenden Christus.

Die darunter befindlichen Inschriftkartuschen tragen folgende Worte: an der Südseite: *Lob Preis und Danckh dem Friedensgott der uns hat gefihrt aus der Kriegsnoth,* an der Ostseite: *Gott dem Allmechtigen und unser lieben Frauen zu Ehren hat Martin,* an der Nordseite: *Wiser des Raths Burger in der Ba ...* (unlesbar) und an der Westseite: *Statuam hierhero verlobt machen und aufrichten lassen im 16 Jahr 51.*

Bekrönt wird die Säule von einer Steinplastik der Pietá, der Schmerzensmutter Maria mit dem Leichnam ihres Sohnes auf dem Schoß, unter einem geschweiften Blechdach[552].

Die Steinsäule an der Rohrgasse

(an der östlichen Straßenseite, am Rande eines Weingartens, neben einem Baum) *(Abb. 61)*

Der steinerne Bildstock weist einen quadratischen Querschnitt auf. Der Kopf hat an der Vorderseite eine jetzt leere Nische, die früher sicher ein Bild oder eine Plastik barg, während die übrigen Seiten glatte Flächen aufweisen. Der Kopf mündet in ein pyramidenförmiges Steindach mit einem einfachen Metallkreuz. An der Vorderseite der Säule erkennt man noch die Buchstaben *B* und *K*, dazwischen die verblaßte Jahrzahl 1860. Näheres über die Entstehung dieses Bildstockes ist unbekannt[553].

Die Mariensäule in der Weilburgstraße

(ungefähr vor dem Haus Nr. 35)

Rollett berichtet[554], daß am 29. Juli 1855 eine feierliche Prozession von der Stadtpfarrkirche zu der an der Weilburgstraße aufgerichteten und damals restaurierten Mariensäule der *unbefleckten Empfängnis* stattgefunden hat. Anlaß für die Restaurierung und die Prozession war die Dogmatisierung des Lehrsatzes von der Unbefleckten Empfängnis Mariens am 8. Dezember 1854. Aus dieser Nachricht geht hervor, daß sich an der Weilburgstraße schon früher eine Mariensäule befunden hat, über deren Standort, Entstehungszeit und Aussehen uns nichts bekannt ist.

Die heutige Säule stammt vom Wiener Ringtheater, das am 8. Dezember 1881 (am Mariä-Empfängnis-Tag) abbrannte. Aus der Inschrift an der Säule ergibt sich das Errichtungsjahr 1884 *(Abb. 62)*.

Die runde Steinsäule besitzt einen quadratischen Sockel mit vier Inschrifttafeln und über diesen jeweils einen neugotischen Giebel. Auf der Säule steht eine Immakulatafigur aus Stein im historisierenden Stil des ausgehenden 19. Jhdts.

Die Inschriften lauten: vorne (nach Norden gerichtet): *Signum magnum apparuit in caelo mulier amicta sole et luna sub pedibus ejus, et in capite, corona stellarum duodecim* — links (gegen Osten gerichtet): *Der Gemeinde Weikersdorf gewidmet von Paul und Marianne Wasserburger* — rechts (gegen Westen gerichtet): *Errichtet 1884 — Renoviert im Marianischen Jahr 1954* — an der Rückseite (gegen Süden): *O Maria ohne Makel der Sünde empfangen bitte für uns die wir zu Dir unsere Zuflucht nehmen*[555].

Der Bildstock oberhalb der Weilburgstraße — 1890

(am Fuße der Anhöhe von Rauheneck) (Abb. 63)

Aus welchem Anlaß es 1890 zur Errichtung dieser Steinsäule kam, ist unbekannt. Die Vermutung liegt nahe, daß dieser verhältnismäßig reich verzierte Bildstock im Zusammenhang mit der 1945 leider zerstörten, nahegelegenen Weilburg stand.

Aus einem Sockel mit quadratischem Grundriß wächst ein schmälerer mit quergestelltem quadratischen Grundriß, darauf eine ebensolche Säule mit neugotischer Bogenverzierung an allen vier Seiten. Der mächtige Kopf hat wieder rechteckigen Grundriß. Das Mittelfeld der Vorderseite dieses monstranzartigen Aufsatzes birgt in neogotischer, seichter Bogennische ein Steinrelief mit der Darstellung der Madonna mit Kind, mehrfärbig gefaßt. Darunter sind in gotischer Schrift die Worte eingemeißelt: *Maria hilf.* Durch eine zweifache Abtreppung im Giebel der Säule entstehen an der Vorderseite neben dem Madonnenbild Seitenteile, ebenfalls mit neugotischen Bogen verziert. Der Mittelteil des Säulenkopfes wird von einer (beschädigten) Kreuzblume gekrönt. Die Seitenwände des Kopfes sind glatt, während die Rückseite in der Mitte ein leeres neogotisches Bogenfeld und darunter die Jahrzahl 1890 trägt[556].

Die Gedenksäule an der Ecke Helenenstraße zur Hildegardbrücke

(gegenüber vom Sanatorium Esplanade) *(Abb. 64)*

Diese Gedenksäule wurde von Paul Wasserburger im Auftrag von Erzherzog Eugen für dessen an dieser Stelle verunglückten Bruder Erzherzog Wilhelm errichtet. Erzherzog Wilhelm war am 29. Juli 1894 neben der kurz vorher eröffneten elektrischen Bahn von Rauhenstein geritten. An der durch die Gedenksäule bezeichneten Stelle scheute sein Pferd durch die Bahn und warf den Reiter ab. Der Erzherzog fiel so unglücklich auf den Hinterkopf, daß er noch am selben Tag starb.

Die neugotische Steinsäule mit quergestelltem, quadratischem Querschnitt ruht auf einem Sockel und trägt über einem knospenartigen Kapitäl eine offene Laterne aus Stein mit vier Marmorsäulchen an den Ecken. Jetzt ist die Laterne leer; in der Mitte ragt ein abgebrochener Metallstumpf, der von einer früheren Figur zeugt. Über der Laterne befindet sich ein turmartiger Aufbau, der in eine Kreuzblume mündet. Die Inschrift auf der Tafel

53 Hl. Rosalia und Ferdinandsbrunnen an der Dreifaltigkeitssäule

54 Reuiger hl. Petrus an der Dreifaltigkeitssäule

55 Bildstock an der Grenze zu Pfaffstätten (1578)

56 Bildstock vor dem Haus Albrechtsgasse 26 (1584)

57 Sgraffito am Bildstock vor dem Haus Albrechtsgasse 26

58 Bildstock vor der Kaserne an der Vöslauer Straße (1600)

59 Pietá am Hause Elisabethstraße 35 (1614)

60 Passionssäule (Wiserkreuz) Ecke Wienerstraße—Flamminggasse (1651)

61 Steinsäule an der Rohrgasse (1860)

62 Mariensäule in der Weilburgstraße (1884)

63 Bildstock „Maria, hilf!“ am Fuße der Anhöhe von Rauheneck (1890)

64 Gedenksäule für Erzherzog Wilhelm bei der Hildegardbrücke (1894)

65 Bildstock am Ufer des Mühlbaches in Leesdorf

66 Johannes-Nepomuk-Statue beim Mühlbach an der Pergerstraße

67 Die ehemalige Weilburgkapelle

an der Vorderseite des Sockels lautet: *Erzherzog Wilhelm von Österreich Hoch- und Deutschmeister † 29. Juli 1894 — Das Andenken des Gerechten währt ewiglich. Psalm CXI, 6*[557].

Der Bildstock am Ufer des Mühlbaches in Leesdorf

(hinter dem Gebäudekomplex Mühlgasse 48) *(Abb. 65)*

Über Ursprung und Entstehungszeit der steinernen Bildsäule ist nichts bekannt. Ebenso konnte nicht in Erfahrung gebracht werden, ob dieser Bildstock sich schon ursprünglich an dieser Stelle befand.

Der Grundriß ist durchgehend quadratisch. Der Fuß erscheint mehrfach abgetreppt und trägt an der Verjüngung zum Säulenschaft eine verzierte Profilleiste. Der Schaft hat geschweifte Form, nach oben und unten sich verjüngend. Er trägt einen rechteckigen, blockartigen Aufsatz. Zwischen dem vorspringenden Kopf und dem verhältnismäßig schlanken Schaft findet sich — wie unten — eine verzierte Profilleiste. An der Vorderseite des Kopfes ist in einer seichten Vertiefung ein Steinrelief angebracht mit der Darstellung der Madonna mit Kind, wobei die Umrahmung wieder eine verzierte Profilkante aufweist. Die übrigen Seiten und auch die Oberseite des Aufsatzes sind glatt und schmucklos. An der Säule findet sich jetzt keine Inschrift[558].

Das sogenannte „Fieberkreuz" am „Harter Gebirge"

Nach der jüngeren Inschrifttafel soll dieses Kreuz 1830 errichtet worden sein. Es steht aber zweifellos im Zusammenhang mit der 1831/1832 in Baden grassierenden Cholera oder asiatischen Bauch-Ruhr. In dieser Zeit starben in der Pfarre Baden 118 Personen an solchen Krankheitserscheinungen[561].

Unter einem pyramidenförmigen Schutzdach befindet sich, mit diesem verbunden, ein großes Holzkreuz mit einem einfärbigen Korpus und zu dessen Häupten die Inschrifttafel mit dem bekannten *INRI*. Links und rechts von der Gestalt des Gekreuzigten ist je eine Lanze am Kreuzbalken angebracht, nämlich ein blanker Speer und einer mit einem Schwamm. Zu Füßen des Gekreuzigten befinden sich eine Metallaterne und eine Inschrifttafel aus jüngerer Zeit. Vor dem Kreuz ist ein hölzerner Betschemel angebracht.

Neben dem Kreuz hat man einen Gedenkstein errichtet für die Gefallenen aus dem Stand der Weinhauer. Die Hauptplatte mit Inschrift erinnert an die Gefallenen des Ersten Weltkrieges (1914—1918), die später beigefügte Tafel links unten an die Opfer des Zweiten Weltkrieges (1939—1945) und in gleicher Weise rechts unten die Tafel an die Bombenopfer des 12. April 1944 aus dem Hauerstand im Harter Gebirge[558].

Das Kreuz an der Ecke Albrechtsgasse — Steinbruchgasse

(unter der Umfahrungsstraße neben dem Aquädukt der Wiener Wasserleitung)

Dieses Kreuz stand früher an einer anderen Stelle in der Nähe. Die Inschrift verweist auf das Jahr 1848. Näheres über den Anlaß der Errichtung ist unbekannt.

Auf einem rechteckigen Steinsockel erhebt sich ein gußeisernes Kreuz mit Korpus, schwarz-gold-silber gestrichen. Nach hinten wird es durch eine Eisenstange am Boden gestützt. Unter dem Korpus befindet sich eine wappenförmige Blechtafel mit folgender Inschrift: *gewidmet von Herrn Ramberger 1848*[558].

Das Kreuz Ecke Flamminggasse-Trostgasse

Der Ursprung dieses Wegzeichens ist unbekannt. Unter der Bezeichnung *Höfer-Kreuz* scheint es auf einem Plan von Baden im 19. Jhdt. auf. Nachdem Frau Ottilie Heintz dieses Kreuz mit viel Sorgfalt betreut hatte, moderte der Stamm unten ab und das Kreuz fiel um. Im Frühjahr 1980 ließ es die Stadtgemeinde Baden restaurieren und wieder aufrichten. Das Holzkreuz trägt einen gemalten Korpus und oben die bekannte Inschrifttafel *INRI*. Zum Schutz gegen die Witterung hat man ein pyramidenförmiges Holzdach über dem Kreuz angebracht. Zu Füßen des Gekreuzigten befindet sich eine Holztafel mit folgenden Inschriftworten: *zu komme uns Dein Reich*. Links und rechts am Kreuzesschaft sind schmiedeeiserne Behälter für Blumentöpfe befestigt. Der Betschemel vor dem Kreuz wurde 1980 neu geschaffen[558].

Das Kreuz an der Germergasse beim „Melkerkeller"

Das einfache Holzkreuz mit pyramidenförmiger Überdachung und bemaltem Korpus trägt eine Inschrifttafel mit den Worten:

Geh'st du, o Mensch, am Kreuz vorbei,
Bedenk', was dess' Bedeutung sei.
Zieh ab den Hut, du bist ein Christ,
der durch den Herrn erlöset ist.

Angeblich wurde dieses Wegkreuz zur Erinnerung an ein verunglücktes Kind errichtet[559].

Das sogenannte „Eipeldauer Kreuz“ auf einem Felsen der Alexandrovich-Anlagen, oberhalb der Helenenstraße

Ursprung und Entstehungszeit des früheren gußeisernen Kreuzes mit Korpus ist unbekannt. Die Vermutung liegt nahe, daß es an eine abgestürzte Person erinnern sollte. Um 1945 wurde es so arg beschädigt, daß man es durch ein namenloses Gußeisenkreuz aus dem Helenenfriedhof ersetzte[558].

Die Johannes-Nepomuk-Statue am Mühlbach an der Pergerstraße

(bei der Brücke zum Parkplatz vor dem Kurmittelhaus) *(Abb. 66)*

Diese Statue befand sich früher an der Holzbrücke des Parkes von Schloß Gutenbrunn. Bei der Umgestaltung der Einfahrt zum Parkplatz fand sie ihren jetzigen Standort. Von dieser Statue wissen wir, daß sie am 18. September 1724 im großen Vorhof des Schlosses Gutenbrunn, bekannt auch als *Posthof*, bei der Mühle durch den Gutsherrn Balthasar Edler von Freundtsberg errichtet wurde[560].

Auf geschweiftem Sockel mit quadratischem Querschnitt erhebt sich die barocke Steinplastik, die den hl. Johannes Nepomuk in der üblichen Weise als Kanonikus mit Birett auf dem Kopf und Kruzifix in der Hand darstellt. Der 1393 zu Prag in die Moldau gestürzte hl. Märtyrer gilt allgemein als Brückenpatron.

Die Johannes-Nepomuk-Statue an der Brüstung der Umfahrungsstraße auf der Brücke über die Schwechat

Die spätbarocke, vermutlich zwischen 1780 und 1800 geschaffene Sandsteinplastik mit der Darstellung des beliebten Brückenheiligen Johannes Nepomuk stammt aus Guntramsdorf. Dort stand sie früher in einer Mauernische des Hauses Hauptstraße 61. Beim Herausnehmen aus der Nische zerbrach sie. Der Bildhauer Friedrich Sattler aus Rekawinkel fügte die Bruchstücke wieder zusammen und restaurierte die Figur. Über Vermittlung der Stadtgemeinde Baden gelangte sie 1975 im Auftrag der Bundesstraßenverwaltung an ihren heutigen Standort an der damals neu eröffneten Umfahrungsstraße[575].

Die ehemalige Magdalenenkapelle im Heiligenkreuzerhof

(Brusattiplatz 2)

Der Hof des Stiftes Heiligenkreuz in Baden, auch Leopoldshof genannt, findet mehrfach urkundliche Erwähnung. Eine Heiligenkreuzer Urkunde vom Jahre 1263 nennt einen *magister curie in Paden* und ein Kaufbrief des Jahres 1268 eine *curia sancta crucis* in Baden. 1312 vermachte Laurenz der Holzer dem Kloster seinen Hof *gelegen bei Heiligchreutzer munichhof*. 1343 stifteten Alfred Pienk und seine Gattin einen Jahrtag in Heiligenkreuz mit ihrem Haus *hinder der Herren Hof datz dem Heil. Chreutz.* 1450 wurde der Hof vom Stift an Johann Neuperg verkauft, dann aber wieder zurückgekauft. 1455 kommt der Hof samt dem ehemaligen Heiligenkreuzer Bad (Leopoldsbad) an das Badener Bürgerspital. 1578 erfolgt ein Rückkauf an Heiligenkreuz durch Abt Udalrich II. 1588 wurde der Hof vorübergehend an Johann Fleischl vermietet. 1665 kam es zur Errichtung eines neuen Badegebäudes und von Stallungen unter Abt Klemens Schäfer. 1805 verwendete man den Hof vorübergehend als Fouragemagazin für die einquartierten französischen Truppen. Über behördlichen Auftrag erfolgte 1811 der Verkauf an den *Verein behauster Bürger von Baden.* 1812 kam es zur Errichtung des Leopoldsbades in seinem heutigen Bau. 1853 fügte man an den Hof einen neuen Erdgeschoßtrakt gegen Norden, und 1883 erwarb schließlich die Stadtgemeinde Baden die Liegenschaft. Man richtete hier das Marktamt ein. Eine großzügige Restaurierung wurde 1980 begonnen.

Die profanierte, ehemalige Magdalenenkapelle stellt sich als einschiffiger Raum dar mit einem quadratischen Joch mit Kreuzrippengewölbe. Der gegen die Straße vorspringende Chorabschluß ist aus dem Achteck mit Rippengewölben gestaltet. Die Gewölberippen zeigen gekehlte Profile und sind in Kämpferhöhe abgekröpft. Die Schlußsteine haben glatte, tellerförmige Gestalt. In der Mittelachse des Chores befindet sich im oberen Teil ein nunmehr freigelegtes, spitzbogiges Fenster. Zwei kleine gotische Seitenfenster der Apsis wurden 1980 im Zuge der Restaurierung des Gebäudes ebenfalls freigelegt und die später ausgebrochene Tür zur Straße in der Mittelachse des Chores wurde wieder zugemauert. Im ersten Stock der geosteten Kapelle befand sich eine, nunmehr abgemauerte Empore.

Das frühere barocke Altarblatt der Magdalenenkapelle von Matthäus Mutz mit der Darstellung von Maria Magdalena zu Füßen des Kreuzes wurde in der Herzoghofkapelle gebracht und 1924 bereits als verschollen bezeichnet[562].

Ein im Städtischen Rollettmuseum befindliches und 1979 restauriertes Altärchen aus schwarzem Holz mit aufgelegten Knorpelornamenten und auf Kupfer gemalten Bildern, aus der Mitte des 17. Jhdts., soll angeblich aus der Magdalenenkapelle stammen[563].

Die ehemalige Kapelle im Schloß Weikersdorf

(heute Club-Hotel, Schloßgasse 9)

Zwischen 1268 und 1344 scheinen die Herren von Weikersdorf urkundlich auf; über ihren Herrensitz ist nichts bekannt. 1450 war Hans Hager, der 1463 von Franz von Haag überfallen und gefangen gesetzt wurde, Besitzer von Weikersdorf, 1480 bis 1496 besaß Achaz Enenkel Weikersdorf. 1529 eroberten es die Türken. 1579 erfolgte ein Umbau des Schloßhofes durch Georg Kottler. 1612 kaufte Hans Paul Bayer das Gut und erwarb 1617 auch Rauhenstein. 1683 zerstörten die Türken das Schloß. 1692 wurde es von Franz Anton von Quarient und Raal erworben, der es umbaute. Ab 1741 war es Eigentum der Familie von Doblhoff. Am Ende des Zweiten Weltkrieges von den Russen besetzt, stand das Schloß lange Zeit devastiert da. 1967 erwarb es die Stadtgemeinde Baden, die es zwischen 1968 und 1971 teilweise restaurieren ließ. 1973 kaufte es Ing. Wilhelm Papst. Der neue Besitzer adaptierte das Schloß mit seinem schönen Arkadenhof aus der Renaissancezeit zum heutigen Clubhotel mit einem modernen Zubau nach den Plänen vom Badener Architekten Herbert Ortner (1973—1975). Der von der Stadtgemeinde Baden erworbene große Park wurde zum 1969 eröffneten Rosarium umgestaltet.

Im Schloß Weikersdorf befand sich auch eine kleine Kapelle mit einem marmorierten Holzaltar und einem wertvollen Altarblatt. Dieses Bild in geschweiftem Rahmen trug die Signatur *At Schoonians F. 1693* und stellte die hl. Familie dar[564]. Der Kapellenraum ist in profaniertem und verändertem Zustand noch erhalten.

Die ehemalige Kapelle im Sauerhof

(Weilburgstraße 11—13)

Der heutige Sauerhof führte im Laufe der Geschichte verschiedene Namen. 1419 wird in einer Heiligenkreuzer Urkunde Hans der Flens als Besitzer des *Turmhofes* erwähnt. 1467 erfolgte die Belehnung des Hofes an Hans Röttinger; der Hof erhielt dadurch den Namen *Röttingerhof*[565]. Im Jahre 1583 kaufte Georg Sauer von Sauerburg den Hof mit dem Kammergut Rauhenstein *und darinnen ain khleines von Holz erpauttes Wildpadt*. 1694 erfolgte dann der Umbau des Meierhofes, der den Namen *Sauerhof* bekam. Im Urbar 1705 erscheint dieser als baufällig. 1741 ging der Besitz von Salomon Piazzoni durch Heirat an die Familie von Doblhoff über. 1820 bis 1822 erfolgte im Auftrag von Karl Freiherrn von Doblhoff der Neubau durch Josef Kornhäusel. 1863 gelangte das Gebäude samt Park in den Besitz des k. k. Militärärars. Sowohl im Ersten als auch im Zweiten Weltkrieg diente der Sauerhof als Lazarett. 1945 wurde er von der sowjetischen Besatzungsmacht belegt und 1955 in weitgehend devastiertem Zustand zurückgelassen. So stand der denkmalgeschützte Biedermeierbau jahrelang in trostloser Verfassung da. 1972 erwarb die Stadtgemeinde Baden das Gebäude, für das man lange einen geeigneten Verwendungszweck suchte. Anfang 1976 wurde endlich mit einer gründlichen Restaurierung begonnen, die im April 1978 ihren Abschluß fand. Jetziger Besitzer ist die Familie Schorn aus Würzburg, die das zu einem erstklassigen Hotel umgestaltete Haus bewirtschaftet.

Die ehemalige Kapelle, die noch während des Zweiten Weltkrieges für Lazarettgottesdienste in Verwendung stand und dann der Verwüstung anheimfiel, lag im ersten Stock. Die halbkreisförmige, gegen Süden vorspringende und auf drei Rundbogen aufruhende Apsis mit einem kegelförmigen Dach ist heute von der Sauerhofstraße deutlich erkennbar. Das Innere des Schiffes war mit einer Tonne gewölbt; die Apsis, breiter als das Schiff, erhielt ihr Licht von zwei seitlichen Ovalfenstern, die vom Schiff aus nicht sichtbar waren, sowie durch eine achteckige Dachlaterne. Der freistehende Altar war gesprenkelt gestrichen und hatte einen einfachen klassizistischen Aufbau mit einem polychromen Holzkruzifix in einer Rundbogennische. Der Kapellenraum ist in profaniertem und umgestaltetem Zustand noch erhalten[566].

Die ehemalige Kapelle im nicht mehr bestehenden Schloß Gutenbrunn

Der erste bekannte Besitzer des *Hofes zu Baden unter dem Schwarzmönchshof* war ein gewisser Georg Weißenböck. Schwarzmönchshof hieß der Hof des Benediktinerklosters Klein-Mariazell zum Unterschied von den Heiligenkreuzer Zisterziensern, die einen hellen Habit tragen. Nach dem Tode Georg Weißenböcks wurde 1480 der Pfleger von Lembach Matthias Twang mit dem Hofe belehnt, der dann *Twanghof* hieß[567]. 1507 verkauften Witwe und Tochter von Twang den Hof samt Mühle an den Bruder der Witwe, Hans Inprucker[568]. Die Inprucker behielten Hof und Mühle bis zum Ende des 16. Jhdts. 1595 kaufte der k. k. Postmeister Hans Christoph von Wohlzogen von Neuhaus die Liegenschaft, die dann den Namen Posthof erhielt. 1641 veräußerten die Wohlzogen den Freihof wieder. 1683 wurde das Gut von den Türken verwüstet. 1700 erwarb es Johann Balthasar Edler von Freundtschlag und errichtete im ersten Stock eine Kapelle zu Ehren der hl. Mutter Anna mit zwei Seitenaltären, einen zu Ehren des hl. Antonius, den anderen zu Ehren des hl. Johannes Nepomuk. Die Weihe der Kapelle erfolgte zu Pfingsten 1703 durch Kardinal Kollonitsch. Der Gutsherr stiftete dann auch eine Benefiziatenstelle. Am 24. April 1779 erhielt der Einsiedler Frater Isidor Pirke die Erlaubnis zur Errichtung einer Eremitage neben dem Schloß mit der Verpflichtung, bei der Schloßkapelle den Mesnerdienst zu versehen. Nach dem Tode Pirkes im Jahre 1781 wurde die Einsiedelei zum Schloß gezogen. Die Schloßkapelle blieb von der Sperre unter Kaiser Josef II. verschont.

1783 erfolgte ein vollkommener Umbau des Schlosses. Bei dieser Gelegenheit schuf der aus Passau stammende und 1820 in Baden verstorbene Maler Matthäus Mutz das Deckenfresko der Kapelle sowie das Hochaltarblatt mit der Darstellung der hl. Familie mit Mutter Anna, ebenso die beiden Seitenaltarblätter mit der Darstellung des hl. Antonius von Padua und des hl. Johannes Nepomuk. 1803 kam es zu einer vorübergehenden Sperre der Kapelle. Nach Auflösung der Patrimoniate 1848/1850 wurde die Katastralgemeinde Gutenbrunn, in der das Schloß lag, mit der Stadt Baden vereinigt.

Im Zuge eines vollständigen Umbaues des Schlosses im Jahre 1897 kam es vor der Demolierung des Gebäudes zur endgültigen Aufhebung der Schloßkapelle. Kirchengeräte und Benefizium wurden an die Pfarre St. Stephan in Baden übertragen. Zwei Altarblätter befinden sich jetzt im Kaiser-Franz-Joseph-Museum für Handwerk und Volkskunst in Baden[580], das Lavabo aus der Sakristei der Kapelle im Städt. Rollett-Museum Baden. Auf dem Areal des ehemaligen Schlosses errichtete man die Kuranstalt Gutenbrunn. Das im Zweiten Weltkrieg als Lazarett verwendete Sanatorium besetzten 1945 die Russen. 1960 erwarb die Stadtgemeinde Baden das ziemlich heruntergekommene Gebäude samt Park. Am 4. Dezember 1969 erfolgte der Verkauf des Sanatoriums und eines Teiles des Parkes an Architekt Dipl.-Ing. Walter Nemetz, der zwischen September 1972 und August 1973 den Umbau bzw. neuen Zubau zum heutigen Hotel durchführte[569].

Die ehemalige Kapelle im nicht mehr bestehenden Peterhof

(ehemals Vöslauer Straße)

1796 wurde das *Petersbad* vom Militärärar angekauft. 1819 errichtete man das *Militär-Badehaus* als einfachen, viergeschossigen Bau, dessen Mittelrisalit einen Flachgiebel besaß. Im Tympanon war der österreichische Doppeladler mit folgender Inschrift angebracht: *Aegro et saucio militi Franciscus I. MDCCCXIX*. Sowohl im Ersten wie auch im Zweiten Weltkrieg diente das Gebäude als Lazarett und wurde 1945 von den sowjetischen Truppen besetzt. Das seit 1918 im Eigentum der Republik Österreich befindliche Gebäude bestimmte man dann zum Abbruch, der Ende 1956 begann. Die heutige Peterhofgasse bildete vor der Umgestaltung des Terrains den Anfang der Vöslauerstraße, an der das Gebäude des Peterhofes lag. Heute befinden sich an dieser Stelle die Bezirksstelle der NÖ Gebietskrankenkasse und ein Parkplatz.

In einem sechseckigen, zweigeschossigen Anbau im Hof lag die Kapelle des Peterhofes. Im Erdgeschoß besaß diese Blendbogen mit rechteckigen Fenstern, im ersten Stock vier große Rundfenster in rechteckiger Blende, Hängeplattengesimse, an der Vorderseite einen Segmentgiebel mit einem kleinen Fenster. Die darin befindliche kleine Glocke kam später in den nördlichen Mansardenturm der Frauenkirche in Baden. Im ersten Stock bildete die Peterhofkapelle einen kreisrunden Raum mit einer Flachkuppel.

Der Altar war aus Holz, grau marmoriert, und hatte eine Mensa mit freistehenden, balusterförmigen Füßen. Unter der Mensa befand sich ein Schrein mit Lade für die Paramente. Der Tabernakel hatte die Form einer Tempelfront mit korinthischen Säulen. Seitlich davon waren Figuren kniender Engel. Über dem Tabernakel befand sich ein Kruzifix aus weißem

Marmor. Das von toskanischen Säulen gerahmte Altarblatt stellte den hl. Petrus dar, wie er einen Kranken heilt. Es war eine gute Arbeit vom Anfang des 19. Jhdts. Zuletzt benützte man bis 1945 die Kapelle für Lazarettgottesdienste. Dann wurde sie devastiert[570].

Die kleine Glocke von der ehemaligen Peterhofkapelle ist 39 cm hoch, hat einen Durchmesser von 45 cm; sie wurde 1854 gegossen[571].

Die nicht mehr bestehende Weilburgkapelle

(nordwestlich des ehemaligen Weilburggebäudes gelegen gewesen) *(Abb. 67)*

Die neugotische Kapelle wurde durch Erzherzog Albrecht, den ältesten Sohn von Erzherzog Karl, dem Erbauer der Weilburg, nach den Plänen von Architekt Helfft, einem Schüler des Wiener Dombaumeisters Friedrich Schmidt, errichtet. Den Bildschmuck besorgte der Maler Karl Geiger. Baubeginn war am 23. August 1856 und Weihe am 31. Juli 1858. Die Kapelle wurde 1945 devastiert und 1961 abgetragen. Der neugotische Altar aus Holz mit einem Bild der Unbefleckten Empfängnis wurde vorübergehend in den Depoträumen des Städt. Rollett-Museums aufbewahrt. Die beiden Glocken kamen schon 1947 an die Kirche St. Helena.

Die Weilburgkapelle stellte sich als Rohziegelbau, gemustert aus gelblichen und roten Ziegeln, dar, bei dem Strebepfeiler, Portal und Fensterrahmen aus Haustein bestanden. Gedeckt war sie mit einem violetten Schieferdach, und über der Fassade ragte ein niedriger, achteckiger Turm mit einem Steinhelm auf.

Die einschiffige Kapelle besaß drei Joche mit Netzgewölben und einen Chorabschluß aus dem Achteck. Die Raumwirkung schien für den Blick von der auf gußeisernen Säulen ruhenden Empore bestimmt. In den Maßwerkfenstern befanden sich figurale Glasmalereien nach Kartons von Karl Geiger[572].

Die ehemalige Kapelle der Ruine Rauhenstein

Der Raum ist fast quatratisch im Grundriß und hat eine vermauerte halbkreisförmige Apsis, die von außen erkennbar ist. Er besaß Kreuzrippengewölbe. Gegen die Apsis erscheint der Raum durch eine kurze Tonne verlängert. Die Rippen liefen auf übereckgestellten Konsolen auf, wobei an der Stirnseite ein vorspringender Zapfen ein Blattmotiv zeigt, das wohl auf das 13. Jhdt. weist. Die Eingangstür war vermutlich rundbogig. Darüber befindet sich in der Höhe des ersten Stockes eine rechteckige Tür mit steinernen Sturzbalken. Diese bildet den Zugang zu einer schmalen Empore, von der noch beiderseits zwei Balkenlöcher erhalten sind. Diese Empore war vom Palas über eine Holzbrücke erreichbar. An der Ostseite des Kapellenraumes befindet sich ein ausgebrochenes Fenster, an der Südseite ein hochgelegenes, ausgebrochenes Rundbogenfenster[573].

Die ehemalige Kapelle der Ruine Rauheneck

Der Raum ist rechteckig und besitzt eine halbkreisförmige Apsis. Apsis, südliche Stirnwand mit Steingiebel und übrige Umfassungsmauern sind teilweise erhalten. Die rundbogige Eingangstür weist eine hohe Schwelle auf. Am Eck des Gewändes ist ein Wulst ausgenommen, der am Bogen herumgeführt wird. Am Schlußstein des Bogens befindet sich ein erhabenes, gleichschenkeliges Kreuz. Das Schiff der Kapelle war vermutlich flach gedeckt. Die Apsis erscheint um eine Stufe über dem Fußboden des Schiffes erhöht. In der Westwand befindet sich ein rundbogiges, romanisches Fenster mit nach innen und außen abgeschrägter Laibung. Der Apsis gegenüber war eine Holzempore angebracht, die weit über die Hälfte des Schiffes einnahm. An der West- und Ostwand sind noch Balkenlöcher in zwei Reihen übereinander erkennbar. In der Westwand findet sich über dem Boden der Empore ein kleines, romanisches Rundfenster mit nach innen und außen abgeschrägter Laibung, wobei der Bogen aus einem Werkstück verfertigt ist. Die Ostwand weist in ihrer nordöstlichen Ecke in der Höhe des ersten Stockes eine rechteckige Tür auf, die über drei Stufen in der Türlaibung vom Osttrakt der Burg über eine Holzbrücke auf die Empore führte, ähnlich wie bei Rauhenstein[574].

Nicht mehr bestehende, in der Literatur aber genannte oder durch mündliche Aussagen bekannte, Wegzeichen in Baden

Außer der *Mariensäule im Dörfl,* die bereits im Zusammenhang mit der heutigen Immakulatasäule in der Weilburgstraße erwähnt wurde, verschwand auch eine *Dreifaltigkeitssäule gegenüber dem ehemaligen Gast-*

haus am Anger (heute Sanatorium Esplanade); dieses Erinnerungszeichen an das Pestjahr 1713 mußte der Straßenregulierung weichen[576].

Eine heute nicht mehr bestehende gemauerte *Wegkapelle in der Mühlgasse,* an der Ecke der heutigen Schwartzstraße, seinerzeit gegenüber dem Haus Nr. 65, fand bereits Erwähnung im Zusammenhang mit der Notkirche in Leesdorf, deren Madonnenbild aus dieser Wegkapelle stammt[577].

Eine *Steinfigur des hl. Johannes Nepomuk von der nahegelegenen ehemaligen Hansy-Mühle* wird derzeit auf dem Bauhof der Stadtgemeinde Baden aufbewahrt und harrt einer Aufstellung an einem geeigneten Ort[578].

Am Wege längs des Dammes der Südbahn nahe beim Stadtpfarrfriedhof befand sich früher ein *Erinnerungskreuz,* das der seinerzeitige Bezirkshauptmann von Baden Hofrat Bosizio für seine an dieser Stelle am 27. Juni 1919 tödlich verunglückte Gattin Viola hat errichten lassen[579].

Nachweis der Abbildungen

Bundesdenkmalamt Wien: Abb. 2, 5, 7, 8, 10, 11, 12, 13, 15, 17, 23, 25, 26, 28, 30, 31, 32, 35 und 37

Städt. Sammlungen — Rollett-Museum Baden: Abb. 3, 4, 24, 27, 29, 33, 34, 46 47, 48, 49 und 67

Ehem. Landesbildstelle Wien — Niederdonau: Abb. 9 und 22

Diözesan-Konservator Wien: Abb. 38 und 39

Brühlmeyer, Baden: Abb. 19

Goldmann, Baden: Abb. 45

Arch. Dr. Petermair, Wien: Abb. 36

Zahlbruckner, Wien: Abb. 6 und 18

Vom Verfasser stammen: Abb. 1, 14, 16, 20, 21, 40, 41, 42, 43, 44, 50—66

Quellenverzeichnis

Archive und Manuskripte

AFrK — Archiv der Frauenkirche Baden (verschiedene Protokollbücher, Inventarien und Akten).

A Heiligenkreuz — Archiv des Zisterzienserstiftes Heiligenkreuz, NÖ.

NÖLA — Niederösterreichisches Landesarchiv, Wien.

AfNÖ — Archiv für Niederösterreich, Wien.

DAW — Erzbischöfliches Diözesanarchiv Wien (Baden, Augustinerkloster — Baden, Pfarre St. Stephan).

ÖNB — Österreichische Nationalbibliothek, HS — Handschriften.

ÖStA — Österreichisches Staatsarchiv (Abt. Haus-, Hof- und Staatsarchiv — Abt. II. Allg. Verwaltungsarchiv — Unterrichtsarchiv).

StAB — Stadtarchiv Baden (Urkundensammlung, Augustiner-Protokoll A und B, Augustinerakten, Ratsprotokolle, Manuskript: Aufzeichnungen zur Geschichte Badens von Abt Othmar Helferstorfer).

Chronik FrK — Chronik der Frauenkirche (einschl. ehem. Augustinerkloster und k.k. Hofkirche). Vier Bände Manuskript.

Gedenkbuch — Gedenkbuch der Pfarre St. Helena — St. Christoph, 4 Bände Manuskript

Haan — Josef Friedrich, Freiherr Haan von Haanendahl *Die k.k. Hofkirche zu Baden in Österreich,* Manuskript, 1827.

Memorabilienbuch — *Memorabilienbuch der Pfarre Baden* (St. Stephan) 1 Band Manuskript mit Einlagen.

Literatur

Calliano, Geschichte — Gustav Calliano *Geschichte der Stadt Baden in NÖ,* 3 Bände, Verlag der NÖ Landesfreunde in Baden, gedruckt bei R. Rohrer, Baden, o. Jz.

Baden in alten Ansichten — Waltraud de Martin *Baden bei Wien in alten Ansichten* Europäische Bibliothek, Zaltbommel, NL, 1978.

Donin, Bettelordenskirchen — Richard Kurt Donin *Die Bettelordenskirchen in Österreich,* bei Rohrer, Baden, 1935.

Drescher, Leesdorf — Kurt Drescher, *Gesammelte Beiträge zur Geschichte von Leesdorf,* brosch., 1979.

Festschrift 1913 — *Festschrift zur 50-Jahr-Feier des Kaiser-Franz-Joseph-Landesgymnasiums und der Landes-Oberrealschule Baden,* Baden 1913.

Festschrift 1952 — *Festschrift zur 50-Jahr-Feier 1902—1952 des Mädchen-Realgymnasiums Baden,* Baden, 1952.

Festschrift 1965 — *Festschrift anläßlich der beendeten Generalsanierung der beiden Gebäude des Bundesgymnasiums für Mädchen und des Bundesrealgymnasiums für Mädchen in Baden,* Baden, 1965.

Fidler, Austria sacra — P. Marian Fidler *Austria sacra — Geschichte der ganzen österreichischen klösterlichen und weltlichen Kleresey,* Wien, 1787, IV. Teil, 8. Band.

FrA II/11 — *Fontes rerum Austriacarum* II. Abt. Diplomata et acta, 11. Band *Urkunden des Cistercienserstiftes Heiligenkreuz im Wienerwald* (bis 1300), herausgegeben von J. N. Weiß, k. k. Hof- und Staatsdruckerei, Wien, 1856.

Frauen- und Karolinenbad — *Das Frauen- und Karolinenbad zu Baden bei Wien nach der Neuherstellung 1876—1878,* Festschrift, Verlag der Stadtgemeinde, Baden, 1878.

Gavigan, Epistulae — Joh. Gavigan, *Epistulae inter Priores Generales OSA atque Imperatores Austriacos annis 1635—1671 missae,* Augustiniana XVIII/1968, S. 425—513, Institut historique Augustinien, Heverlee — Louvain, 1968.

Gsell, Gültenbuch — Benedikt Gsell *Das Gültenbuch des Cistercienserstiftes Heiligenkreuz,* Wien, 1866.

Hanthaler — P. Chrysostomus Hanthaler *Recensus diplomatico-genealogicus Archivii Campoliliensis,* 1740, gedruckt Wien, 1819.

Hantsch, Gesch. Österr. — Dr. Hugo Hantsch *Geschichte Österreichs,* 2 Bände, Verlag Styria, 1951, 3. Auflage.

Hermann, Baden — Dr. Walter Hermann *Die Kurstadt Baden bei Wien,* ein Führer durch den Kurort und seine Umgebung, herausgegeben vom Verein NÖ Landesfreunde in Baden, 1925.

Höggmayer, Catalogus — A. Höggmayer *Catalogus priorum ord. erem. S. August. per provinciam totius Germaniae,* Monachii, 1729.

Hueber, Austria — Philibertus Hueber *Austria ex archivis Mellicensibus illustrata,* 3 Bände, Leipzig, 1722.

Kaufmann — Dr. Emil Kaufmann *Die Kunst der Stadt Baden,* Österr. Bundesverlag, Wien, 1925.

Keiblinger, Melk — Ignaz Franz Keiblinger *Geschichte des Benedictiner-Stiftes Melk in NÖ, seiner Besitzungen und Umgebungen,* II. Band, Friedrich Beck's Verlagsbuchhandlung, Wien, 1869.

Kirchl. Topographie — *Kirchliche Topographie des Erzherzogtums unter der Enns,* bei Anton Doll, Wien, 1825.

Kunzelmann — Adalbero Kunzelmann OSA *Geschichte der deutschen Augustiner-Eremiten,* Augustinus-Verlag Würzburg, 1. Teil *Das 13. Jhdt.,* Würzburg, 1969, 3. Teil *Die bayrische Provinz bis zum Ende des Mittelalters,* Würzburg, 1972, 6. Teil *Die bayrische Provinz vom Beginn der Neuzeit bis zur Säkularisierung,* Würzburg, 1975.

Lautinger, Pranger — Otto Lautinger *NÖ Pranger für einheimische Vandalen in alter und neuer Zeit,* Kommissions-Verlag Heinrich Kirsch, Wien, 1926.

Leber, Ritterburgen — Friedrich von Leber *Die Ritterburgen Rauheneck, Scharfeneck, und Rauhenstein.* Braumüller und Seidel, Wien, 1844.

Lexer — Matthias Lexer *Mittelhochdeutsches Taschenwörterbuch,* Verlag von S. Hirzel, Leipzig, 1943.

Lexikon Theol. u. Kirche — *Lexikon für Theologie und Kirche* Herausgegeben von Dr. Michael Buchberger, Verlag Herder, 1930—1938.

Lind, Grabdenkmäler — Karl Lind *Grabdenkmäler in Niederösterreich* in *Berichte und Mitteilungen des Altertumsvereines zu Wien,* Bd. III, bei Prandel und Meyer, Wien, 1859.

Lind, Kunsth. Atlas — Karl Lind *Kunsthistorischer Atlas* herausgegeben von der k. k. Central-Commission zur Erforschung und Erhaltung der Kunst- und historischen Denkmale, X. Abt. Sammlung von Abbildungen mittelalterlicher Grabdenkmale aus den Ländern der österr.-ung. Monarchie, 1. Abt., k.k. Hof- und Staatsdruckerei Wien, 1892.

Mayer, Frauenbad — M. J. Mayer *Das neuerbaute Frauen- und Karolinenbad in Baden,* Wien. 1821, gedruckt bei Ferd. Ullreich.

Mayer, Miszellen — M. J. Mayer *Miszellen über den Kurort Baden in NÖ,* 1. Bändchen, bei Ferd. Ullreich, Baden, 1819.

ÖKT — Dagobert Frey *Die Denkmale des politischen Bezirkes Baden,* Band XVIII der *Österreichischen Kunsttopographie,* Hölzel und Co., Wien, 1924.

Quellen — *Quellen zur Geschichte Badens,* übersetzt von cand. phil. Fritz Holzer und stud. phil Eugen Benedikt, erklärt von Stadtarchivar Dr. Rainer v. Reinöhl — Sonderabdruck aus dem *Badener Boten* 1910 und dem *Deutschen Volksboten,* Verlag des Vereines der NÖ Landesfreunde in Baden, 1911.

Reinöhl, drei Fälschungen — Dr. Rainer v. Reinöhl *Drei Fälschungen — nachgewiesen durch Dr. Rainer v. Reinöhl,* Druck von Leo Reichelt's Witwe, Baden, 1905.

Reinöhl, Irrtümer — Dr. Rainer v. Reinöhl *Irrtümer in der Geschichte Badens,* Separatdruck aus der *Badener Zeitung,* 1909.

Reinöhl, Leesdorf — Dr. Rainer v. Reinöhl *Geschichte des Schlosses Leesdorf in Baden,* im Selbstverlag des Verfassers, o. Jz.

Reinöhl, Weikersdorf — Dr. Rainer v. Reinöhl, Stadtarchivar, *Geschichte der Gemeinde Weikersdorf von den ältesten Zeiten bis zu ihrer Vereinigung mit Baden im Jahr 1912,* K. Kravani, Verlagsbuchhandlung, Wien, o. Jz., Druck bei Leo Reichelt's Witwe, Baden.

Rennhofer, Aug. Wien — Dr. Friedrich Rennhofer *Die Augustiner-Eremiten in Wien,* ein Beitrag zur Kulturgeschichte Wiens, Augustinus-Verlag, Würzburg, 1956 (Bd. XIII).

Rennhofer, Diss. — Friedrich Rennhofer *Dissertationsarbeit über das Kloster der Augustiner-Eremiten auf der Landstraße in Wien,* 1948.

Rollett, Beiträge — Dr. Hermann Rollett *Beiträge zur Chronik der Stadt Baden,* 1. Auflage 1880, 2. Auflage, Heft I — XIII. 1885—1902, Ferdinand Schütze, Baden.

Rollett, Gutenbrunn — Dr. Hermann Rollett, Stadtarchivar, *Das Schloß Gutenbrunn,* Chronologisch geordnete Daten zur Geschichte der ehem. Herrschaft und des Schlosses Gutenbrunn in Baden bei Wien, Separatabdruck aus dem Wochenblatt *Badener Bote,* Verlag Leo Reichelt's Witwe, Baden, 1887.

Rollett, Helferstorfer — Dr. Hermann Rollett *Abt Helferstorfer, Skizze seines Lebens und Wirkens und desselben Aufzeichnungen zu einer Geschichte der k. k. Hofkirche in Baden,* Verlag des Stadtvorstandes Baden, 1881.

Succintia notitia — *De monasteris provinciae Austriae et Hungariae Ordinis fratrum eremitarum Sancti Patris Augustini Succincta notitia in usum duntaxat juniorum ejusdem Provinciae Alumnorum obiter conscripta,* Litteris Schulziani, Viennae, 1776.

Schenk, Taschenbuch — Dr. Carl Schenk *Taschenbuch für Badegäste Badens in NÖ,* bei Geistinger, Wien und Baden, 1805.

Schmidl, Wiens Umgebungen — *Wiens Umgebungen auf zwanzig Stunden im Umkreis — nach eigener Wanderung geschildert durch Adolf Schmidl,* 3 Bände, bei Carl Gerold, Wien, 1839.

Tausig, berühmte Besucher — Paul Tausig *Berühmte Besucher Badens, ein Beitrag zur Geschichte der Stadt Baden bei Wien* mit 115 Illustrationen, Verlag von Carl Konegen (Ernst Stülpnagel), Wien, 1912.

Tausig, Glanzzeit — Paul Tausig *Die Glanzzeit Badens, ein Kulturbild aus den Jahren 1800—1835 nach Akten, teilweise neuen Literaturquellen und unveröffentlichten Tagebüchern, mit einem Stadtplan aus dem Jahre 1812,* Verlag von J. Wladarz, Baden, 1914.

Vischer, Topogr. — Georg Matthäus Vischer *Topograpia Archiducatus Austriae Inf.* 1672 — Nachdruck nach den Originalen, herausgegeben von Anton Leopold Schüller, Akademische Druck- und Verlagsanstalt Graz, 1976.

Weigl, Ortsnamenbuch — *Historisches Ortsnamenbuch von NÖ,* verfaßt von Heinrich Weigl, Verlag des Vereines für Landeskunde von NÖ und Wien, Wien, 1964 ff.

Wenedetter, Kreisbach — Franz X. Wenedetter *Schloß Kreisbach im Wandel der Jahrhunderte,* Preßverein St. Pölten, 1929.

Winner, Klosteraufhebungen — G. Winner *Die Klosteraufhebungen in NÖ und Wien,* Verlag Herold, Wien — München, 1967.

Wißgrill, Schauplatz — Franz Karl Wißgrill *Schauplatz des landessässigen nö. Adels vom Herren- und Ritterstande,* bei Seizer, Wien, 1795.

Weitere Hinweise auf Quellen finden sich in den entsprechenden Anmerkungen.

Anmerkungen

1 FrA II, 11, S.149, Nr. 156.

2 Abschriften der lateinischen Urkunde: StAB, *Aug. Akten,* Fasz. 1, *Aug. Prot. A,* pag. 5, *Aug. Prot. B,* pag. 6, NÖLA, *Mscr. 117,* fol. 1, ÖStA, *Haus-, Hof- und Staatsarchiv* Fasz. *Hofburgpfarre,* ferner bei Haan, S. 41—43, erstmalig veröffentlicht bei Leber, Ritterburgen, S. 219/220, mit deutscher Übersetzung in *Quellen,* S. 25/26.

3 Abschriften der lat. Urkunde: StAB, *Aug. Prot. A,* pag. 6, *Aug. Prot. B,* pag. 9, NÖLA, *Mscr. 117,* fol. 1, ÖStA *Haus-, Hof- und Staatsarch.* Fasz. *Hofburgpfarre,* ferner bei Haan, S. 44/45 und in deutscher Übersetzung in *Quellen,* S. 26 — Original verschollen.

4 Abschriften der lat. Urkunde: StAB, *Aug. Prot. A,* pag. 9, *Aug. Prot. B,* pag. 12, NÖLA, *Mscr. 117,* fol. 1, ÖStA, *Haus-, Hof- und Staatsarch.,* Fasz. *Hofburgpfarre,* ferner bei Haan, S. 46/47 und in deutscher Übersetzung in *Quellen,* S. 26/27, Original verschollen.

5 Hanthaler I, S. 274—278, Wißgrill, Schauplatz, II, S. 162—167.

6 Wenedetter, Kreisbach, Leber, Ritterburgen, S. 93/94.

7 Lexer, I, S. 714.

8 FrA II, 11, S. 170, Nr. 182; S. 197 f, Nr. 214; S. 221, Nr. 240; S. 252, Nr. 278.

9 Chronik FrK IV, Anm. 1666, S. 237; I, Anm. 16, S. 178.

10 ÖKT XVIII, S. 34, Rollett, Beiträge X, S. 63 — Abbildungen: Lind, Kunsth. Atlas X, I, S. 10/11, Tafel V, Fig. 6, Leber, Ritterburgen, Tafel VI, Haan, Blatt IX.

11 Lexikon Theol. u. Kirche, I, Sp. 816—823.

12 Exemplare der Feder-Lithographie von C. Pschor mit den Ruinen des gotischen Chores 1812 und der Rekonstruktion dieses ehem. Chorbaues außer bei Haan auch noch im StAB, Mappe XIII., TS B 716 und 712.

13 Chronik FrK II, Anm. 660, S. 462 (Anleihen in Regensburg).

14 Chronik FrK I, S. 163 — StAB, *Aug. Urkunden.*

15 Chronik FrK I, Anm. 16, S. 178, ausführlich — Raymundus Duellius, Can. Reg. *Historia Ordinis Equitum Teutonicorum,* Wien bei Peter Conrad Monath, 1727, Pars III, S. 61.

16 Original im StAB, *Aug. Urkunden,* Leber, Ritterburgen, Reg.-Nr. 23.

17 Donin, Bettelordenskirchen, S. 258—261.

18 Original im StAB, *Aug. Urkunden,* Leber, Ritterburgen, Reg.-Nr. 42.

19 StAB, *Aug. Prot. A,* pag. 776—782 und *Aug. Prot. B,* pag. 422—427.

20 Original im ÖStA, *Haus-, Hof- und Staatsarch.* Urkundensammlung.

21 Ausführlich mit entspr. Quellenangaben: *Nikolaus von Baden* (vom Verfasser) in *Sancta Crux* Zeitschrift des Stiftes Heiligenkreuz, 41. Jg., 2. Folge, Dezember 1979, S. 72—77.

22 Siehe Anmerkung 21, a.a.O. S. 73.

[23] Alois Priminer *Peter Suchenwirths Werke,* Wien bei J. B. Wallishauser, 1827, S. 43—47, Wenedetter, Kreisbach, S. 12—20, Wißgrill, Schauplatz, II, S. 162 ff gibt als Datum der Belehnung den 4. November 1358 an, andere Autoren nennen November 1359.

[24] ÖKT XVIII, S. 35, Rollett, Beiträge X, S. 64, Leber, Ritterburgen, S. 239—242 mit Abbildung Tafel VII; weitere Abb. bei Haan, Blatt IX und in Lind, Kunsth. Atlas X, I, S. 24/25, Tafel XII, Fig. 1.

[25] Kommissionsbericht des Kreisamtes Traiskirchen vom 27. Juli 1812 im AfNÖ, 1812 — C 8 — Nr. 8259.

[26] Original im StAB, *Aug. Urkunden,* Leber, Ritterburgen, Reg.-Nr. 38.

[27] Kunzelmann, Bd. 3, S. 132 und 228/229 (Anmerkung), Rennhofer, Aug. Wien, S. 108 mit Hinweis auf Höggmayer, Catalogus II, ferner Fidler, Austria Sacra, IV, 8. Band, S. 377.

[28] Kunzelmann, Bd. 3, S. 229/230.

[29] Die kleine deutsche Urkunde im StAB, *Aug. Urkunden,* lag dem Verfasser noch vor, der sie abschrieb und fotografierte; bei der Verlagerung StAB gegen Ende des Zweiten Weltkrieges ging sie verloren. Leber, Ritterburgen, führt sie in seinen Regesten nicht an.

[30] Rollett, Beiträge I, S. 28—36 und II, S. 3—8, *Quellen* S. 33, 47/48, 49, 50, 51.

[31] ÖKT XVIII, S. 34, Rollett, Beiträge III, S. 2, Leber, Ritterburgen, S. 128 — ferner bei Calliano, Geschichte, S. 720, 723, 724, 727 — Abbildung bei Haan, Bl. X.

[32] Original im StAB, *Aug. Urkunden,* Leber, Ritterburgen, Reg.-Nr. 42.

[33] Die Originalurkunde von 1528 ging verloren; die Bestätigungsurkunde von 1533 lag Leber noch vor, der sie in *Ritterburgen* unter Reg.-Nr. 43 anführt. Diese Bestätigungsurkunde ist im Original verlorengegangen. Abschriften sind vorhanden: StAB, *Aug. Akten,* Fasz. 1, Akt 4, *Aug. Prot. A,* pag. 1, *Aug. Prot. B,* pag. 1.

[34] Siehe ausführlich bei Rollett, Beiträge I, S. 65 f.

[35] Original fehlt — Abschriften: StAB, *Aug. Prot. A,* pag. 116, *Aug. Prot. B,* pag. 120, NÖLA, *Mscr. 117,* fol. 22.

[36] Ausführlich zur Klosteraufhebung: Chronik FrK I, S. 20—26, StAB, *Aug. Prot. A* und *B* und NÖLA, *Mscr. 117,* sowie in DAW Baden, *Aug. Kloster* — Text der Stiftungsurkunde zum Bürgerspital: Rollett, Beiträge I, S. 39 ff.

[37] NÖLA, *Klosterakten,* Fasz. 275, StAB, *Aug. Akten,* Fasz. 7, Nr. 1 k.

[38] Rollett, Beiträge V, S. 7 verweist auf eine diesbezügliche Urkunde im StAB, die aber inzwischen verlorengegangen ist. Vgl. auch Rollett, Beiträge X, S. 54.

[39] Abschriften: StAB, *Aug. Prot. A,* pag. 139, *Aug. Prot. B,* pag. 139 und NÖLA, *Mscr. 117,* fol. 27.

[40] Originalurkunde im StAB, *Aug. Urkunden,* Leber, Ritterburgen, Reg.-Nr. 45 — Ansuchen an den Kaiser: ÖStA, Abt. II., *Allg. Verwaltungs- und Unterrichtsarchiv,* Fasz. 530 A, *Augustiner zu Baden.*

[41] ÖNB HS 7236, IV, fol. 112.

[42] Rennhofer, Dissertation, Anm. 300 und 310.

[43] DAW, *Pfarre Baden (St. Stephan),* Reg.-Nr. 51.

[44] ÖNB HS 8466, fol. 3—7 und HS 8236, fol. 40.

45 Gavigan, Epistulae pag. 469—474 mit entspr. Quellenangaben.

46 Original und Kopie von E. Hütter im StAB TS B Pl. 4 und im Städt. Rollett-Museum Baden.

47 Vischer, Topogr., Das Viertl unterm Wienerwald, Abb. 13.

48 Rollett, Beiträge I, S. 67f mit Quellenangaben, Fidler, Austria sacra IV, 8. Band, S. 372, ÖNB HS 10214 p, fol. 105.

49 Abbildung bei Haan *zweite Bauperiode* (Lithographie von C. Pschor, Aquarell angeblich von A. Riemensberg von Radmannsdorf).

50 *Entwurff des Augustiner Closters zu Baaden* in NÖLA, Fasz. 275 — nach ÖKT XVIII um 1700.

51 StAB, *Aug. Prot. B,* pag. 226 — Rollett, Beiträge IV, S. 9.

52 StAB, *Aug. Prot. A,* pag. 190, *Aug. Prot. B,* pag. 226 — Rollett, Beiträge VI, S. 10.

53 StAB, *Aug. Prot. A,* pag. 192 f, *Aug. Prot. B,* pag. 229 f, NÖLA, *Mscr. 117,* fol. 28/29 — ÖNB HS 10214 p, fol. 105.

54 ÖKT XVIII, S. 35, Rollett, Beiträge X, S. 64 f und XII, S. 56 (Rollett bezeichnet irrtümlich Franz Anton von Quarient und Raal als *kaiserlichen Gesandten bei der Ottomanischen Pforte,* was aber tatsächlich sein Bruder war). — Abbildung bei Haan, Blatt X und XI.

55 Rollett, Beiträge VII, S. 3 und I, 1902, S. 86—90 *(Specification derjenigen Häuser so verbrunnen und erhalten worden).*

56 Fidler, Austria sacra S. 17.

57 Kunzelmann, 6. Teil, S. 264, ÖKT XVIII, S. 28—36 mit Abb. Fig. 58 auf S. 29.

58 ÖNB HS 10214 p, fol. 106.

59 P. Dr. Johannes Gavigan OSA, Manuskript zu *History of the Augustinian Province of Austria 1750—1775,* das dem Verfasser zur Verfügung war.

60 Generalarchiv der Augustiner-Eremiten in Rom FF 52, fol. 260—268.

61 ÖNB HS 10214 p, fol. 106, Rollett, Beiträge I, (1902), S. 90—93.

62 Winner, Klosteraufhebungen, S. 52.

63 *Der neue Herder,* Verlag Herder, 1949/1950, 1. Band, Sp. 1880, Lexikon f. Theol. u. Kirche, 5. Band, Sp. 572—574, Winner, Klosteraufhebungen, S. 65/66.

64 Kaiserl. Dekret vom 20. Juli 1783 in ÖStA, Abt. II, Verwaltungs- und Unterrichtsarchiv, Fasz. 530 — Regierungsratschlag vom 1. November 1783 in DAW, Pfarre Baden (St. Stephan), Reg.-Nr. 392 a.

65 DAW, Pfarre Baden (St. Stephan), Reg.-Nr. 403.

66 Tausig, Berühmte Besucher, S. 10.

67 DAW, Pfarre Baden (St. Stephan), Reg.-Nr. 472.

68 Personalstand der Erzdiözese Wien vom Jahre 1807.

69 AfNÖ, C9 Nr. 6695—1811.

70 Sterbebuch der Pfarre Baden (St. Stephan), tom. VIII, fol. 115.

71 ÖKT XVIII, S. 26, Nr. 2 — Rollett, Beiträge III, S. 23, Nr. 17.

72 Rennhofer, Aug. Wien, S. 247 ff.

73 ÖStA, Abt. II, Allg. Verwaltungs- und Unterrichtsarchiv, Fasz. 530.

74 Sterbebuch der Pfarre Baden St. Stephan, tom. VIII, fol. 128.

75 AfNÖ 1812 C8 — 8259.

[76] Rollett, Beiträge III, S. 39—41 — Kupferstich im StAB, Mappe IX, TS B 364, farbige Kopie aus 1890 im Städt. Rollett-Museum in Baden.

[77] Rollett, Beiträge II, S. 30—33 — Das Ölgemälde wurde 1979 restauriert.

[78] Dzt. an der rechten Seitenwand des Chorraumes in der Stadtpfarrkirche Baden (St. Stephan), unterhalb des Trogerbildes.

[79] Rollett, Beiträge II, S. 33/34 — Kupferstich im StAB, Mappe IX, TS B 365.

[80] Rollett, Beiträge IX, S. 64/65 — kolorierte Umrißradierung, erschienen bei Jean Cappi, Wien — Exemplar im StAB, Mappe IX, TS B 437, auch als Faksimile-Druck erschienen.

[81] AfNÖ 1812 — C8 — Nr. 8259, DAW, Pfarre Baden (St. Stephan), Reg.-Nr. 524, Haan, S. 30 f, Rollett, Beiträge IX, S. 12, Mayer, Miszellen, II, S. 105—147.

[82] DAW, Aug. Kloster Baden, Reg.-Nr. 159, 160.

[83] Eintragung in die Pfarrchronik von Schönau an der Triesting — *350 Jahre Kirche zum hl. Andreas in Schönau a. d. Tr.*, Broschüre, r. k. Pfarramt Schönau a. d Tr., 1975.

[84] Originalprotokoll der Lizitation im AfNÖ 1813 — C31 — Nr. 268.

[85] Rollett, Beiträge IX, S. 12/13 ohne Quellenangabe.

[86] DAW, Aug. Kloster Baden, Reg.-Nr. 169 und Pfarre Baden (St. Stephan), Reg.-Nr. 535 ff.

[87] AfNÖ 1815 — C8 — Nr. 6870, DAW, Pfarre Baden (St. Stephan), Reg.-Nr. 546.

[88] Rollett, Helferstorfer, S. 92, Haan, S. 30 ff, Kirchl. Topogr. IV, S. 75 ff.

[89] Kaufmann, S. 64/65.

[90] Haan, S. 30 ff.

[91] StAB, Aug. Akten, Fasz. Gaminger-Akten — Nach Rollett, Beiträge IX, S. 18, erfolgte der Kauf erst 1821, was sich aber offensichtlich auf die Realitäten der späteren *Herrschaft Frauenhof* bezieht, die Haan vom Religionsfonds erwarb. Dafür legt ein Revers, dat. 6. Oktober 1827, Zeugnis ab im AfNÖ 1827 — C 3 — Nr. 56692.

[92] DAW, Pfarre Baden (St. Stephan), Reg.-Nr. 640.

[93] Haan, S. 30 ff, DAW, Pfarre Baden (St. Stephan), Reg.-Nr. 642, AfNÖ 1826 — C3 — Nr. 31331.

[94] DAW, Pfarre Baden (St. Stephan), Reg.-Nr. 676, 678 — Ein im Index ausgewiesener Akt im AfNÖ 1828 — C 19 — Nr. 26770 fehlt.

[95] ÖKT XVIII, S. 28 ff — Abbildung des Originals bei Heinrich Bodmer *Correggio und die Malerei der Emilia,* Franz Deuticke, Wien, 1942, Bildtafel Nr. 31 mit Text auf Seite XVII.

[96] Tausig, Glanzzeit, S. 113, Tausig, Berühmte Besucher, S. 34.

[97] Lt. Signatur und Inventar der k. k. Hofkirche im AdFrK vom 19. Juli 1830 — über den Maler Anton Petter: Rollett, Beiträge XII, S. 46.

[98] Rollett, Beiträge X, S. 5.

[99] AdFrK, Inventarium der k. k. Hofkapelle in Baden, 1828—1840.

[100] Memorabilienbuch S. 28/29, Rollett, Beiträge X, S. 23 ff.

[101] AdFrK, Inventarium der k. k. Hofkapelle Baden, Band 3, 1854—1863, Eintragung vom 5. Juli 1860 unter Inv.-Nr. 20, 21.

[102] AdFrK, Inventarium der k. k. Hofkapelle Baden, Band 3, 1854—1863, Eintragung vom 30. September 1862.

[103] Lexikon Theol. u. Kirche, Bd. 9, Sp. 184/185, Aufsatz von A. Zimmermann.

104 Rollett, Beiträge XI, S. 7 und 9, X, S. 60 ff — Jahresbericht des Landes-Real- und Obergymnasiums Baden 1889, S. 30/31 und *Gedenkblatt zum 2. Dezember 1899*, Baden 1900, sowie Festschrift 1913, S. 9/10.

105 Rollett, Beiträge X, S. 60 ff.

106 Rollett, Beiträge I (1902), S. 10.

107 AdFrK, Inventarium der k.k. Hofkapelle Baden, Band 4, 1865—1900, Eintragung vom 16 Juni 1882.

108 *Gedenkblatt zum 2. Dezember 1899* im Jahresbericht des Landes-Real- und Obergymnasiums in Baden, 1900.

109 Festschrift 1952, S. 5/6.

110 AdFrK, Vermerk im Inventarium der k.k. Hofkirche in Baden, 1905.

111 Memorabilienbuch S. 105.

112 Ebenda S. 112.

113 Lt. Katalog in Verwahrung des Bundesgymnasiums und Bundesrealgymnasiums Baden, Frauengasse 3—5.

114 Memorabilienbuch S. 114/115.

115 Hantsch, Gesch. Österr., 2. Band, S. 557—562.

116 Sterbebuch der Pfarre Baden St. Stephan, tom. XXV, fol. 5.

117 Originalschreiben im AdFrK, Akten zur Chronik 1874—1961, Nr. 8, 1919.

118 AdFrK, Protokollbuch I, S. 1—3.

119 Wr. Diözesanblatt 1919 und *Personaltabelle III, S. 121 f*, im Archiv des erzb. Ordinariates Wien.

120 AdFrK, Akten zur Chonik 1874—1961, Originalschreiben Nr. 12, 13, 14.

121 AdFrK, Protokollbuch I, S. 9/10.

122 Lt. Katalog in Verwahrung des Bundesgymnasiums und Bundesrealgymnasiums Baden, Frauengasse 3—5.

123 AdFrK, Akten zur Chronik 1874—1961, Nr. 20, 1921, Nr. 21, 22, 24, 1922, Nr. 26, 1923 und Protokollbuch I, S. 20.

124 AdFrK, Amtlicher Schriftverkehr, Nr. 16, 1965.

125 AdFrK, Prot. Buch I, S. 22/23.

126 Ebenda S. 34—36 und 37/38.

127 AdFrK, Kassabuch Nr. 1.

128 Schriftliche Nachrichten fehlen — nach mündlicher Angabe stammt das Bild aus dem Besitz der Familie von den Busche-Ippenburg.

129 AdFrK, Prot. Buch I, S. 56/57.

130 Ebenda S. 69.

131 Ebenda S. 70/71.

132 Ebenda S. 76/77.

133 Ebenda S. 87/88.

134 Lt. Katalog in Verwahrung des Bundesgymnasiums und Bundesrealgymnasiums Baden, Frauengasse 3—5.

135 AdFrK, Kassabuch Nr 3.

136 Wr. Diözesanblatt 1938 und 1940, S. 64 und 75.

137 Chronik d. FrK, Band III, S. 31/32.

138 ÖKT XVIII, S. 92.

[139] Chronik d. FrK, III, S. 30.
[140] Ebenda III, S. 30.
[141] Ebenda III, S. 33.
[142] Ebenda III, S. 38.
[143] Ebenda III, S. 44—53.
[144] Ebenda III, S. 53—55.
[145] Ebenda III, S. 63/64.
[146] Ebenda III, S. 88.
[147] Ebenda II, Anm. 1534, S. 734.
[148] Ebenda III, S. 91.
[149] Ebenda III, S. 94.
[150] Ausführlich im Artikel des Verfassers in Festschrift 1965, S. 17—24.
[151] Chronik FrK, III, S. 97.
[152] Ebenda II, Anm. 1536, S. 734.
[153] Ebenda II, S. 392 und III, S. 101.
[154] Festschrift 1965, S. 19.
[155] Ebenda, S. 20/21.
[156] Chronik FrK III, S. 110.
[157] Ebenda III, S. 112, 115/116.
[158] Festschrift 1965, S. 23.
[159] Chronik FrK III, S. 111.
[160] Festschrift 1965, S. 23.
[161] Chronik FrK III, S. 126—129.
[162] Festschrift 1965, S. 24 und Chronik FrK II, S. 393.
[163] Chronik FrK III, S. 136.
[164] Ebenda III, S. 136—141.
[165] Ebenda III, S. 149—153.
[166] Ebenda III, S. 150.
[167] Ebenda III, S. 160.
[168] Ebenda III, S. 160—168.
[169] Ebenda II S. 164—172, 178/179, 182.
[170] Ebenda III, S. 172/173.
[171] Ebenda III, S. 178.
[172] Ebenda III, S. 179, 183, 186.
[173] Ebenda II, S. 282.
[174] Ebenda III, S. 201.
[175] Ebenda III, S. 206/207.
[176] Ebenda III, S. 212.
[177] Ebenda III, S. 213, 214, 219.
[178] Ebenda III, S. 214—219 und II, S. 286.
[179] Ebenda III, S. 227.
[180] Ebenda III, S. 238.
[181] Ebenda III, S. 243—245.
[182] Ebenda III, S. 254, 255, 256, 257.
[183] Ebenda III, S. 260.

[184] Ebenda III, S. 260/261.
[185] Ebenda III, S.261/262.
[186] Ebenda III, S. 263/264.
[187] Ebenda III, S. 267.
[188] Ebenda III, S. 277.
[189] Ebenda IV, Anm. 1739, S. 293.
[190] Ebenda III, S. 281.

[200] Schenk 1805, S. 43/44.
[201] Original fehlt — Abschriften der lat. Urkunde: DAW, Aug. Kloster Baden, Reg.-Nr. 3, StAB, *Aug. Prot. A,* pag. 10, bzw. 14, *Aug. Prot. B,* pag. 13, bzw. 18, *Aug. Akten,* Fasz. 1, Nr. 1, bzw. 2 und 3, NÖLA, *Mscr. 117,* fol. 1, bzw. 2 — mit deutscher Übersetzung veröffentlicht in *Quellen,* S. 27/28 — vgl. auch StAB, Aug. Urkunden, Leber, Ritterburgen, Reg.-Nr. 4.
[202] Orignal fehlt — Abschriften der lat. Urkunde: DAW, Aug. Kloster Baden, Reg.-Nr. 2, StAB, *Aug. Prot. A,* pag. 13, *Aug. Prot. B,* pag. 17, NÖLA, *Mscr. 117,* fol. 2,
[203] Original fehlt — Abschriften der lat. Urkunde: DAW, Aug. Kloster Baden, Reg.-Nr. 4, StAB, *Aug. Prot. A,* pag. 18, *Aug. Prot. B,* pag. 22, NÖLA, *Mscr. 117,* fol. 3.
[204] Mayer, Miszellen I, S. 53—60.
[205] Donin, Bettelordenskirchen, S. 87—89.
[206] Lautinger, Pranger, S. 77.
[207] Kupferstich im StAB, Mappe XIII TS, B 704.
[208] StAB, Mappe XIII TS, B 1418.
[209] Calliano, Geschichte I, S. 145, Fig. 95, Text dazu S. 160.
[210] Rollett, Beiträge V, S. 78 f, Calliano, Geschichte II, S. 586 ff mit Abbildung, Reinöhl, drei Fälschungen, S. 7—11.
[211] Abschriften der deutschen Urkunde: StAB, *Aug. Prot. A,* pag. 125, *Aug. Prot. B,* pag. 127, NÖLA, *Mscr. 117,* fol. 24, veröffentlicht in *Frauen- und Karolinenbad,* S. 6/7.
[212] Schenk 1805, S. 113—121, Rollett, Beiträge V, S. 6.
[213] StAB, *Aug. Prot. A,* pag. 130 f, *Aug. Prot. B,* pag. 132 f, NÖLA, *Mscr. 117,* fol. 25, DAW, Aug. Kloster Baden, Reg.-Nr. 35.
[214] StAB, *Aug. Prot. A,* pag. 175 f, *Aug. Prot. B,* pag. 207 f, NÖLA, *Mscr. 117,* fol. 27.
[215] StAB, *Aug. Prot. A,* pag. 181 f, *Aug. Prot. B,* pag. 217 f, DAW, Aug. Kloster Baden, Reg.-Nr. 56.
[216] *Gemainer Statt Baden Purckhfrits gemarckh 1652,* kolorierte Federzeichnung, im Städt. Rollett-Museum Baden — Kopie von E. Hütter in StAB TS B Pl. 1 — *Baden mit Burgfrieden der Stadt und Umgebung,* ca. 1670, Original im Städt. Rollett-Museum — Kopie von E. Hütter in StAB TS B Pl. 4 — dazu Rollett, Beiträge I, 101 ff, 105 ff.
[217] Vischer, Topogr., Viertl unterm Wienerwald, Abb. Nr. 13 — dazu Rollett, Beiträge II, S. 30.
[218] StAB, Helferstorfer, Aufzeichnungen, Band A, Blatt 139.
[219] Originalschreiben dat. 5. April 1691 im StAB, *Aug. Akten,* Fasz. 2, Nr. 16.
[220] Rollett, Beiträge VI, S. 9, in Berufung auf StAB, *Gedenkbuch,* fol. 3.
[221] Konzept des Konsistorialschreibens im DAW, Pfarre Baden (St. Stephan), Reg.-Nr. 105.

222 Kupferstich im StAB, Mappe IX, TS B 366, farbige Kopie *(HR cop. fec. 1890)* im Städt. Rollett-Museum — dazu Rollett, Beiträge III, S. 39—41.

223 Rollett, Beiträge VII, S. 5, in Berufung auf StAB, *Rathsprotokolle* XIII, 435, und auf einen, nicht mehr auffindbaren Augustinerakt.

224 ÖNB HS 10214 p, fol. 106.

225 Abschrift des Klosteransuchens vom 14. Mai 1746 an den Stadtrat von Baden mit entspr. Bewilligungsvermerk auf der Rückseite in StAB, *Aug. Akten,* Fasz. 3, Nr. 18.

226 Zeitgenössische Notiz in ÖNB HS 10214 p, fol. 106.

227 Stiftung der Eleonore von Hohenholz dat. 10. April 1752 in StAB, *Aug. Prot. A,* fol. 243—245, und DWA, Aug. Kloster Baden, Reg.-Nr. 85.

228 Visitationsnotizen in DAW, Pfarre Baden (St. Stephan), Reg.-Nr. 281; ausführlich in StAB, *Aug. Prot. A,* fol. 263 ff, ferner DAW, Aug. Kloster Baden, Reg.-Nr. 26 und 27.

229 Stiftung der Eva Eleonora Pitschmann vom 4. Jänner 1768 lt. Abschrift in StAB, *Aug. Prot. A,* fol. 269, und DAW, Aug. Kloster Baden, Reg.-Nr. 87.

230 Patene ohne Kelch, mit Inschrift: *Calix Christiani Pitschmann et Evae uxoris larga voluntate Augustinianae Ecclesiae B. V. natae oblatus,* bis 1978 im Besitz der Stadtpfarre Baden St. Stephan, jetzt im Inventar der Frauenkirche Baden.

231 Abschrift des Stiftbriefes von Anton Greiner im StAB, *Aug. Prot. A,* fol. 276/277 und *Aug. Prot. B,* fol. 278/279.

232 Succincta notitia, S. 2/3.

233 DAW, Pfarre Baden (St. Stephan), Reg.-Nr. 411, vgl. auch Rollett, Beiträge VIII, S. 8.

234 StAB, *Aug. Prot. B,* fol. 306/307.

235 Pfarrchronik *Geschichte von der Pfarre Kirchberg am Wechsel zur Wissenschaft nachfolgender Herrn Herrn Pfarrer, angefangen von Franz Xaver Drentler, Dechant, Pfarrer im Jahr 1773,* S. 117, im Archiv der Pfarre Kirchberg am Wechsel.

236 Eintragung *pro memoria posterorum* in StAB, *Aug. Prot. B,* fol. 306/307, StAB, *Aug. Akten,* Fasz. 5, Nr. 29, NÖLA, *Mscr. 117,* fol. 29, StAB, Helferstorfer, Aufzeichnungen, Band A, Blatt 129.

237 StAB, *Aug. Prot. B,* fol. 309, Helferstorfer, Aufzeichnungen, Band A, Blatt 129, kurz bei Rollett, Beiträge VIII, S. 8 mit Hinweis auf Mayer, Miszellen I, S. 53—60; außerdem bei Haan, S. 29 — Lt. StAB, *Gewährsbuch des Augustinerklosters Baden, 1783—1793,* fol. 36, dürfte der Verkaufsabschluß am 30. September 1793 erfolgt sein.

238 StAB, Helferstorfer, Aufzeichnungen, Band A, Blatt 141 verweist auf *Augustiner Grundbuch 1647.*

239 Rollett, Beiträge VIII, S. 26 ff.

240 Mayer, Miszellen I, S. 53—60, Rollett, Beiträge IX, S. 9, *Frauen- und Karolinenbad,* S. 13 — Mayer, Frauenbad, S. 5—7.

241 Frauen- und Karolinenbad, S. 14.

242 Mayer, Miszellen S. 20 und 23, Rollett, Beiträge IX, S. 12.

243 Rollett, Beiträge IX, S. 18, Mayer, Frauenbad, *Frauen- und Karolinenbad,* S. 14.

244 Siehe *Frauen- und Karolinenbad.*

301 Rollett, Beiträge III, S. 19 mit Hinweis auf Kirchl. Topogr. IV, S. 82.

302 ÖKT XVIII, S. 11.

303 Hueber, Austria, S. 17, Rollett, Beiträge I (1880), S. 71, und III, S. 29.

304 Hueber, Austria, S. 24, Rollett, Beiträge I (1880), S. 71, und III, S. 29, ÖKT XVIII, S. 11.

305 FrA II, 11, S. 167.

306 Gsell, Gültenbuch, S. 71.

307 Keiblinger, Melk II, 1, S. 332 ff, und *Erläuterungen zum Historischen Atlas der österr. Alpenländer,* II. Abt., 6. Teil NÖ (H. Wolf), S. 400.

308 Rollett, Beiträge III, S. 29 f — Abschriften der deutschen Urkunde von 1325: StAB, *Aug. Prot. A,* fol.30, *Aug. Prot. B,* fol. 37, NÖLA, *Mscr. 117,* fol. 5.

309 Abbildung in Hueber, Austria, Tafel XIII, Nr. 7 und bei Rollett, Beiträge I (1880), S. 87.

310 An verschiedenen Stellen bei Calliano, Geschichte — immer ohne Quellennachweis.

311 Rollett, Beiträge I (1880), S. 23/24 mit Hinweis auf Hohenecks *Die löblichen Herren-Stände . . .,* Passau, 1727 f, III, S. 581.

312 Rollett, Beiträge III, S. 35.

313 ÖKT XVIII, S. LI.

314 ÖKT XVIII, S. XX.

315 Illustrierter Kirchenführer *St. Stephan, Baden bei Wien,* Christliche Kunststätten Österreichs Nr. 117, Verlag St. Peter — Salzburg, 1978.

316 Rollett, Beiträge III, S. 19/20 und S. 35.

317 Grabungsbericht vom 4. 11. 1932 als Beilage im *Memorabilienbuch* bei pag. 153.

318 Illustrierter Kirchenführer *St. Stephan, Baden bei Wien* (siehe Anm. 315), S. 5/6.

319 Rollett, Beiträge III, S. 3—8 und *Unser Pfarrbuch — Kath. Pfarrgemeinde St. Stephan Baden,* Wien 1940, S. III.

320 A. Heiligenkreuz *Grundbuch über Baden anno 1435,* Rubr. 29, Fasz. XIII, Nr. 1, fol. 168 v.

321 Ausführlich in *Beiträge zur Baugeschichte der Stadtpfarrkirche St. Stephan in Baden* von P. Dr. Hermann Watzl O. Cist., Heiligenkreuz in *Beiträgen zur Wiener Diözesangeschichte* Beilage Nr. 4 vom 1. 7. 1973 im Wiener Diözesanblatt, S. 25/26 — mit Hinweis auf Urbar im A Heiligenkreuz, *Grundbuch über Baden de anno 1435,* Rubr. 29, Fasz. XIII, Nr. 1, fol. 8 r, 22 r, 28 r, 134 v, 167 v, 233 r, 233 v und 293 r, ferner *Grundbuch de anno 1453,* Rubr. 29, Fasz. XIII, Nr. 2, fol. 136 v, 137 v, 139 v.

322 Diese Platte scheint weder im Verzeichnis der ÖKT XVIII, S. 26 ff, noch bei Rollett, Beiträge III, S. 22 ff auf, da sie schon damals nicht identifizierbar schien.

323 ÖKT XVIII, S. 18.

324 ÖKT XVIII, S. 20, Rollett, Beiträge III, S. 26.

325 ÖKT XVIII, S. 22., Nr. 1, Rollett, Beiträge III, S. 25, Nr. 33 und I (1880), S. 152/153, Lind, Grabdenkmäler III, II, S. 313, Calliano, Geschichte, S. 724/725 — Abbildung und Beschreibung: Lind, Kunsth. Atlas, II. Teil, Tafel LVI, Seite 114/115, Figur 2.

326 Rollett, Beiträge III, S. 59.

327 Lt. *Liste der Pfarrer in Baden St. Stephan nach Forschungen und Mitteilung des H. Archivars Karl Calliano,* Beilage im Memorabilienbuch — ohne Quellenangaben.

328 ÖKT XVIII, S. 28, Nr. 22 und 23, Rollett, Beiträge III, S. 22, Nr. 1 und 2.

329 Rollett, Beiträge II, S. 49/50.

330 ÖKT XVIII, S. 28, Nr. 21 und 24 — Rollett führt die beiden Platten in seinem Verzeichnis Beiträge III, S. 22 f überhaupt nicht an.

331 ÖKT XVIII, S. 28, Nr. 14, Rollett, Beiträge III, S. 23, Nr. 8.

[332] ÖKT XVIII, S. 28, Nr. 13 — Rollett führt diese Platte in seinem Verzeichnis Beiträge III, S. 22 f nicht an, offenbar weil er sie nicht identifizieren konnte.
[333] ÖKT XVIII, S. 28, Nr. 12, Rollett, Beiträge III, S. 23, Nr. 9.
[334] Ebenda Nr. 11, bzw. Nr. 10.
Ebenda Nr. 15, bzw. Nr. 7.
Ebenda Nr. 16, bzw. Nr. 6.
Ebenda Nr. 17, bzw. Nr. 5.
Ebenda Nr. 19, bzw. Nr. 4.
[335] Rollett, Beiträge I (1902), S. 65 f.
[336] Lind, Grabdenkmäler III, II, S. 315, ÖKT XVIII, S. 26, Nr. 6, Rollett, Beiträge III, S. 23, Nr. 15.
[337] Rollett, Beiträge III, S. 4/5, XII, S. 52/53.
[338] Calliano, Geschichte, S. 720, 731, 739 — ohne Quellenangabe.
[339] Calliano, Geschichte, S. 734, Klose und Kraupp *Die Namen der Gassen, Straßen und Plätze in der Stadt Baden,* Stadtgemeinde Baden, 1961, S. 42.
[340] Lind, Grabdenkmäler III, II, S. 309, ÖKT XVIII, S. 24, Nr. 7, Rollett, Beiträge III, S. 24, Nr. 22.
[341] Rollett, Beiträge XII, S. 79/80 mit Hinweis auf: M. Joseph Bergmann, *Zwei Denkmale in der Pfarrkirche zu Baden* in *Phil. histor. Sitzungsberichten der kaiserl. Akademie der Wissenschaften* XXXII, S. 255—272, dann Sonderabdruck mit Abbildungen, Wien 1859 in Kommission bei Gerolds Sohn.
[342] Lind, Grabdenkmäler III, II, S. 314/315, ÖKT XVIII, S. 26, Nr. 5, Rollett, Beiträge III, S. 23, Nr. 16 und XI, S. 82/83.
[343] Lind, Grabdenkmäler III, II, S. 310, ÖKT XVIII, S. 26, Nr. 11 mit Abbildung Fig. Nr. 57 auf S. 27, Rollett, Beiträge III, S. 24, Nr. 28 und X, S. 68/69.
[344] Berichte und Mitteilungen des Wiener Altertumsvereines, XXXIII, S. 84.
[345] Rollett, Beiträge X, S. 68/69, Calliano, Geschichte, S. 766/767.
[346] Lind, Grabdenkmäler III, II, S. 310, ÖKT XVIII, S. 23, Nr. 3 mit Abbildung Fig. Nr. 55 auf S. 24, Rollett, Beiträge III, S. 24, Nr. 23 und XIII, S. 55.
[347] Calliano, Geschichte, S. 829.
[348] Lind, Grabdenkmäler III, II, S. 311, ÖKT XVIII, S. 25, Nr. 8 mit Abbildung Fig. Nr. 56 auf S. 25, Rollett, Beiträge III, S. 25, Nr. 31 und IV, S. 4, sowie V, S. 78.
[349] Berichte und Mitteilungen des Wiener Altertumsvereines, I, S. 218/219.
[350] M. J. Bergmann *Zwei Denkmale in der Pfarrkirche zu Baden* — siehe Anm. 341 — Sonderdruck 1859, bei Gerolds Sohn in Kommission.
[351] Lind, Grabdenkmäler III, II, S. 310, ÖKT XVIII, S. 22/23, Nr. 4 mit Abbildung Fig. 54 auf S. 23, Rollett, Beiträge III, S. 24, Nr. 25 und XII, S. 72.
[352] Rollett, Beiträge III, S. 23.
[353] Lind, Grabdenkmäler III, II, S. 315, ÖKT XVIII, S. 28, Nr. 9, Rollett, Beiträge III, S. 23, Nr. 12.
[354] Rollett, Beiträge VI, S. 32 und XI, S. 72—74, Calliano, Geschichte, S. 839.
[355] Calliano, Geschichte, S. 807, 830.
[356] Rollett, Beiträge VI, S. 32 und XI, S. 72—74.
[357] ÖKT XVIII, S. 28, Nr. 10, Rollett, Beiträge III, S. 23, Nr. 11.
[358] ÖKT XVIII, S. 22, Nr. 2.

359 Rollett, Beiträge III, S. 25, Nr. 38.

360 Rollet, Beiträge III, S. 25, Nr. 36 und VI, S. 74, sowie VIII, S. 4 — in ÖKT XVIII fehlend.

361 ÖKT XVIII, S. 11 ohne Quellenangabe.

362 ÖKT XVIII, S. 11 mit Hinweis auf Rollett, Beiträge IV, S. 26 — Über die Errichtung des Hochaltares zahlreiche Hinweise im *Propositions-Buechel* des Stadtrichters Johann Stainer, erstmalig als Plan am 18. 3. 1679 unter Pfarrer Georg Hamann, letztmalig am 29. 3. 1681 mit der Erwähnung einer Spende von 100 fl. durch den Melker Prälaten — in Calliano, Geschichte, S. 907/908, 909, 918, 927/928, 937, 943, 944, 981, 984—987 und 992.

363 Ausführlicher Bericht über das Türkenjahr 1683 bei Rollett, Beiträge I (1902), S. 67 f und VII, S. 27 ff — vgl. auch Grabungsbericht von Dr. E. Schaffran in der Krypta (1932): Einlage im Memorabilienbuch bei S. 153.

363a Calliano, Geschichte, S. 1096, 1100, 1110, 1112, 1114.

364 Rollett, Beiträge IV, S. 28.

365 Rollett, Beiträge IV, S. 18 mit Hinweis auf Akten im StAB, ferner Rollett, Beiträge III, S. 26 und ausführlich VIII, S. 15—18.

366 ÖKT XVIII, S. 11 mit Hinweis auf die Jahrzahl unter dem Gesimse des Turmes, auf das *Gedenkbuch*, fol. 3 im StAB und auf Rollett, Beiträge VIII, S. 10.

367 ÖKT XVIII, S. 26, Nr. 7, Rollett, Beiträge III, S. 23, Nr. 14 (mit Druckfehler in der Jahreszahl).

368 Rollett, Beiträge III, S. 45—47 und III, S. 74, Totenbuch der Pfarre Baden St. Stephan tom I, fol. 68.

369 ÖKT XVIII, S. 22, Nr. 3, Rollett, Beiträge III, S. 24, Nr. 26, V, S. 42/43 und VI, S. 1.

370 Rollett, Beiträge XII, S. 92, ausführlich bei Calliano, Geschichte, S. 610, 834, 856 sowie nach dem *Propositions-Buechel 1677—1687* bei Calliano, Geschichte, S. 884, 901, 902, 904, 909, 921, 927, 929, 941, 950, 955, 962, 966, 967, 970, 986, 988, 991, 1009, 1016, 1018, 1019, 1021, 1022, 1024, 1026, 1032, 1037, 1042, 1064, 1065, 1066, 1068, 1070, 1072, 1073, 1074, 1076, 1079, 1082, 1084, 1096, 1098, 1102, 1105, 1106, 1114, 1119, 1125, 1130, 1134, 1136, 1140, 1142, 1143, 1144 — ferner *Goldenes Buch der Stadt Baden 1684—1924*, S. 7.

371 Rollett, Beiträge IV, S. 29 und *Badener Bezirksblatt* 1887, Nr. 59.

372 ÖKT XVIII, S. 11.

373 ÖKT VIII, S. 26, Nr. 12, Rollett, Beiträge III, S. 24, Nr. 27.

374 Lind, Grabdenkmäler III, II, S. 315, ÖKT XVIII, S. 26, Nr. 8, Rollett, Beiträge III, S. 23, Nr. 13.

375 Rollett, Beiträge XIII, S. 19 und Totenbuch der Pfarre St. Stephan, tom. II, fol. 28, wo sich auch genaue Standesangaben über den Verstorbenen finden.

376 Totenbuch der Pfarre Baden St. Stephan, tom. II und *Relation über alle abgestorbenen . . . in dem hochfürstlich Passauerisch Unndter Ennßerischen Kurat Capitul Vor der Neustädter Haydt durch gemeine alß auch Contagiose Kranckheiten dißes Zeitliche gesegnet haben*, in DAW Fasz. Baden — Dekanat, Rollett, Beiträge I (1902), S. 77 ff, wo als Pestjahre in Baden 1562, 1613, 1644, 1679 und 1691 angegeben werden.

377 ÖKT XVIII, S. 11 ohne Quellenangabe.

409 ÖKT XVIII, S. 18, Rollett, Beiträge III, S. 30/31.

378 Ebenda S. 22.

379 ÖKT XVIII, S. 25, Nr. 10, Rollett, Beiträge III, S. 25, Nr. 29.

380 Totenbuch der Pfarre Baden St. Stephan, tom. I, fol. 20.

381 Rollett, Beiträge VI, S. 64 und 86, VII, S. 3 und 6, Calliano, Geschichte, S. 366, 537, 547.

382 ÖKT XVIII, S. 24, Nr. 6, Rollett, Beiträge III, S. 24, Nr. 24 und XI, S. 54, Lind, Grabdenkmäler III, II, S. 310, Totenbuch der Pfarre Baden St. Stephan, tom. II, fol. 109.

383 ÖKT XVIII, S. 11/12 mit Hinweis auf StAB, *Gedenkbuch,* fol. 30, Rollett, Beiträge VII, S. 6.

384 Lind, Grabdenkmäler III, II, S. 312, Nr. 11, ÖKT XVIII, S. 26, Nr. 13, Rollett, Beiträge III, S. 25, Nr. 35.

385 Rollett, Beiträge V, S. 81/82, Totenbuch der Pfarre Baden St. Stephan, tom. III, fol. 111.

386 Lind, Grabdenkmäler III, II, S. 312, ÖKT XVIII, S. 26, Nr. 14, Rollett, Beiträge III, S. 25, Nr. 34 und VII, S. 70.

387 Totenbuch der Pfarre Baden St. Stephan, tom. IV, fol. 55.

388 Fotografie im Städt. Rollett-Museum.

389 Rollett, Beiträge IV, S. 30/31 mit Hinweis auf die Inschrift auf der Rückseite des früheren Altarbildes und auf Kirchl. Topogr. IV, S. 89.

390 ÖKT XVIII, S. 22, DAW, Aug. Kloster Baden, Reg.-Nr. 159.

391 Original im DAW, Pfarre Baden (St. Stephan), Reg.-Nr. 224.

392 DAW, Pfarre Baden (St. Stephan), Reg.-Nr. 228 und 229.

393 Rollett, Beiträge III, S. 22/23 und IV, S. 30/31.

394 Rollett, Beiträge IV, S. 30/31 mit Hinweis auf *Berichte und Mitteilungen des Altertumsvereines zu Wien,* XXII, 1884, S. 178.

395 ÖKT XVIII, S. 19, Abb. S. 20, Fig. 52, Rollett, Beiträge III, S. 26.

396 Lind, Grabdenkmäler III, II, S. 312/313, ÖKT XVIII, S. 26, Nr. 15, Rollett, Beiträge III, S. 25, Nr. 32 liest 1890 noch irrtümlich *Koller von Hammerstein,* korrigiert sich selber aber 1896 in IX, S. 100/101.

397 Offensichtlich identisch mit der in ÖKT XVIII, S. 28, Nr. 25 und in Rollett, Beiträge III, S. 22, Nr. 3 angeführten Grabplatte.

398 Totenbuch der Pfarre Baden St. Stephan, tom. V, fol. 42.

399 ÖKT XVIII, S. 12 mit Hinweis auf StAB, *Rathsprotokoll.*

400 Aktenstücke dazu veröffentlicht bei Rollett, Beiträge VIII, S. 19/20.

401 Fotografie des barocken Herz-Jesu-Altares im Städt. Rollett-Museum, Abbildung in ÖKT XVIII, S. 17, Fig. 49.

402 Rollett, Beiträge III, S. 26.

403 ÖKT XVIII, S. 17, Rollett, Beiträge III, S. 26.

404 ÖKT XVIII, S. 17, Rollett, Beiträge III, S. 26.

405 ÖKT XVIII, S. 17/18.

406 ÖKT XVIII, S. 17 mit Abbildung auf S. 18, Fig. 50.

407 Rollett, Beiträge III, S. 26/27 wobei die Angaben etwas verwirrend sind.

408 Memorabilienbuch, fol. 154 — siehe Anm. 436.

410 Rollett, Beiträge V, S. 31/32 und III, S. 27 mit Hinweis auf *Badener Bote* 1888, Nr. 41, wo die Orgel eingehend behandelt wird.

411 Memorabilienbuch, fol. 79.

412 ÖKT XVIII, S. 84.

413 ÖKT XVIII, S. 16/17.

414 ÖKT XVIII, S. 20/21, Rollett, Beiträge V, S. 35, Memorabilienbuch, S. 256.

415 Lind, Grabdenkmäler III, II, S. 311, ÖKT XVIII, S. 25, Nr. 9, Rollett, Beiträge III, S. 25, Nr. 30 und IX, S. 8 und 104/105.

416 Totenbuch der Pfarre Baden St. Stephan, tom. VIII, fol. 62.

417 ÖKT XVIII, S. 26, Nr. 2, Rollett, Beiträge III, S. 23, Nr. 17.

418 Taufbuch der Pfarre Baden St. Stephan, tom. V, fol. 194.

419 Abschrift im StAB, *Aug. Prot. B,* pag. 295/296.

420 Rollett, Beiträge VIII, S. 6/7.

421 Original im DAW, Pfarre Baden (St. Stephan), Reg.-Nr. 471.

422 Totenbuch der Pfarre Baden St. Stephan, tom. VIII, fol. 115: gestorben im Pfarrhof (Baden, Nr. 1), begraben am 22. 8. 1811 im Badener Leichenhof.

423 ÖKT XVIII, S. 26, Nr. 1, Rollett, Beiträge III, S. 23, Nr. 18.

424 Totenbuch der Pfarre St. Stephan, tom. VIII, fol. 119.

425 Totenbuch der Pfarre Baden St. Stephan, tom. X, fol. 82.

426 ÖKT XVIII, S. 26, Nr. 3, Rollett, Beiträge III, S. 23, Nr. 19.

427 Taufbuch der Pfarre Baden St. Stephan, tom. VI, fol. 431 — Irrtum, wahrscheinlich Druckfehler im Stammbaum der Familie Rollett in Rollett, Beiträge I (1902), S. 137.

428 Trauungsbuch der Pfarre Baden St. Stephan, tom. VII, fol. 57.

429 Totenbuch der Pfarre Baden St. Stephan, tom. VIII, fol. 139.

430 ÖKT XVIII, S. 26, Nr. 4, Rollett, Beiträge III, S. 24, Nr. 20.

431 Taufbuch der Pfarre Baden St. Stephan, tom. VI, fol. 295.

432 Totenbuch der Pfarre Baden St. Stephan, tom. VII, fol. 115.

433 Totenbuch der Pfarre Baden St. Stephan, tom. X, fol. 162.

434 Rollett, Beiträge I (1902), S. 137.

435 Rollett, Beiträge I (1880), S. 174—176.

436 Rollett, Beiträge IV, S. 33.

437 Rollett, Beiträge IV, S. 12 und 28, V, S. 32.

438 Rollett, Beiträge IV, S. 12—15.

439 Rollett, Beiträge IV, S. 34.

440 *Unser Pfarrbuch,* 1940, S. IV.

441 Memorabilienbuch S. 15/16.

442 Rollett, Beiträge III, S. 26.

443 ÖKT XVIII, S. 191 mit Abbildung auf S. 190, Fig 260, Kaiser-Franz-Joseph-Museum Baden, Inv.-Nr. 1279.

444 ÖKT XVIII, S. 19.

445 Memorabilienbuch S. 38 und S. 264/265.

446 Rollett, Beiträge III, S. 22 und IV, S. 38.

447 Rollett, Beiträge I (1880), S. 27, III, S. 26, IV, S. 35.

448 Rollett, Beiträge I (1880), S. 95, III, S. 26.

449 Rollett, Beiträge I (1880), S. 95.

[450] Rollett, Beiträge V, S. 24/25.
[451] Rollett, Beiträge V, S. 25 ff und S. 28, lt. Mitteilung des Mauthner-Markhofschen Sekretariates vom 18. 11. 1963 an das Pfarramt Baden St. Stephan war das Todesjahr: 1883.
[452] Abbildung in ÖKT XVIII, S. 15, Fig. 47.
[453] Rollett, Beiträge III, S. 20 und V, S. 23 ff, vierseitiges Blatt mit dem Titel *Pfarre St. Stephan, Baden bei Wien,* 1924, von Pfarrer Karl Frim.
[454] Rollett, Beiträge IV, S. 29, *Badener Bezirks-Blatt,* 1887, Nr. 59, ferner Rollett, Beiträge V, S. 25 ff.
[455] Rollett, Beiträge V, S. 30/31 und 34.
[456] Rollett, Beiträge V, S. 34.
[457] *Unser Pfarrbuch,* 1940, S. IX.
[458] Rollett, Beiträge V, S. 35 und vierseitiges Blatt *Pfarre St. Stephan, Baden bei Wien,* 1924, von Pfarrer Karl Frim.
[459] Rollett, Beiträge V, S. 34.
[460] Rollett, Beiträge V, S. 35.
[461] Rollett, Beiträge V, S. 27, vgl. auch vierseitiges Blatt *Pfarre St. Stephan, Baden bei Wien,* 1924, von Pfarrer Karl Frim und Einlageblatt im Memorabilienbuch bei S. 57 aus *Badener Bezirks-Bote,* Oktober 1893, Nr. 129 mit dem Titel *Der neue Hochaltar.*
[462] Memorabilienbuch S. 59, 60 und 64 sowie vierseitiges Blatt *Pfarre St. Stephan, Baden bei Wien,* 1924, von Pfarrer Karl Frim.
[463] Memorabilienbuch S. 70, 72.
[464] Ebenda S. 72/73 und 79/80.
[465] Ebenda, S. 140/141, ferner *Unser Pfarrbuch,* 1940, S. III.
[466] Memorabilienbuch S. 153/154 mit eingelegtem Grabungsbericht und Zeitungsausschnitt aus der *Badener Zeitung,* Nr. 29 vom 26. 11. 1932.
[467] Memorabilienbuch S. 177.
[468] Ebenda, S. 189.
[469] Ebenda, S. 232.
[470] Ebenda, S. 232 — siehe auch Anm. 426.
[471] Ebenda, S. 236, vgl. Rollett, Beiträge III, S. 26.
[472] Memorabilienbuch S. 238.
[473] Ebenda, S. 264/265.
[474] Ebenda, S. 272.
[475] Ebenda, S. 274.
[476] Ebenda, S. 281.
[477] Ebenda, S. 286/287.
[478] Ebenda, S. 289.
[479] ÖKT XVIII, S. 22.

[500] Hermann Watzl *Pitanzen und Reichnisse für den Konvent des Klosters Heiligenkreuz 1431* in *Analecta Cisterciensia,* Editiones Cistercienses, Rom, 1978, Fasz. 1/2, Sonderdruck, Nr. 111, S. 124/125.
[501] A Heiligenkreuz, Urbar Kämmererbuch 1431, fol. 362 r.

502 Gsell, Gültenbuch, S. 132.

503 Gsell, Gültenbuch, S. 139.

504 ÖKT XIX, S. 273.

505 Karl Lechner *Herrschaft und Markt Weierburg, eine Studie zur Rechts- und Sozialgeschichte des Viertels unter dem Wienerwald mit genealogischen Exkurs* im *Jahrbuch für Landeskunde von* NÖ, herausgegeben vom Verein für Landeskunde von NÖ, NF 32, Jahrg. 32, S. 95 ff.

506 Stiftsarchiv Melk, Urbar der Herrschaft Rauhenstein, Wr. A., Kasten I, Lade 6, Fasz. 5, fol. 3.

507 Wiener Diözesanblatt, 1891, Nr. 5, S. 49.

508 Haan, S. 19/20.

509 DAW, Pfarre Baden (St. Stephan), Reg.-Nr. 50.

510 DAW, Pfarre Baden (St. Stephan), Reg.-Nr. 52.

511 StAB, Aug. Akten, Fasz. 2, Nr. 7.

512 Original des Gesuches an das Wiener Konsistorium im DAW.

513 ÖKT XVIII, S. 38—43 mit Abbildung des Grundrisses der Kirche auf S. 39, Fig. 68, Rollett, Beiträge IV, S. 7, Reinöhl, Weikersdorf, Gedenkbuch (der Pfarre St. Helena), tom. I, II, III in Verwahrung der Pfarre St. Christoph, neue Chronik der Kirche St. Helena, angelegt 1966, Weigl, Ortsnamenbuch, 1964 ff.

514 Schmidl, Wiens Umgebungen, Gedenkbuch, tom. I, S. 120.

515 ÖKT XVIII, S. 38—43 mit Abbildungen des Töpferaltares, S. 40, Fig. 70, und Monument des Josef v. Dier auf S. 42, Fig. 71.

516 Gedenkbuch, Band II, III, IV und *Protokollbuch des Kirchenbauvereines Baden* (Weikersdorf).

517 Nach Gedenkbuch, Band III und IV, verschiedenen Belegen und Programmen im Archiv der Pfarre St. Christoph in Baden, sowie Aussagen beteiligter Personen.

518 *Auszug aus der Chronik der Pfarrgemeinde A. und H. B. Baden,* verfaßt von Pfarrer Wilhelm Koch (abgezogene Blätter) und Angaben des evang. Pfarramtes Baden — Abbildung der evang. Kirche am Wilhelmsring in *Baden in alten Ansichten,* Nr. 16.

519 Verschiedene Eintragungen im Memorabilienbuch.

520 *Die Barmherzigen Schwestern von Wien-Gumpendorf 1832—1932* von Franz Hlawati, Wien 1932 im Selbstverlag der Barmherzigen Schwestern, ferner: Hauschronik des Marienspitals/Marienheimes Baden und Gedenkbuch — Abbildungen: *Dörfl mit dem Marienspital um 1820,* Zeichnung von Emil Hütter (1878) nach einer Skizze von Ferdinand Freiherr von Wetzelsberg im StAB sowie *Baden in alten Ansichten,* Nr. 97.

521 Hermann, Baden, S. 198, ferner Bauakte im Archiv des Bauamtes der Stadt Baden.

522 *Baden — 2000 Jahre Heilbad — 500 Jahre Stadt* in *NÖ Nachrichten,* 12. Jg., Nr. 44 vom 31. 10. 1979.

523 ÖKT XVIII, S. 91/92, Rollett, Beiträge VII, S. 48—55 — Abbildungen: alte Ansicht im Skizzenbuch des Ferdinand Freiherrn von Wetzelsberg im StAB, Deckenfresko: Calliano, Geschichte III, S. 905, Fig. 415, Kaufmann, S. 88, und Hermann, Baden, S. 118.

524 ÖKT XVIII, S. 167—173 mit Beschreibung der Kapelle im Zustand des Jahres 1924 (S. 171/172), Reinöhl, Leesdorf, Hauschronik der Hartmannschwestern in Baden, Abbildungen: alte Ansicht in Vischer, Topogr., Viertl unter dem Wienerwald, Abb. 59,

57, zwei verschiedene Zeichnungen im Skizzenbuch von Wetzelsberg, Abbildung des Grundrisses des Schlosses in ÖKT XVIII, S. 168, Fig. 236; Inneres der Kapelle im früheren Zustand in Calliano, Geschichte, I, S. 399, Fig. 268.

525 StAB, Rathsprotokoll VIII, fol. 273.

526 Original im Städt. Rollett-Museum Baden, Abbildung: Calliano, Geschichte, III, S. 979, Fig. 433.

527 ÖKT XVIII, S. 80—84, Rollett, Beiträge I, S. 63, VII, S. 7, und VIII, S. 49—60 — Abbildungen: Calliano, Geschichte, I, S. 333, Fig. 221, mehrere Umriß-Nachbildungen von Emil Hütter (1876) nach Federzeichnungen aus dem Skizzenbuch von Ferdinand von Wetzelsberg (um 1820) im StAB, ferner in ÖKT XVIII, S. 86, Fig. 133 (nach Wetzelsberg), Grundriß über der Empore, S. 86, Fig. 134, Inneres der Kapelle, S. 86, Fig 135.

528 ÖKT XVIII, S. 56—59, Rollett, Beiträge IX, S. 72—82 — Abbildungen: Theresiengasse vor dem Umbau des Herzoghofes 1907 in *Baden in alten Ansichten,* Nr. 18, Innenraum der früheren Antoniuskapelle: Fotografie von A. Schiestl in Calliano, Geschichte, I, S. 335, Fig. 222.

529 Rollett, Beiträge V, S. 51, Anm. 2.

530 Bauakten im Archiv des Stadtbauamtes Baden.

531 Verschiedene Eintragungen im Memorabilienbuch.

532 Hauschronik der Hartmannschwestern in Baden-Leesdorf.

533 Memorabilienbuch, S. 289.

534 Hermann, Baden, S. 187, *Gedenkblatt zum 2. Dezember 1899* und Festschrift 1913.

535 Rollett, Beiträge IV, S. 12—15, und V, S. 32, sowie Eintragungen im Memorabilienbuch.

536 Verschiedene Eintragungen im Gedenkbuch.

537 Abbildung in Calliano, Geschichte, I, S. 350, Fig. 236.

538 Abbildung in Calliano, Geschichte, II, S. 495, Fig. 318.

539 Rollett, Beiträge V, S. 42—44.

540 Drescher, Leesdorf, S. 161, Reinöhl, Leesdorf — Abbildung der heutigen Ortskapelle in *Baden in alten Ansichten,* Nr. 12 (Wiedergabe einer Fotografie aus dem Jahre 1904).

541 Eintragungen im Gedenkbuch.

542 Rollett, Beiträge V, S. 42—44, Hermann, Baden, S. 245.

543 StAB, Rathsprotokoll vom 6. Juli 1697, Rollett, Beiträge VII, S. 38—43.

544 ÖKT XVIII, S. 176, Rollett, Beiträge V, S. 42—44, und VII, S. 38—43, Hermann, Baden, S. 244/245, und Eintragungen im Memorabilienbuch.

545 ÖKT XVIII, S. 176, Rollett, Beiträge V, S. 42—44, und XI, S. 4, Hermann, Baden, S. 245.

546 ÖKT XVIII, S. 43—46, Rollett, Beiträge II, S. 14, und IX, S. 30, Hermann, Baden, S. 243/244.

547 ÖKT XVIII, S. 176 f, Nr. 5, Rollett, Beiträge I (1880), S. 67 f, Nr. 1, Hermann, Baden, S. 245 — Abbildungen: StAB, Federzeichnung von Emil Hütter, Calliano, Geschichte, I, S. 387, Fig. 259.

548 ÖKT XVIII, S. 176, Nr. 3, Rollett, Beiträge I (1880), S. 68, Nr. 2, Hermann, Baden, S. 245.

549 Original im Städt. Rollett-Museum Baden, Kopie Emil Hütter (1878) im StAB, TSB Pl. 4; Beschreibung: Rollett, Beiträge I (1880), S. 230—232, bzw. I (1902), S. 105—107.

550 ÖKT XVIII, S. 176, Nr. 2, Rollett, Beiträge I (1880), S. 68, Nr. 3, Hermann, Baden, S. 245/246 — Abbildungen: Federzeichnung von Emil Hütter im StAB, Calliano, Geschichte, I, S. 376, Fig. 254.

551 ÖKT XVIII, S. 176, Nr. 1, Rollett, Beiträge I (1880), S. 69, Nr. 4, Hermann, Baden, S. 246 — Abbildung: Federzeichnung von Emil Hütter im StAB.

552 ÖKT XVIII, S. 176, Nr. 4, Rollett, Beiträge I (1880), S. 69 f, Nr. 5, Hermann, Baden, S. 246/247 — Abbildungen: Federzeichnung von Emil Hütter im StAB, Calliano, Geschichte, I, S. 331, Fig. 219.

553 Hermann, Baden, S. 247 — in ÖKT XVIII und Rollett, Beiträge nicht angegeben.

554 Rollett, Beiträge XI, S. 5.

555 Die Mariensäule findet in der Literatur keine Erwähnung. Angaben nach mündlichen Aussagen vertrauenswürdiger Personen.

556 Hermann, Baden, S. 247 — sonst keine Erwähnung in der Literatur.

557 Über den Unfall des Erzherzogs berichtet ausführlich das Gedenkbuch. Sonst findet sich keine Erwähnung in der Literatur. Abbildung: *Baden in alten Ansichten,* Nr. 87 b.

558 Keinerlei Erwähnung in der Literatur.

559 Hermann, Baden, S. 247 — sonst keine Erwähnung in der Literatur.

560 Rollett, Gutenbrunn.

561 Lt. Totenbuch der Pfarre Baden St. Stephan, 1830—1832.

562 ÖKT XVIII, S. 88/89, Rollett, Beiträge I (1902), S. 62 und 87, sowie V, S. 49—51 — Abbildungen: Grundriß im ÖKT XVIII, S. 91, Fig. 142, Gewölbe, ebenda, S. 92, Fig. 143, und bei Calliano, Geschichte, III, S. 901, Fig. 414.

563 Eingehende Beschreibung des nur 165 cm hohen Altärchens: ÖKT XVIII, S. 187 — Abbildung: Calliano Geschichte, III, S. 969, Fig. 431.

564 ÖKT XVIII, S. 100—112, Kapelle S. 109, Abbildung des Altarblattes: ebenda, S. 110, Fig. 168 (Zustand 1924).

565 AfNÖ, Lehensbuch 1656 c, fol. 205.

566 ÖKT XVIII, S. 116—119 (Zustand 1924) — Alte Ansichten vom Sauerhof: Vischer, Topogr., Viertl unterm Wienerwald, Abb. 88/89, sowie im Skizzenbuch des Ferdinand von Wetzelsberg (StAB).

567 AfNÖ, Lehensbuch 1656 c, fol. 268.

568 AfNÖ, Lehensbuch Maximilians I., fol. 115.

569 ÖKT XVIII, S. 98—100 (Zustand 1924) mit Abbildungen des Kapelleninnern S. 99, Fig. 152 und 153, ferner Rollett, Gutenbrunn — Alte Ansichten: Vischer, Topogr., Viertl unterm Wienerwald, Abb. 77/75, Fotografien von der Kapelle, Grundriß des Schloßgartens, Zeichnung aus dem Skizzenbuch Ferdinands von Wetzelsberg im Städt. Rollett-Museum bzw. im StAB.

570 ÖKT XVIII, S. 115—116 (Zustand 1924), Ansichten vom ehem. Peterhof: Hermann, Baden, S. 108.

571 AFrK, Inventar I, 8 c, Nr. 21.

572 ÖKT XVIII, S. 147 mit Abbildung, S. 148, Fig. 208 (Zustand 1924), Reinöhl, Weikersdorf, S. 125 f, Rollett, Beiträge XI, S. 6.

573 ÖKT XVIII, S. 115 (Zustand 1924) mit Abbildung des Grundrisses der Ruine auf S. 114, Fig. 173 — Alte Ansicht der Ruine: Vischer, Topogr., Viertl unterm Wienerwald, Abb. 83/82.

574 ÖKT XVIII, S. 152/153 (Zustand 1924) mit Abbildungen: Grundriß der Ruine auf S. 150, Fig. 211, Kapelle auf S. 151, Fig. 213, Portal der Kapelle auf S. 152, Fig. 214, und Inneres der Kapelle auf S. 152, Fig. 215 — Alte Ansicht der Ruine: Vischer, Topogr., Viertl unterm Wienerwald, Abb. 82/81.

575 Lt. Straßenmeisterei Baden (mündliche Auskunft).

576 Lt. Hinweis des Herrn Wilhelm Fleischberger auf den Artikel *Die Pest in Baden 1713* im *Badener Volksblatt,* Jahrgang 1913, mit Abbildung der Säule.

577 Siehe auch: Hermann, Baden, S. 247.

578 Lt. Angabe des Städt. Bauhofes Baden.

579 Hermann, Baden, S. 247.

580 Altarbild *Hl. Familie mit Mutter Anna,* Öl auf Leinwand, 270 × 145 cm, Inventar-Nr. 1280 — Altarbild *Hl. Johannes Nepomuk,* Öl auf Leinwand, 280 × 150 cm, Inventar-Nr. 1281 — beide unsigniert, dem Maler Matthias Mutz zugeschrieben — ÖKT XVIII, S. 189/190, Nr. 4 und 5.